level.20

이리하여 별은 떨어지고 시간이 흘렀다

주몬지 아오

일러스트 시라이 에이리

Grimgar of Fantasy and Ash

Presented by Ao jyumonji / Illustration by Eiri shirai

Level. Twenty

빛은 위고,
어둠은 아래였다.

세카이슈는 두 신을 봉인했었다.
광명신 루미아리스와 암흑신 스컬헬을.
루미아리스뿐만이 아니다.
스컬헬도 있다. 놈이 온다.
루미아리스의 뒤를 이어.
스컬헬도 이제부터 나온다.
지상에 나타난다.
그렇게 되어버리면.

"나를 믿어줘, 하루."
메리는 두 손을 내 쪽으로 뻗었다.
나는 망설이지 않았다.
그녀의 손을 잡았다.

틀림없다. 메리의 손이었다.
"믿어."
나는 그렇게 대답했다.
"메리."

이리하여 별은 떨어지고 시간이 흘렀다

재와 환상의 그림갈 level. 20

주몬지 아오

무슨 일이 있었던 건가?

알고 싶은가?

그 심정은 이해해.

그래도, 그 질문에 대답하는 내 입장도 생각해봐.

간단한 게 아니라고. 사정은 복잡하게 얽혀 있어. 여러 가지로, 더할 나위 없을 정도로 복잡해. 나도 모든 걸 다 이해하는 건 아니라고. 모든 것은 고사하고, 내 경험과 지식 같은 건 한 줌 모래 정도겠지. 어쩌면 한 줌조차 과장이고, 한 톨의 모래알이라고 말하는 게 좋을지도 몰라.

고작해야 한 톨의 모래알에 불과하다고 해도, 긴 이야기가 될 거야.

처음부터, 즉, 내가 기억하는 한에서는, 처음에—"눈을 뜨라(어웨이크)"라는 누군가의 목소리가 들렸고, 눈을 뜬 그때부터 이야기하자면, 시간이 아무리 있어도 모자라겠지. 나에게는 시간이 없는 건 아니지만, 솔직히, 말하기 힘든 일도 있어. 게다가, 말하고 싶지 않은 일도.

중간부터 이야기하기로 하자.

아무튼, 내가 하루히로라고 불리던 무렵의 이야기야.

그 무렵은 아직, 나를 하루히로라고 불러주는 사람들이 있었다.

그렇다.

나에게도 있었던 것이다.

소중한 사람들이.

아라바키아 왕국력으로 치면, 660년의, 분명, 1월—맞아, 1월 22일. 660년은 맞을 텐데, 글쎄. 월, 일 쪽은 별로 자신이 없어. 아무튼, 소위 A력 660년의, 1월 22일. 아니면 23일인가? 대충 그때쯤이야.

그 무렵의 나는 혼자가 아니었다.

나에게는 동료가 있었다.

란타.

키는 나보다 조금 작았으니까, 어느 쪽이냐 하면 체격이 작은 남자였다. 몸집은 작아도, 폭발력이라고 표현해도 과장이 아닐 만큼의 순발력이 그 녀석에게는 있었다. 그건 타고난 걸까? 분명 아닐 거야. 꾸준히 노력하는 타입의 인간은 아니었지만, 그 녀석은 지기 싫어하는 성격이었다. 누군가가 높은 위치에서 자기를 내려다보면, 가만히 있을 녀석이 아니야. 시끄럽고, 아무튼 끈질겼다. 아무리 좌절할 일이 생겨도 기가 죽지 않는다. 무엇보다, 마음이 강했다. 생명력이 넘쳐흘렀지.

나는 도저히 란타를 좋아할 수 없었다. 첫 대면부터 맞지 않았고, 이런 녀석과는 같이 해나갈 수 없다고 몇 번이나 생각했다. 싸우고 갈라설 뻔한 적도, 꽤 오랜 시간 각자 행동했던 일도 있었다. 그 녀석은 그 녀석대로, 분명치 않은 성격의 나를 참을 수 없었겠지. 어디까지고 나와 그 녀석은 물과 기름이었다.

아직도 나는 그 녀석이 싫다. 그 녀석의 거슬리는 목소리를 떠올리기만 해도 열 받아. 그 녀석은 곱슬머리이고, 머리가 자라면 손가락에 감아서 나이프로 싹둑싹둑 잘랐다. 그 동작이 왠지 재수 없었다. 아까 말한 것처럼, 그 무렵 나에게는 하루히로라는 이름이 있었다. 그런데도, 그 녀석은 일부러, 파루피로니 파루피로링이니 그따위로 불렀다. 그런 류의 어이없는 장난이 너무나 내 심기에 거슬렸지.

그 녀석은 나에게 없는 것만 갖고 있었다.

나는 그 녀석이 부러웠던 것일까? 아니야. 그것만은, 절대 아니다. 그 녀석처럼 되고 싶다고 생각한 적은 단 한 번도 없었다.

그래도, 깨닫고 보면 나는, 그 녀석의 뒷모습을 쫓아가고 있었다.

그 녀석은 앞으로 앞으로 계속 걸어갔다. 뒤를 돌아보고 나를 기다려주는 녀석이 아니야. 내가 가만히 있으면 두고 가버린다. 나를, 우리를, 모두를 끌고 간다는 의식이, 그 녀석에게 있었는지 아닌지. 나는 그 녀석이 아니므로 알 수 없지만, 별로 없지 않았을까 생각해.

그 녀석은 그저 그 녀석인 채로 살았다.

그러고 보니, 그 녀석의 얼굴에는 흉터가 있었다. 이마 오른쪽 위에서부터 미간을 거쳐 왼쪽 귀밑에 달하는, 꽤 눈에 띄는, 큰 흉터. 그런 흉터도 자기 일부라고 주장하는 듯이, 그 녀석은 태연하게 고개를 들고 다녔다. 때로는 내 눈에 그 녀석이 눈부시게 보이기도 했지.

그리고, 유메.

유메가 없었다면, 내 여행은 훨씬 짧게 끝났을 것이고, 누군가가 회고하는 일도 없었을 테지.

내가 아는 사람 중에서 그녀만큼 유연하고 건강한 사람은 아직까지 없었어. 물론, 이것은 내 개인적인 견해다. 반론하는 자도 있겠지. 그래도, 그녀를 모르는 자가 내 의견을 부정하게 두진 않겠어.

나는 그녀를 정말로 좋아했다. 무슨 일이 있든, 그녀를 미워하게 되지는 않아. 절대로 싫어질 리가 없다.

그래서, 란타가 그녀를, 강하게, 깊게 사랑한 것은, 너무나 이해돼. 그녀 같은 사람을 사랑하지 않는 쪽이 오히려 이상해. 내가 그녀를 다른 의미로 사랑하지 않았던 것은, 아마도 그녀를 너무 많이 좋아했기 때문일 거야. 내가 그녀에게 품었던 호감은, 내가 이런 말을 하는 것도 좀 그렇지만, 무척 순수한 것이었다. 예를 들어, 그녀를 내 것으로 만들고 싶다, 라는 식의 생각이 내 머리에 떠오른 적은 분명 한 번도 없었다. 그녀도 나를 소중하게 생각해주었다. 나를 향한 그녀의 신뢰나 자애의 감정을 의심한 적은 없다. 내가 그녀에게 뭔가를 요구할 필요 같은 건 없었다. 부탁할 필요도 없이, 그녀는 모든 것을 주었다. 게다가, 한결같이, 무상으로, 말이야.

란타도 그녀에게는 보답 같은 걸 바라지 않았다고 생각해. 단, 강한 자기로 존재하기 위해서는 마음 편하게 하소연을 할 수 있는 상대, 요컨대 응석을 받아줄 상대를 원했던 것인지도 모르지. 란타 같은 남자의 입장에서는, 그런 상대는 유메밖에 없었던 것이겠지.

A력 660년, 분명 1월 22일경.

나는 란타, 유메와 행동을 함께했었다. 그리고, 유메의 스승에 해당하는 노련한 사냥꾼 이츠쿠시마와, 늑대개 포치도 함께였다.

이츠쿠시마는 우리보다 1세대도 아니고 2세대 위로, 나이 차이가 많이 나는 형이라기보다는 부모에 가까웠고, 그를 동료라고 부르는 건 좀 아닌 것 같은 느낌이 들어. 생존술에 능한 굴지의 사냥꾼이며 사려 깊은 어른이었다.

나도, 란타도, 유메도 그렇지만, 그림갈에서 몇 년이나 지냈고,

이제 어린아이는 아니었고, 어떤 면에서는 어른이 되어 있었다. 단, 지금 와서 생각해보면, 제대로 된 어른이 되지 못한 것 아니었나 라는 느낌도 든다.

특히, 이 나는.

우여곡절 끝에, 나는 부족하나마 그룹의 리더를 맡게 되었다. 그런 내가, 어쩌면 정신적으로 가장 미숙했던 것 아닐까? 라는 생각을 지울 수 없다. 그만큼, 우리에게 있어서 이츠쿠시마의 존재는 컸다.

이츠쿠시마는, 저건 이렇다거나, 이럴 때는 어떻게 하는 거라거나, 일일이 말로 하는 일은 우선 없었다. 입보다 몸을 움직여 뒷모습으로 말하는, 그야말로 사냥꾼다운 사냥꾼의 방식이었다. 그리고 당연하지만, 늑대개 포치도 말을 하지 않았다. 분명, 포치는 늑대개로서는 상당한 고령이었을 것이다. 그 때문이기도 하겠지만, 조용히 앉아 있으면 숲의 현자 같아서, 인간 따위보다 훨씬 사물의 본질을 이해하고 있는 것 같았다. 인간의 지성과는 또 다른 종류라고 해도, 포치는 매우 고도의 지혜를 갖고 있었던 것 아닐까 하고, 나는 진심으로 생각한다. 실제로 영악하기만 한 인간보다도 총명한 생물은 얼마든지 있으니까.

A력 660년 1월 22일쯤 우리는 오르타나로 돌아왔다.

그 오르타나로.

완전히 변해버린 오르타나로.

지독한 참상이었다. 예전의 흔적도 없다, 라는 것과는 또 다르다. 파편이 산더미처럼 쌓여 있다거나, 폐허가 되고 여기저기 다 박살났다거나, 그런 것이 아니다.

없었다.

사람이.

사람이 없었다.

대신에, 세카이슈가―그 검은 대롱 같은 존재가 우글우글했다.

세카이슈(世界種, 세계종), 그것이 무엇인지, 그 당시 우리는 잘 몰랐었다. 잘, 이 아니다. 전혀 몰랐었다고 말해도 될 것이다.

위화감 같은 것은 느끼고 있었던 것 같은 느낌이 든다. 분명히, 이 세계의 것이 아닌 것 같은. 하긴, 그런 것, 그림갈에서는 그리 드문 것도 아니지만, 그렇다 해도 세카이슈는 역시 이질적이었다.

검다. 세카이슈는 오로지 검었다. 그저 새카맣고, 광택조차 없다. 빛을 조금도 받아들이지 않는다. 그런 물질이 자연계에 존재하는 것일까? 세카이슈는 유연하고 늘어나지만, 딱딱한 것도 있다. 칼로 베어도 좀처럼 절단할 수 없다. 흠집조차 낼 수 없다. 움직인다. 그러면서도, 그것이 살아 있다고는 생각되지 않는다. 생명다운 것이 느껴지지 않는다.

이 세계―어떤 규칙이 있고, 그 규칙에 따라 형성된 하나의 세계―그림갈과는 서로 어우러질 수 없는, 생명이 있는지 없는지도 말할 수 없는 것, 언어로 정의하기 힘든, 하나로 묶어서 표현할 수 없는 사물, 뭔가 그러한 현상.

그것이 세카이슈라고 불리는 것인지도 모른다.

굳이 말로 표현하자면, 그 당시의 나는, 막연하게 그런 식으로 해석했다.

그때 우리는 일단 북구의 언덕에 있는 루미아리스 신전이었던 건물에서 잠시 머무르게 되었다. 그리고 나 혼자서 정찰을 나갔다.

찾아간 곳은 니시초(서쪽 마을)의 도적 길드였다. 이런 상황이 되었어도 멘토인 엘라이자만은 어쩌면 오르타나에 남아 있을지도 몰라. 만약 엘라이자까지 사라졌다면, 오르타나에는 사람이라고는 한 명도 없다는 뜻이겠지. 나는 확인하고 싶었다. 나는 도적이었고, 단독으로 은밀한 행동을 하는 것은 익숙했다. 그 편이 마음 편하기도 했다. 나는 동료들을 소중하게 생각했었다. 너무나도 소중했다. 누구 한 명 잃고 싶지 않았다. 더는 잃을 수 없었다.

도적 길드는 무인이었다. 엘라이자는 없었다. 나는 어떻게 느꼈었는가? 기억나지 않는다.

그보다도, 세카이슈에 대한 인식을 뒤집은, 어두운 밤을 휘감은 자와의 조우가 너무나도 충격적이었다.

밤을 휘감은 자는, 간단하게 말하자면, 세카이슈를 걸친 인간형이거나 그에 준하는 동물이다.

첫 개체인 밤을 휘감은 자는, 한 곳에 모인 세카이슈가 네발 달린 짐승의 모습을 갖춘 것에 올라타, 빛을 발하는 검과 방패를 들고 있었다. 내용물은 인간 같았다. 그 검과 방패가 그림갈에서 제조된 금속제라면, 빛을 반사하는 일은 있어도 발광하는 일은 없다. 그래서, 한눈에 렐릭(유물)이라는 것을 알았다.

그림갈에는, 남아 있는 유형의 물체, 이 렐릭이라 총칭되는 것이 오래전부터 존재하는 모양이다.

과연 렐릭이란 무엇인가?

지금의 나는 물론 알고 있다.

이 세계가 아닌 다른 세계에서 유래된 것, 어떠한 방법으로 그림갈로 넘어왔거나, 흘러들어왔거나, 누가 보냈거나. 경위는 둘째치고, 아무튼 이계에서부터 그림갈에 도달한 것들.

그것이 렐릭의, 정체라고도 할 수 없는 정체다.

어떤 의미에서는 우리도 또한 렐릭인지도 모른다. 그림갈에 렐릭은 흔했다. 희귀한 것이라고는 말할 수 없지만, 물건에 따라서는 귀중하기도 했다. 특수한 힘, 파격적인 성능을 감춘 무기, 도구 종류는 쉽게 찾을 수 없다. 무력으로 타인을 지배하려는 경우에는 그러한 렐릭이 절대적인 위력을 발휘하는 일도 충분히 있을 수 있다.

유용한 렐릭을 지닌 인간은 그리 많지 않았다. 상당히 적었을 것이다.

그, 밤을 휘감은 자의 내용물이 그런 이들 중 한 사람이라면, 냉정하게 생각해보면 후보는 상당히 제한된다. 사실, 그 당시의 나는 냉정함과는 거리가 멀었고, 두 번째 밤을 휘감은 자도 만나버려서, 패닉에 빠져버렸다.

두 번째는, 금색 몸통 갑주를 두르고, 왕관을 쓰고, 지팡이를 들고 있었다. 그것들도 렐릭이었다. 두 번째 밤을 휘감은 자는 지팡이에서 벼락을 쏟아내고 하늘을 날았다. 강력한 렐릭이었다. 그때는 뭐가 뭔지조차 몰랐으나, 나중에 생각해보니, 두 번째 밤을 휘감은 자의 내용물은 인간이 아니었다. 그것은 고블린이었다. 고블린의 왕, 과가진이다.

나는 죽기 살기로 도망쳤다. 도망치는 것밖에는 할 수 없었다. 아무튼, 정신없이 도망쳤다는 기억밖에 없다. 이제 여기까지인가? 하고 우려했던 순간이 있었는지 어떤지. 그것조차도 확실치 않다.

아슬아슬한 타이밍이었다. 의용병단 사무소와 그 옆 건물 사이에서 누군가가 얼굴을 내밀었다. 인간이었다. 살아 있는 인간. 엘라이자였다.

　분명, 내가 도적 길드에 갔을 때는 마침 자리를 비웠던 것이었겠지. 나도 완전 초보자는 아니니, 신중하게 흔적을 살펴보면 사람이 생활하고 있는지 아닌지 정도는 알 수 있었을 텐데도, 제대로 조사해보지 않았다. 그렇게 생각하고 나 나름대로 충격을 받았었는지도 모르겠다. 그녀는 오르타나에 남았다. 순찰이라도 돌고 있었던 걸까? 그 도중에 이리저리 도망 다니는 나를 발견한 것이리라. 그녀가 도망갈 길을 가르쳐줘서 간신히 위기를 모면했다. 그녀의 도움이 없었다면, 나는 십중팔구, 아니, 틀림없이 두 명의 밤을 휘감은 자에게 붙잡혔을 것이다. A력 660년의, 아마도 1월 22일, 그날, 오르타나에서, 내 인생은 틀림없이 끝났을 것이다.

　오히려 그 편이 좋지 않았을까?

　그런 식으로 생각했던 적도 있다.

　한 번이나 두 번쯤은.

　아니, 좀 더 많이. 셀 수 없을 만큼 여러 번 생각했다.

　단, 시간을 거슬러 올라가 그때부터 다시 시작할 수 있다고 해도, 나는 분명히 살아남으려고 하겠지. 란타처럼 기백이 있는 것도 아닌 주제에, 살고자 하는 욕망이 강하기라도 한 걸까? 생사의 갈림길에 서게 되면, 나는 무조건 사는 길을 선택한다. 어떻게 된 영문인지, 그걸 선택해버린다.

　만약 죽을 뻔한 적이 아직 없었다면, 기억해두는 게 좋아. 항상 그런 건 아니지만, 때로는 사람의 생사는 순간적인 판단으로 정해진다. 그 장면에 직접 서보게 되면, 숙고할 여지 같은 건 없다. 본성이 튀어나온다. 끝까지 삶에 집착하는 자는 끈질기게 살고, 별로 그렇지도 않은 자는 어이없게 쉽사리 목숨을 잃는다.

바꿔 말하자면, 죽을 것 같은 경우에 처해도 죽지 않는 자는, 죽지 못하는 것이다.

죽지도 못하는 나는, 나로서 살아가는 수밖에 없다.

그리고, 이런 나에게도 생명의 끝이 찾아온다면, 그것은 나에게 어울리는 죽음이겠지.

운 좋게 내가, 인간으로서 죽을 수 있다면.

그때가 올 때까지, 나는 나라는 사실을 체념하고 받아들이고, 아무리 무거워도 질질 끌고 가는 수밖에 없다.

나는 그렇게까지 살고 싶은 것도 아닌데도, 살겠다고, 골목 뒷문을 통해 의용병단 사무소로 들어갔다. 뒷문치고도 퍽이나 작은 출입구인데, 일상적으로 사용되는 듯한 느낌은 아니었다. 건물 구석의 구멍을 통해 지하로 내려갔다.

그곳은 암거(주1)라고, 엘라이자는 말했다.

오르타나가 방벽으로 둘러싸인 성새 도시가 되기 전의 일이다. 먼저 아라바키아 왕국 척후 부대의 주둔지가 구축되고, 주변에 집락이 형성되자, 근처의 강에서 생활용수를 끌어오기 위해 수로가 만들어졌다. 그후에 사람들이 우물을 팠고, 강에서 물을 끌어 오는 것이 서서히 힘들어진 탓도 있어서, 수로에 오수가 흘러들어오게 되었다. 이윽고 일부는 토사에 묻히고, 일부는 석재로 덮였다.

암거는 오랫동안 잊혀졌던 모양이다. 호사가 도적 한 명이 재발견하여 비밀통로로 활용하려고 정비했다.

그 도적은 엘라이자와 바르바라의 스승이었다. 그래서, 엘라이자와 바르바라도 작업을 거들었다. 도적들은 남아 있던 암거를 거의

주1) 암거: 물을 대거나 빼기 위하여 땅속이나 구조물 밑으로 낸 도랑.

찾아냈고, 장인의 손을 빌려 이곳저곳을 보강하기도 하고, 시내 여러 곳에서부터 출입할 수 있도록 연구하기도 했다.

그러한 경위를 담담하게, 그런 것치고는 묘하게 상세하게 이야기하는 엘라이자의 음성을, 아직도 나는 기억한다. 분명 그녀 나름대로 옛날을 그리워했던 것이겠지. 그녀는 현재에 관심을 두지 않는다. 과거에만 마음이 향해 있는 것 같았다. 그것은 왠지 모르게 느껴졌다.

엘라이자는 사람들 눈에 띄는 것을 유독 싫어해서, 모습을 나타내도 긴 머리카락과 머플러로 얼굴을 가렸다. 사람과의 관계가 상당히 고역인 모양으로, 무리 짓거나 친목하지 않는 사람이었으나, 자기 일과 역할에는 긍지를 갖고 있던 것 아닐까 생각한다. 남들보다 두 배는 책임감이 강한 여성으로, 아마 의무감이라기보다 사명감 같은 것을 갖고 있었던 것 같다. 도적 길드에 대한 의리나 충성심, 거기에 애착도 있었을 것이다.

하지만, 멘토 엘라이자나 그녀의 동료들이 키워낸 도적들은, 그 대부분이 이미 목숨을 잃었다. 그녀 기준으로는 사이가 좋았던 것 같았던 바르바라도 먼저 가버렸다. 내가 생각하기에, 그녀는 도적 길드에 몸도, 마음도 전부 바쳤었다. 그녀가 가장 소중하게 여긴 그 도적 길드는 와해되고, 이제 소멸해가고 있었다. 그녀는 살아갈 의미를 잃어버린 것인지도 모른다.

암거의 비밀통로를 통해 지상으로 나오니 거기는 변경군 사령본부였던 건물 안이었고, 같은 북구에 있는 루미아리스 신전까지 그리 멀지 않았다. 언덕길을 올라간 곳에 신전이 있다. 나는 엘라이자가 꽤 지저분해진 사실을 깨달았다. 그녀의 머리카락은 심하게 푸

석푸석했고, 하얀 것이 섞여 있었다. 검은 계통의 옷은 넝마나 다름 없었고 헐렁헐렁했다. 그녀는 작아졌다. 상당히 여위었다. 뭘 제대로 먹지 못하는 것 아닌가? 라는 인상이었다.

엘라이자는 루미아리스 신전 앞에서 발걸음을 돌려 가버리려고 했다.

물론, 나는 막았다. 엘라이자가 걱정됐다. 그녀는 천천히 죽어가려고 한다. 나는 그렇게밖에는 생각할 수 없었다. 그래도, 그녀는 위기에 처한 나를 발견하고는 그냥 내버려 두지 못했다. 나는 그녀를 잘 알지는 못했지만, 같은 도적이고, 은사인 바르바라 선생님의 동료다. 그녀를 방치할 수는 없었다.

"엘라이자 씨도 저희랑 같이 가시지 않을래요?"

내가 그렇게 말하자, 그녀는 일단, "어디로 갈 거야?" 라고 물어 봐 주었다. 안쓰러울 정도로 억양이 없는, 정말로 작은 목소리였다. 그녀의 목소리를 듣고 울고 싶은 심정이었던 것을 기억한다. 거짓말이 아니다. 울 수 있다면 울고 싶었다. 내가 그런 장면에서 울 수 있는 인간이었다면, 뭔가가 달라졌을지도 모른다.

"생각할게요, 이제부터….."

그때 나는 그렇게 대답했던 것 같다. 어디 비빌 곳이 있어서 오르타나로 돌아온 것이 아니었다. 뭔가 목표를 찾을 수 있지 않을까? 라는 막연한 기대는 있었다. 아무래도, 예상대로라고 해야 할지도 모르지만, 기대가 어긋난 것 같다. 어떻게 할까? 이제부터 생각해야 한다. 그녀도 함께 생각해줬으면, 하는 속셈이 없었다고는 말하지 않겠다. 분명 있었다.

나는 도움이 필요했다. 란타가 있고, 유메가 있었다. 이츠쿠시마도 있었다. 늑대개 포치에게까지 나는 도움받았다. 그래도 아직 부족했다. 그림갈에서 눈을 뜬 이후로, 나는 누군가의 도움을 받고, 응원을 받아 살아왔다. 나 혼자 뭔가 해보자. 그런 기개가 있었던 예는 없다.

엘라이자도 나를 도와주었다. 그녀 나름대로 힘 닿는 데까지. 느릿, 느릿, 쥐어짜내는 것처럼, 그녀가 파악하고 있는 한의 정보를 가르쳐주었다.

15일 전, 검은 세카이슈가 오르타나에 밀어닥치기 시작한 것.

시노하라 파티인 오리온이 상황을 살펴보고자 남문을 통해 시외로 나가서 소식이 끊겼다는 것.

그다음 날 새벽에는 진 모기스가 북문을 열게 하고 기병, 보병을 이끌고 탈출을 꾀했다. 성공인지 실패인지는 알 수 없지만, 그 직후 오르타나가 세카이슈에게 점령당했다는 것.

그 밤을 휘감은 자가 오르타나를 얼쩡거리기 시작한 것은 언제부터인가? 엘라이자도 확실하게는 말할 수 없는 모양이었지만, 처음으로 밤을 휘감은 자를 목격한 것은 7일 전이라고 한다.

세카이슈에 의해 오르타나가 괴멸되고 난 후에 엘라이자는 딱 한 번 시외로 나갔다. 그녀는 다무로 역시 세카이슈의 습격을 당한 사실을 확인했다. 고블린족은 다무로와 함께 세카이슈에게 멸망당한 모양이다. 리버사이드 철골 요새까지는 발을 옮기지 않았다.

나는 오르타나에 머물러 있어야만 해. 그녀는 그렇게 생각했다.

"그게 내 역할이니까"라고, 그녀는 아무런 감정도 엿볼 수 없는 목소리로 말했다.

나는 어떻게든 그녀를 설득했어야 했을까? 온갖 수를 다 써봐도 힘들었을 것으로 생각한다. 그래도, 노력은 해봐도 좋지 않았을까?

"도적 길드에 비축한 식량이 있어. 좀 나눠줄게."

그녀는 그렇게 제안했다. 나는 거절했다. 그런 것, 받을 수 있을 리가. 식량이 있는 한은 그녀는 살아갈 수 있을지도 모르는 것이다. 다 떨어지면 어떻게 되는 걸까? 그녀는 먹을 수 있을 만한 것을 적극적으로 찾아다니기보다는, 흐름에 몸을 맡기고 굶어 죽는 것을 선택할 것 같은 느낌이 들었다. 그것은 싫다.

그녀가 조금이라도 오래 살기를 바랐다.

설령 그녀가 그것을 바라지 않는다고 해도.

내 손으로 그녀의 수명을 단축하게 하는 짓을 하고 싶지는 않다. 그런 일을 할 수는 없다.

비록 그녀가 빨리 편해지고 싶다, 오로지 혼자 살아 있는 허망함과 괴로움에서 해방되고 싶다고 바라고 있다고 해도.

그녀의 소극적인 자살을 거들 수는 없다.

제발, 더 이상의 아픔을, 나에게 안기지 말아 주기를.

나는 엘라이자와 헤어져 동료들이 기다리는 루미아리스 신전으로 돌아갔다. 이츠쿠시마는 포치를 데리고 밖으로 나가서 부재였다. 엘라이자와 만난 일은 란타와 유메에게 전했다. 두 사람에게 그 사실을 입 다물고 있을 정도로 비겁해질 수는 없었다. 혹은, 그저 단순히 시치미떼고 거짓말을 할 배짱이 없었다.

왜 데려오지 않았느냐고, 란타가 질책할 것 같은 느낌이 들었다. 그런데, 뭔가 생각하는 바가 있는지, 란타는 "그래"라고만 말했을 뿐이었다.

"오르타나에 다시 올 수도 있잖아."

유메는 그런 말을 했다. 어떤 때도 유메는 다음, 내일로 눈을 향할 수 있다. 나를 용서하고, 위로해준다. 그렇구나, 나는 생각했다. 이것으로 끝이 아니야. 그렇게 생각하기로 했다. 또 오르타나로 돌아오는 일도 가능하다. 엘라이자가 걱정된다면, 상태를 보러 오면 된다. 시간이 지나면 그녀의 심경에도 변화가 찾아올지도 모르는 거고. 다음 기회에는 그녀를 오르타나에서 데리고 나갈 수 있을지도 모른다.

이츠쿠시마와 포치도 돌아와, 우리는 신전에서 밤을 지새웠다.

세카이슈뿐만 아니라, 밤을 휘감은 자라는, 위험천만한 존재가 오르타나에서 얼쩡거리고 있다. 오르타나에 계속 머무를 이유는 딱히 찾을 수 없었다. 이야기를 나눈 결과, 리버사이드 철골 요새에 가보기로 우리의 의견은 일치했다.

동이 틈과 동시에 신전을 뒤로하고 북서의 방벽으로 향했다. 그 부근의 방벽은 일부가 무너져서 지나갈 수 있는 통로가 생겼다. 오르타나로 들어올 때도 우리는 그곳을 통과했었다.

도중에 시선 같은 것을 느꼈다.

쳐다보니, 20미터 정도 떨어진 건물 지붕 위에 엘라이자가 서 있었다. 별로 몸을 숨길 생각은 없는 것 같았다. 그렇다고 해서 손짓 발짓으로 우리에게 무슨 의사표시를 하는 것도 아니다. 때마침 근처를 돌아다니다가 우리를 발견했다고는 아무래도 생각하기 힘들다. 동행할 생각은 없다고 그녀는 나를 거부했었다. 그래도, 관심을 끊을 수는 없었던 걸까?

유메가 엘라이자를 향해 손을 흔들었다. 엘라이자는 미동도 하지 않았다. 란타가 혀를 차더니 입을 열려고 했다. 란타답게 뭔가

욕이라도 하려던 건지도 모르지만, 결국 아무 말도 하지 않았다.

이츠쿠시마와 포치가 걷기 시작해서 우리도 뒤를 따랐다.

엘라이자는 약 20미터 이상의 거리를 두고 우리를 쫓아왔다. 아니, 쫓아온다는 말은 적절하지 않겠지. 그녀는 우리를 지켜보고 있었다. 오르타나를 나갈 때까지, 우리한테 무슨 일이 있어서는 안 된다. 그녀는 우리 신변을 걱정해주고 있다. 나는 그런 식으로 느꼈고, 그것은 틀리지 않다고 지금도 생각한다.

이윽고 방벽의 무너진 부분이 보이자 엘라이자는 자취를 감췄다. 자기 역할은 끝났다는 듯이 가버린 건가? 그게 아니었다. 어느샌가, 그녀는 방벽 위로 이동했다. 우리가 지나가려던 무너진 부분 너머에, 그녀가 서 있었다. 즉, 조금 전까지 그녀는 우리 뒤쪽에 있었는데, 어떻게 한 것인지 앞질러 가 있던 것이다.

엘라이자는 도적 길드의 운영자이며 도적 길드를 지도하는 역할도 담당한 멘토 중 한 명이었다. 나도 멘토로 되어 있긴 했으나, 그것은 어디까지나 심각한 인재부족을 메꾸기 위한 고육지책일 뿐이었다. 나와 달리, 그녀는 진짜였다. 바르바라 선생님도 그랬지만, 나 따위는 무슨 짓을 해도 이길 수 없을 만큼 뛰어난 실력을 지닌 도적이었다.

우리가 붕괴된 방벽 부분으로 들어설 때까지 그녀는 거의 꼼짝도 하지 않았다. 방벽 위에서 그저 빤히 우리를 내려다보고 있었다.

참을 수 없어진 것처럼, 유메가 또 손을 흔들었다.

"또 봐—!"

그렇게 외치자, 엘라이자는 그제야 반응을 보였다. 유메에게 대답한 것이 아니다.

엘라이자는 고개를 뒤로 돌려 위를 올려다보았다. 그때 나는, 뭔가 목소리를 냈던가? 틀림없이 경악했다.

거기에 놈이 있었기 때문이다.

밤을 휘감은 자가.

금색 갑옷을 걸치고, 왕관을 쓰고, 지팡이를 든 밤을 휘감은 자였다.

그 밤을 휘감은 자는, 언제부터 거기에 떠 있었던 것인가? 한참 전부터 있었을 거라고는 생각할 수 없었다. 아마 엘라이자가 돌아보기 직전부터겠지. 이것은 내 추측인데, 밤을 휘감은 자는 방벽 건너편에 있었다. 거기에서부터 소리도 없이 부상한 것 아닐까? 그 기척을 엘라이자는 알아차린 것이겠지.

밤을 휘감은 자가 지팡이 끝을 엘라이자에게 향했다. 지팡이가 벼락을 쏟아내는 것보다도 빨리, 엘라이자는 밤을 휘감은 자를 향해 단도 같은 것을 던졌다. 벼락은, 엘라이자가 아니라, 그 단도에 맞아 작렬했다.

"가!"

엘라이자가 외쳤다. 나는 반사적으로 뛰어나갈 뻔했다. 그녀가 의도하는 것은 명확했고, 오해할 여지조차 없었다. 자기가 밤을 휘감은 자의 발을 묶어놓겠다, 그 사이에 오르타나를 나가서 가능한 한 멀리 도망치라고 그녀는 우리에게 지시한 것이다. 나는 반사적으로 따르려고 했다.

"안 돼…!"

유메는 나와 반대였다. 무너진 방벽을 올라가려고 했다. 곧바로 란타가 유메의 팔을 움켜잡아 말렸다.

"안 돼, 유메!"

"더 온다!" 라고 이츠쿠시마가 말했다.

그는 우리가 걸어온 방향을 보고 있었다. 나도 그쪽으로 눈을 돌렸다. 밤을 휘감은 자는 지팡이를 든 놈뿐만이 아니다. 적어도 하나 더 있다. 그중 하나였다. 빛나는 검과 방패를 들고, 한곳에 모여 네 발 달린 짐승으로 변한 세카이슈에 올라탄 밤을 휘감은 자가, 우리가 방금 걸어온 길을 물 흐르듯이 달려 온다.

"뛰어!"

이츠쿠시마가 우리를 재촉했다. 유메는 아직 납득하지 않는 것 같았으나, 란타와 내가 둘이서 억지로 그녀를 오르타나에서 끌어냈다. 이츠쿠시마는 우리와 포치를 먼저 내보내고 나서 방벽의 무너진 부분을 빠져나왔다.

어딘가에서 번갯불이 번쩍였다. 엘라이자도, 지팡이를 든 밤을 휘감은 자도, 나에게는 보이지 않았다. 다만, 지팡이를 든 밤을 휘감은 자가 벼락을 쏟아내는 거라면, 엘라이자는 아직 무사한 것이다.

나는 오로지 발을 움직였다. 굳이 확인하지 않아도, 유메와 란타, 이츠쿠시마, 포치가 가까이에 있다는 것을 알았다. 오르타나 바로 북쪽에 숲이 있고, 우리는 거기로 도망치기로 했다. 숲으로 들어가 버리면 일단 안심이라고는 생각하지 않았다. 그래도, 달리 방법이 없었다. 뛰면서, 나는 종종 뒤를 돌아보았다. 그때마다, 추적자가 없기를 바랐다. 바람은 이루어지지 않았다.

우리는 쫓기고 있었다.

세카이슈의 짐승에 올라탄, 빛나는 검과 방패를 든 밤을 휘감은 자 혼자가 아니었다. 놈은 세카이슈 대군을 이끌고 있었다. 마치 검은 큰 파도 같았다. 파도라고 해도, 물론 여기는 해변이 아니다. 저 검은 큰 파도는, 밀려왔다가는 다시 물러가는 파도와는 다르다. 우리는 어디까지고 검은 큰 파도에 쫓기다가 언젠가는 붙잡혀버린다. 집어 삼켜지고 빠져 죽겠지.

"이판사판이다, 흩어지자!"

이츠쿠시마가 숲 바로 앞에서 우리에게 지시했다. 내 기억으로는, 유메도 거역하지 않았다고 생각한다. 우리는 이미 숨이 턱까지 찼고, 말도 제대로 못 하는 상태였을 것이다. 판단력도 저하된 것이 틀림없다. 그 탓에, 누군가가, 이렇게 하자, 라고 말하면, 그렇게 하는 수밖에 없었을 것이다.

과연, 정말로 그런가? 라는 의혹은 있다.

나는 내 기억을 나에게 유리하게 왜곡시킨 것은 아닐까?

분명히 나는 잠자코 이츠쿠시마를 따랐다.

그때는 그렇게 하는 수밖에 없었다.

란타도, 유메조차도 나와 마찬가지였다.

그러니까, 내 탓이 아니다. 내 탓이 아니다.

나는 단지 그렇게 생각하고 싶은 것뿐 아닐까?

아무튼, 나는 북쪽 숲으로 뛰어 들어갔다. 정신이 들었을 때는 이미 나는 혼자였다. 란타는 유메한테서 떨어지지 않겠지. 분명 란타는 유메를 혼자 두지 않는다. 함께 있으면, 여차할 때 유메를 위해 자기가 미끼가 된다거나 그런 것도 가능하다. 곁에 없으면 아무것도 할 수 없다. 아무런 쓸모도 없다. 나도, 적어도 유메 가까이에 있는 편이 좋았던 것 아닐까?

아마도 나는 그렇게 했어야 했다. 하지만, 늦었어. 이미 늦었다.

이츠쿠시마는 숙달된 사냥꾼으로, 잠을 제대로 자지 못해도 태연했다. 피로한 듯한 내색을 우리 앞에서 보이는 일은 좀처럼 없었다. 억지로 참고 있었던 건가? 그렇다고 해도, 엄청난 정신력이다. 체력도 보통이 아니다. 나이치고는. 이츠쿠시마는 우리보다 훨씬 연상이었다. 부모 자식뻘 정도로 나이 차이가 났다.

오르타나에서부터 숲까지 달리느라 이츠쿠시마는 체력을 소진했던 것이 아닐까? 그러나, 한계라고는 말할 수 없었을 것이다. 이츠쿠시마는 젊은 우리의 발목을 잡고 싶지 않았다. 그래서, 뿔뿔이 흩어져 추적자를 분산시키자고 말을 꺼냈다. 한 덩어리로 뭉쳐서 계속 도망 다녔다가는 일련탁생(주2)이다. 그보다는, 전원까지는 아니어도 몇 명인가, 누군가 한 명이라도 끝까지 도망치는 게 좋다. 다른 누구도 아닌 이츠쿠시마다. 적어도 유메만큼은 반드시 살아남기를 바랐겠지. 단, 문제는 바로 그 유메였다. 이츠쿠시마 본인이 애원한다고 해도, 유메가 아버지처럼 따르는 스승을 못 본 체할 리가 없다. 그래서가 아닐까? 이츠쿠시마는, 유메를 위해서.

동료를 위해서라면, 나도 이 목숨 같은 건 버릴 수 있다. 아까워하지 않는다.

이츠쿠시마는 당연한 일을 했다.

나는 이런 생각도 했다.

꼭 이츠쿠시마니까 할 수 있었던 것이 아니야. 내가 이츠쿠시마였다고 해도, 분명 똑같이 했을 것이다.

그러고 보니, 포치도 상당한 노견이었다. 이렇게 말하면 좀 그렇지만, 앞으로 살날은 결코 길지 않았겠지. 이츠쿠시마는 포치를 꽤

주2) 일련탁생: 一蓮托生. 원래는 불교 용어로 죽은 후에 같이 극락정토의 연꽃 위에서 태어난다는 뜻이었으나, 남과 운명을 함께 한다는 뜻으로 쓰이게 되었다.

나 귀여워했다. 의외로, 이츠쿠시마는 포치와 운명을 함께 하는 것을 선택한 것인지도 모른다. 그건 그거대로, 그 누구보다도 사냥꾼다운 사냥꾼, 이츠쿠시마라는 남자에게 어울리는 엔딩이 아닌가?

나는 무의식중에 도적의 기술을 구사해서 발소리를 지웠다.

세카이슈는 사방 천지에 있었다. 그래도 나를 먹잇감으로 간주하는 기색은 없었다.

위협이라고 할 정도의 위기감을 느끼는 일도 없이, 나는 숲을 떠돌았다.

바람에 날려 춤추는 낙엽이나, 나무들의 씨앗이나 그런 것처럼.

목적지는 정해져 있었다. 애초에 우리는 리버사이드 철골 요새로 갈 생각이었다. 거기에 가면 동료들과 만날 수 있겠지. 단, 미안한 마음은 있었고, 슬펐고, 나 나름대로 나 자신을 질책하기도 했지만, 이츠쿠시마와 포치 일은 이미 포기했다. 그 사냥꾼과 늑대개를 만나는 일은 두 번 다시 없다. 하지만, 란타와 유메에 관해서는 희망이 있다. 두 사람은 무사하다. 무사하길 바란다. 두 사람이 살아 있어주지 않으면, 이츠쿠시마와 포치는 눈을 못 감을 것이다. 나도 곤란하다. 어떻게 하면 좋을지 모르게 된다.

서두르지는 않았다. 나는 만에 하나라도 세카이슈에게 들켜 적으로 간주되지 않도록, 멀리 돌아도 좋으니까 천천히, 착실하게 걸음을 옮겼다. 세카이슈는 나에게 다가오지 않았지만, 내 쪽에서 세카이슈에 접근하지도 않았다.

몇 번인가, 횟수는 기억나지 않지만, 밤을 휘감은 자의 모습을 몇 번인가 봤다. 먼발치이긴 했다. 그래도 나는, 엎드려 조아리는 것처럼 나무 그늘에서 몸을 낮추고, 밤을 휘감은 자가 지나쳐가서 완전히 보이지 않게 되기를 기다렸다.

딱 한 번, 빛나는 검과 방패를 든 밤을 휘감은 자가 아닌, 금색 갑옷을 입고 왕관을 쓰고 지팡이를 든 밤을 휘감은 자가 조용히 날아가는 것을 목격했다. 엘라이자는 어떻게 되었을까? 내가 분명히 그녀의 안부를 걱정한 것은, 그때뿐이었다.

해가 저물어 어두워질 때까지 나는 숲에서 나가지 않았다.

숲을 똑바로 북쪽으로 빠져나가면, 데드헤드 감시 보루가 있다. 단, 북동 방향으로 이어진 숲속을 그대로 걸어가다 보면, 풍조 황야로 나갈 수 있다. 풍조 황야에는 몸을 숨길 차폐물이 별로 없다. 나는 겁을 먹은 것일까? 모르겠다. 아무튼, 안전책을 강구하기로 하고, 밤이 되고 나서 풍조 황야로 나갔다. 그리고 서쪽으로, 서쪽으로 향했다.

풍조 황야치고는 드물게, 바람이 거의 없었다. 거의 완전히 맑게 갠 날씨라서, 깜빡거리지 않는 별 가루들이 밤하늘에 흩뿌려져 있었다.

달도 떴다.

붉디붉은 달이.

그러나, 별빛이나 달빛은 무력했다. 지상은 칠흑의 어둠에 갇혔다. 눈이 어둠에 익숙해져도 눈가리개를 한 것 같았다. 끝없이 어두운데도, 붉은 달과 별은 기분 나쁠 정도로 뚜렷하게 보였다. 달과 별 덕분에 방향만큼은 대충 파악했다.

때때로 세카이슈로 짐작되는 것에 발이 걸려 넘어질 뻔하기도 하고, 밟기도 했다. 처음에는 당황했으나, 딱히 아무 일도 일어나지 않는다는 것을 알았기 때문에 도중부터는 신경 쓰지 않았다. 내가 경계하지 않으면 안 되는 것은, 세카이슈라기보다 밤을 휘감은 자였다. 세카이슈는 대부분의 경우에 어떠한 물리적인 자극을 줘도 반응을 보이지 않는다.

밤을 휘감은 자는 다르다. 그것은 세카이슈와 깊이 관계되었고, 세카이슈의 일종이라고 할 수 있겠지만, 역시 세카이슈와는 다른 것이었다. 내용물이 인간이거나 인간에 가까운 종족이기 때문인지, 인간을 적으로 보는 듯한 경향이 있었다.

풍조 황야는 모든 살아 있는 존재들이 절멸한 것처럼 조용했다. 나도 가급적 소리를 내지 않도록 하며 이동했기 때문에, 잠시 정신을 놓으면 내가 살아 있는지 죽었는지조차도 알 수 없게 되었다.

그때부터, 나는 죽은 것 아닐까?

그런 식으로 생각하는 일이 있다.

모든 것은, 죽음이라는 긴 잠이 보여주는 잔혹한 꿈에 불과한 것 아닐까?

하늘 저편이 희멀겋게 변하기 시작하자, 나는 약간 남하해서 천룡 산맥 산기슭을 따라 서진하는 루트를 골랐다. 오르타나에서 리버사이드 철골 요새까지 직선거리로는 45킬로쯤 될까? 산기슭을 따라가면 멀리 돌아가게 되어버리고, 아무리 서둘러도 리버사이드 철골 요새에 도착하는 것은 해가 중천에 뜬 이후다. 태양 밑, 시야가 지나칠 정도로 확 트인 풍조 황야를 혼자서 당당히 걸어갈 배짱은 나에게는 없었다. 결국, 내가 리버사이드 철골 요새에 도착했을 무렵에는 해가 꽤 기울어져 있었다.

의용병단이 오크들의 남정군에게서 탈환하여 주요한 활동거점으로 삼았던 리버사이드 철골 요새에서, 실제로 무슨 일이 있었는가?

이때의 나는 전혀 몰랐다. 사실, 인적이 없다는 것만큼은 일목요연했다.

이 방벽으로 둘러싸인 견고한 요새는, 제트리버에 면한 정도가 아니라, 그 일부가 하천으로 튀어나와 있어서, 설비가 만전이라면 강의 항구로도 기능한다. 방벽 안쪽에는 14개나 되는 탑이 솟아 있고, 그것들은 연결 다리로 연결되어 있었다. 아무래도 연결 다리 몇 개가, 그리고 문도 파괴된 것 같았다. 방벽이나 탑 위에 엄청난 숫자의 새가 앉아 있었다. 요새 상공을 날아다니는 새도 있었다.

나는 문 근처까지 가긴 했지만, 거기서부터 안으로 들어갈 마음은 도저히 생기지 않았다. 비탄에 잠겨 있었다고 말하고 싶지만, 실은 그게 아니었다. 나는 진절머리가 났다. 전부 다 짜증 났고, 아무것도 하고 싶지 않았다. 나는 오르타나를 나온 이후로 아무것도 먹지 않았고, 물조차 마시지 않았다. 공복이었을 테고, 틀림없이 목도 말랐을 텐데도, 그보다도 다 상관없다는 심정이 더 컸다.

나는 문에서 10미터 이상 떨어져 땅바닥에 앉아 방벽에 등을 기댔다. 그다지 편한 자세도 아니었기 때문에, 잠시 후 한쪽 무릎을 세우고 끌어안았다.

방벽 위의 새가 똥을 싸서 그것이 머리에 맞았다.

나는, 새똥인가, 라고 생각했을 뿐이다.

"하—루—군—."

그 목소리가 들렸을 때의 내 심정을 이해할 수 있을까?

나는 고개를 숙이고 있었을 것이다. 그래도, 땅바닥을 보고 있던 것이 아니다. 아무것도 보고 있지 않았고, 아무 생각도 하지 않았다. 나는 감수성이나 사고능력을 갖추지 못한 생물로 퇴행했다. 그런 나를, 그녀의 목소리가 인간으로 되돌려주었다.

유메.

아아, 유메다.

유메의 목소리가 났다.

하지만, 내가 제일 먼저 한 일은, 눈을 꼭 감고, 눈꺼풀을 손으로 덮는 것이었다. 목소리가 들렸으니까, 막으려면 눈보다도 귀를 막아야 하는 것 아닌가? 그런데도 나는, 눈을 감은 데다가, 손으로까지 막았다. 나는 현실을 맞닥뜨리는 일에 지쳐 있었지만, 분명 유메의, 동료의 목소리를 듣고 싶었던 것이겠지. 환청 같은 것이 아닐까? 라는 의심은 강하게 있었다. 그래도 만에 하나, 진짜라면, 놓칠 수는 없었다.

"하—루—군…!"

"어이, 파루피로옷, 기운 빼고 찌그러져 있지 말라고, 멍청아…!"

덕분에 듣고 싶지 않은 목소리까지 들렸다. 하지만, 내 바람을 이루어준 것이 환청이라면, 란타의 목소리 같은 게 들릴 리가 없다. 그러니까 오히려 진실미가 늘어났다.

예상했던 대로, 유메와 란타는 잠시도 따로 행동하지는 않았던 모양이다. 두 사람은 나보다 몇 시간 늦게, 일몰 후 곧바로 리버사이드 철골 요새에 도착했다.

내 머리에 달라붙은 새똥을, 유메가 맨손으로 떼어준 것을 기억한다. 란타는 말로는 하지 않았지만, 괜찮은 건가? 이 녀석, 이라고 말하고 싶은 듯한 눈길로 나를 보고 있었다. 요새 안에는 아직 들어가지 않았다는 취지의 말을 내가 하자, 란타는 그제야 수상쩍다는 태도를 노골적으로 드러냈다.

"이츠쿠시마랑 포치가 있는지 없는지 정도, 보통은 확인해두잖아. 정신머리가 어떻게 되어 먹은 거야? 멍청한 건가? 멍청인가? 멍청이지, 파루피로, 너는."

나는 반론할 수 없었다. 무슨 말을 어떻게 한들, 이츠쿠시마와 포치는 이제 오지 않을 거라고 생각했다는 것을 간파당할 것 같아서 무서웠다.

"하지만 있잖아…."

유메가 방벽 위에 죽 늘어서서 앉아 있는 새들을 가리키며 말했다.

"저걸 보니까, 안에는 아무도 없을지도 모르겠네."

"그렇다고 해도, 확인해보는 정도는 하는 게 마땅하다는 이야기를 나는 하는 거야. 여기에서 무슨 일이 있었는지, 자기 눈으로 보면 대강의 일은 알 수 있을 테니까."

란타가 대꾸하고, 유메가 불평하고, 두 사람 사이에서 언쟁이 시작되었다.

이것은 순전히 유메의 인성과 말투 덕분이겠지만, 이 두 사람이 티격태격해봤자 사이좋게 장난치는 것으로밖에 보이지 않는다. 두 사람이 싸우는 장면이, 아주 드물기는 하지만, 꿈에 나올 때가 있다. 그럴 때는, 차라리 영원히 말싸움을 계속해줬으면 좋겠다고까지 생각했다.

이미 해는 저물어 주위는 시시각각 어두워졌다. 우리 사이에서 어떤 대화가 오갔는지 자세히는 기억나지 않는다. 그래도, 요새 안의 탐색과 조사는 날이 밝은 후에 하자, 라는 걸로 결론을 내렸겠지. 내 기억으로는, 우리 세 사람은 요새에서 조금 떨어진 곳에서 노숙했다. 분명히, 제트리버를 내려다보는 장소였다.

란타와 유메도 피곤했던 모양으로, 내가 보초를 서는 동안에 숙면했다.

나도 잠깐, 잠을 잤다. 오래는 잘 수 없었다.

유메가 옆으로 돌아누워 있고, 그 등에 란타가 달라붙은 것처럼 하고 있었다. 나는 그날 밤 두 사람의 자는 모습을 또렷하게 떠올릴 수 있다.

아침 해가 뜨고 나서 우리는 리버사이드 철골 요새 안으로 들어갔다. 보기에 세카이슈는 없는 모양으로, 역시 무인(無人)인 것 같았다. 살아 있는 사람은 한 명도 없었지만, 죽은 자는 그 흔적이 남아 있었다. 부서진 문으로 들어가서 바로 앞뜰에는, 시체가―라기보다, 유해의 잔해가 흩어져 있었다. 이 요새에 자리 잡은 새들이 뜯어 먹은 것이겠지. 죽은 자들의 뼈와 장비만이 여기저기 흩어진 채 남아 있었다.

우리는 눈에 익은 갑옷과 방패를 발견했다. 토키즈의 리더 토키무네의 것이었다. 나는 무슨 착각이라고 생각하고 싶었지만, "토키무네로군"이라고 란타가 태연하게 인정했다. 유메도 부정하지 않았다. 그리고, 란타는 검 한 자루를 주워들었다. 두 손으로 드는 편이 다루기 쉬울 것 같은 커다란 검이었다.

"…브리트니도, 인가."

브리트니는 의용병단 사무소의 전 소장으로, 그렇게 된 후부터는 의용병단을 통솔하고 있었다. 그는 머리카락을 녹색으로 물들이고, 어떠한 방법으로 눈동자 색을 바꿨다. 괴짜였으나, 사람을 잘 챙기는 대선배로, 실력 있는 성기사였다. 나는 녹색 머리카락이 달라붙어 있는 해골을 발견했으나, 란타에게도, 유메에게도 굳이 보고하지 않았다. 브리트니와 토키무네는 여기에서 죽었다. 그 사실을 받아들이는 것이 고작이었다.

그들 두 사람뿐만이 아니다.

도대체 몇 명의 의용병이 희생된 것일까?

유해의 상태가 상태인 만큼, 추측하는 것도 쉽지 않지만, 몇 명 단위는 아닐 것이다.

분명 10명 이상이다.

"전멸한 건 아닌 모양이네."

란타가 자기 자신에게 이르는 것처럼 말했다. 그 점은 나도 동의할 수 있었다. 여기에서 전멸한 것치고는, 유해의 숫자가 적었기 때문이다.

의용병들은 다수의 사상자를 내고 열세가 되었다. 그리고, 어느 단계에서, 리버사이드 철골 요새에서 퇴거하려고 했다. 도망칠 수밖에 없게 된 것이 아닐까?

요새라는 것은 방위를 위한 군사시설이다. 브리트니나 토키무네는 그 요새 바깥이 아니라, 안에서 죽었다. 적이, 아마도 대량의 세카이슈가 밀고 들어온 상황에서, 의용병들은 철수할 수밖에 없었던 것이다. 상상하는 것만도 무섭다. 아무리 생각해도 최악이다. 내 머리에는 참상밖에는 떠오르지 않았다.

이렇게 말하면 좀 그렇지만, 브리트니는 둘째치고, 하필이면 그 토키무네가 죽은 것이다. 여차하면 위험을 무릅쓰고 솔선해서 동료를 구하려고 할 만한 남자이기는 했다. 그러면서도, 절체절명의 궁지에 몰려도 어떻게든 헤쳐나간다. 죽여도 죽지 않을 남자라고, 나

는 마음속 어딘가에서 그렇게 생각했었다. 천성적으로 밝은 성격이었고, 그저 쾌활한 것만이 아니라, 그러면서도 기회를 보는 능력이 뛰어났다. 의용병으로서 리스크는 늘 따라다녔는데도, 토키무네는 한 사람도 동료를 잃지 않았던 것이다. 어떻게 해도 사이비 리더일 뿐인 나와는 다르다. 모든 것이 너무나 다르다. 토키무네는 나와 정반대에 위치했다. 진짜 리더란 토키무네 같은 남자를 말한다.

그 토키무네가 죽었다면, 토키즈는 괴멸했다 해도 이상할 것 없다.

안경을 쓴 전사 출신 신관 타다. 최상급 동기 부여자로 분위기 메이커인 안나 씨. 안대에 포니테일의 이누이. 키가 크고 발군의 신체 능력을 자랑하는 여성 마법사 미모리.

토키즈와는 걸핏하면 엮이게 되었다. 토키무네가 그런 남자라서, 토키즈는 아무튼 밝았고, 각자가 개성적이지만 결속력이 매우 강하고, 몰입하면 심상치 않은 추진력을 발휘하는 집단이었다. 나처럼 답답한 인간 입장으로서는 토키즈가 자아내는 분위기는 체질에 맞지 않았지만, 그것도 결국 반은 질투다. 토키즈는 틀림없이 바람직한 사람들이었다. 이러니저러니 해도, 그런 집단은 어떤 때든 살아남게 되는 것이겠지. 그걸로 된 것 아닐까? 라는 생각까지 든다. 토키즈는 언제나 인생을 즐겼다. 살아 있을 가치가 있는 사람들이었다.

만약 토키무네 이하 토키즈가 죽어버린 것이라면, 무정하다고밖에는 말할 수가 없다. 이런 엉망진창인 세계에서 어떻게 희망을 가지란 말인가?

애초에 희망 같은 것은 아무 데도 존재하지 않는 건지도 모른다.

시작 무렵, 마나토가 죽어버렸을 때, 나는 그 사실을 이해했어야 했던 것 아닐까? 이 세계가 어느 정도만이라도 제대로였다면, 죽는다고 해도 순서라는 것이 있을 테고, 최초의 죽음을 맞을 사람으로 마나토가 선택되는 일은 없었을 것이다. 왜 내가 아니었나? 처음으로 죽는 사람은 나 정도가 딱 적당하다. 모구조도 그렇다. 왜 하필이면 모구조가 죽어야만 했던 건가? 나였으면 좋았을 텐데.

그림갈에서는, 아까운 사람부터 순서대로 죽어간다. 그렇다면, 나는 좀처럼 죽을 수 없겠지. 죽지 못하는 자는, 죽어가는 자들을 보내줘야만 한다.

그것은 그것대로 힘든 역할이다. 어이, 마나토. 모구조. 바꿀 수 있는 거라면, 바꿔 달라고 하고 싶을 정도야.

그런 벌 받을 생각을 하고 있는 주제에, 나라는 인간은 생사의 경계를 간파하는 재능만큼은 갖추고 있다.

란타와 유메는 의용병들이 퇴각한 노선, 퇴각로를 특정하려고 했다. 당연히 문을 통해서도 밖으로 나갈 수 있지만, 그 문이 파괴되었으므로, 그 당시에는 거기로 세카이슈가 쏟아져 들어왔을 거라고 생각하는 것이 타당할 것이다. 살아남은 의용병들은 다른 경로를 이용했을 가능성이 있다. 토키무네와 브리트니는 적의 발을 묶어놓기 위해서 앞뜰에서 사투를 펼친 것인지도 모른다. 즉, 동료들이 도망칠 시간을 벌었다. 란타와 유메는 서로 추측을 꺼내놓으면서, 그 다른 경로인지 뭔지를 찾아볼 생각인 것 같았다.

그리고, 나는 뭘 했냐 하면, 그저 란타와 유메 뒤를 따라 돌아다녔다. 일단, 이쪽저쪽으로 시선을 옮겨보기도 하고, 시체를 보기도 했지만, 머리는 제대로 움직이지 않았다. 두 사람의 말을 듣고는 있었다. 하지만 내 의견은 없었다. 나는 옛날부터 말을 하지 않고 있으면 무슨 생각에 잠겨 있는 것처럼 보이는 경향이 있었지만, 솔직히, 그렇지는 않다. 뭔가 제대로 생각하고 있었다면, 그것을 말로 할 수 있어야 한다. 말이 나오지 않는다는 것은, 제대로 생각하고 있지 않다는 것. 그런 것치고는, 아니, 어쩌면, 설불리 생각하지 않기 때문인지도 모르지만, 기이한 느낌을 잘 알아차릴 수 있다.

란타와 유메는 7번 탑 지하에 있는 비밀통로가 퇴각로였던 것 아닐까 하고 추측하고 있는 것 같았고, 그곳으로 가려고 했다. 가려고 했다기보다, 이미 7번 탑은 바로 코앞이었다.

유메가 7번 탑 출입구를 향해 달려나가서, 란타가 "어잇" 인지 뭐라고 말하면서 뒤를 따라가려고 했다.

나는 위를 쳐다봤다. 왜냐고 묻는다면, 설명할 수 없다. 그저 뭔가가 나를 그렇게 하도록 만든 것이 있었던 것이리라.

7번 탑을 포함해서, 리버사이드 철골 요새의 탑은 하나같이 똑같은 구조였고, 거의 구분할 수가 없다. 묵직한 원기둥 형태로, 끝이 뾰족한 모자 같은 지붕이 설치되었다. 철골 요새라는 이름은, 확실히, 탑이나 방벽 토대에 철근과 콘크리트 같은 합성 골조가 사용된 것에 유래할 것이다. 방벽이든 탑이든, 토대 이외는 돌로 쌓은 건조물일 뿐이다.

7번 탑 꼭대기에, 그것은 서 있었다. 갑주다. 얼핏 보아 불길한 인상을 주는 갑주를 입었다. 하지만, 인간이 아니다. 그것은 갑주 말고도, 검은, 새카만, 유난히 길고, 땅에서 걸으면 질질 끌릴 것 같은 외투를 걸쳤기 때문이다. 외투? 그게 아니야. 아니다.

저것은 외투 같은 것이 아니라, 세카이슈다.

검디검은 세카이슈가 모여 갑주에 달라붙어 있는 것이다.

"유메, 란타!"

나는 곧바로 외쳤다. 저 갑주. 나는 본 기억이 있었다. 렌지다. 렌지가 입었었다. 렐릭이라고 했던가. 아라가팔드(劍鬼妖鎧). 저것은 렐릭이다. 렌지. 설마 렌지인가? 저 안에 렌지가. 렌지까지 죽어버린 건가? 그 렌지가.

어쨌든, 저것은 밤을 휘감은 자다.

처음에, 나는 갑주에 시선이 쏠려서, 놈이 좌우의 손에 각각 뭔가 들고 있다는 것을, 못 본 것은 아니라고 해도, 주목하지는 않았었다. 그러나, 도저히 그냥 지나칠 수 있을 만한 것이 아니었기 때문에, 한 박자 뒤에는 그것들이 생물이라는 것을 알았다.

놈은 오른손에 인간을, 왼손에는 개 같은 짐승을 들고 있었다.

끔찍한 예상이 내 머리를 스치지 않았다고 말하면 거짓말일 것이다. 예상은 고사하고, 나는 확신까지 했다. 그러나, 나는 굳이 그 사실은 언급하지 않았다.

"도망쳐! 밤을 휘감은 자다! 후퇴! 후퇴다…!"

나는 외치면서 7번 탑과는 다른 탑을 향해 달렸다. 란타와 유메도 나를 따라왔다. 그것과 거의 동시에 밤을 휘감은 자가 7번 탑 꼭대기에서 뛰어내렸다. 놈의 외투 같은 세카이슈가 검은 날개처럼 보였다.

우리는 다른 탑 그늘에 숨었다. 어째서 세 명 다 거기서 발을 멈췄는가? 아마도, 이상하게 조용했기 때문이다. 놈이 착지한 소리조차도 들을 수 없었다.

란타가 얼굴을 내밀었다가 바로 다시 집어넣었다. 란타는 목소리를 내지 않고 입만 움직여서, 있다, 있어, 라고 손짓을 섞어서 유메와 나에게 전했다.

어떻게 하면 좋은 건가? 나는 도저히 감을 잡을 수 없었다. 합리적으로 생각해보려 하면, 이건 이제 틀렸겠지, 라는 비관에 짓눌려버릴 것 같다. 놈은 우리를 쫓아오겠지. 늦든 빠르든, 우리는 들킨다. 밤을 휘감은 자의 내용물은 렌지인가? 그것은 접어두고라도, 밤을 휘감은 자가 저 렐릭, 아라가팔드의 힘을 쓸 수 있는 거라면, 도저히 대항할 수 없다. 무슨 짓을 해도 소용없다. 그러니까, 아무것도 하지 않는다. 여기에서 가만히 있는다. 그럴 수는 없다.

나는 왼손 손가락 다섯 개를 세우고, 그 손바닥을 오른손 검지와 중지로 두드려 7, 이라는 숫자를 표시했다. 그리고, 오른손 검지를 아래로 내려, 내 쪽으로 쓱 이동시킨 후에 위를 가리켰다. 7번 탑 비밀통로를 통해 도망치자. 란타와 유메는 곧바로 내 제안을 알아듣고 고개를 끄덕였다.

두 사람의 동의를 얻었으면서도 나는 망설이고 있었다. 괜찮은 건가? 이런 계책으로, 정말로 괜찮은 걸까? 괜찮을 리가 없다. 도망칠 수밖에 없으니까, 아무튼 제일 가까이에 있는 도피로 같은 것을 통해 도망치자. 단지 그뿐인 즉흥적인 발상일 뿐이다.

란타가 몸짓으로, 유메가 선두, 두 번째는 나, 자기는 제일 뒤에 붙는다고 주장했다. 나는 이곳 지리를 그리 잘 알지 못했고 이의는 없었다. 유메도 납득했다.

유메가 힘차게 달려나갔다. 나는 오로지 유메를 따라갔다. 7번 탑 출입구 앞까지는 원활하게 갈 수 있어서, 오히려 맥이 빠졌던 것을 기억한다. 그런데, 돌아보니 란타에게 밤을 휘감은 자가 공격하려 하고 있었다.

내가 란타 입장이라면, 체념한다. 1초든 2초든 밤을 휘감은 자를 유인하고, 그 사이에 동료를 도망가게 하려고 할 것이다. 라고나 할까, 현실적으로 그 이외에는 방법이 없었을 것이다. 그런데 란타는 아니었다.

란타는 급정지해서 밤을 휘감은 자의 돌격을 받아내려고 한 것처럼 보였다. 그러나, 한 박자 뒤에는 약간 떨어진 장소에 있었다. 암흑기사다운 변칙적인 몸놀림으로 밤을 휘감은 자의 공격을 피한 것뿐만이 아니다. 밤을 휘감은 자는 그대로 넘어가서 란타를 한번, 시야에서 놓쳤다. 그때는 유메는 이미 출입구로 뛰어들고 있었다. 나도 유메 뒤를 따랐다.

"자기류─."

란타는 칼을 뽑아 밤을 휘감은 자에게 일격을 날렸다. 칼은 세카이슈의 외투에 막혀버렸지만, 그러자마자 란타가 사라졌다. 물론, 정말로 사라진 건 아니다. 공격하자마자 동시에 이탈하는 모순된 움직임이, 마치 사라진 것 같은 착각을 불러일으켰다.

독특하고, 상식을 벗어난 강도의 단련과 실전경험에 의해, 란타는 매우 드문 신체 능력과 검기를 개화시켰다. 옛날의 녀석을 알고 있는 입장에서 보면, 저런 식으로 성장을 이룩한 사실을 아무래도 믿기 힘들다. 나에게는 보는 눈이 없었던 걸까? 별로 있다고는 생각하지 않지만, 녀석이 1선급의 암흑기사가 되다니, 누가 예상할 수 있었을까? 마치 란타가 몇 명이나 있어서, 난무하는 것처럼 밤을 휘감은 자에게 덤벼드는 것 같았다. 그렇게까지 해도 밤을 휘감은 자에게 타격을 줄 수는 없겠지만, 애초에 란타가 노리는 것은 그게 아니다. 밤을 휘감은 자는 휘둘리고 있었다. 란타는 때려 넣고는 떨어지고, 떨어졌다가 때려 넣고, 또 떨어지고, 눈에 보이지 않는 속도, 예측하기 힘든 타이밍으로 그것을 반복하면서 7번 탑으로 접근했다.

유메는 란타를 신경 쓰는 기색도 없이 7번 탑으로 들어갔다. 란타를 진심으로 신용하고 있으니까, 쓸데없는 걱정은 필요 없다는 것을 알고 있다. 과연 나는 유메처럼 사람을 신뢰할 수 있을까? 아무튼, 나도 유메 뒤를 따랐다.

비밀통로라고 할 정도니, 원래는 지하로 가는 계단 자체가 돌벽으로 봉쇄되어 있었다고 하는데, 그 돌벽은 박살 났다. 덕분에, 파편을 넘어가기만 하면 지나갈 수가 있었다. 계단으로 지하에 내려가자, 나 정도 키라면 몸을 숙이지 않아도 들어갈 수 있는 크기의 통로가 입을 벌리고 있었다.

통로 앞에서는 잠깐 기다렸다. 란타가 계단을 뛰어 내려오고 나서, 우리는 통로로 돌입했다.

통로 안은 캄캄했다. 한동안은 세 사람 다 말없이, 오로지 어둠 속으로, 어둠 속으로 걸어갔다.

밤을 휘감은 자가 통로 안까지 쫓아오면 어쩌나 하는 우려는 품지 않았었던 것 같다. 아무것도 보이지 않고, 싸울 수가 없기 때문에, 불안해 해봤자 소용없다. 이렇게 되면, 조금이라도 앞으로 나갈 수밖에 없다고, 마음을 정한 건지도 모른다.

혹은, 그 일에 관해서, 언제 말을 꺼낼까—밤을 휘감은 자가 양손에 들고 있던 것에 관해서, 언젠가는 말하지 않으면 안 된다. 알고는 있어도, 가능하면 말로 하고 싶지 않다는 마음이 아물거려서,

아무것도 생각할 수 없었던 건가?

어쨌든, 우리가 밤을 휘감은 자에게 잡히는 일은 없었다. 쫓아왔다고 해도 도중에 되돌아갔을 것이다. 우리는 목숨을 건졌다.

나와 유메, 란타 세 사람은.

통로의 어둠 속에서 말한 것만큼은, 명확하게 기억한다.

"스승님, 틀렸지"라고 유메가 울음 섞인 목소리로 말했다.

"어."

본 것은 아니지만, 란타는 분명 유메의 어깨를 안아준 것이 아닐까 생각한다.

"그래. 하지만 있지. 틀린 게 아니야. 틀렸다고 말하지 마. 우리가 지금 이러고 있는 건, 이츠쿠시마와 포치 덕분인 거야. 그렇지?"

저렇게 사려 깊은 말을 할 수 있는 남자였다는 건 몰랐다. 유메한테, 유메이기 때문인지도 모르지만. 누구에게나 다정한 놈은 아니다.

그때 나는 유메에게 뭔가 말해줄 수 있었던가? 줄곧 아무 말 하지 않았던 것은 아니라고 생각하지만, 란타에게 동의하는 듯한 말을 한 정도겠지.

그야 나는 이츠쿠시마와 포치는 이미 살아 있지는 않을 거라고 생각했었다. 설마 살아 있었을 줄이야, 이츠쿠시마와 포치는 간신히 궁지에서 벗어나, 놀랍게도 리버사이드 철골 요새까지 와 있었다. 게다가, 우리보다도 빨리, 말이다.

하지만, 그것이 오히려 화근이었다.

리버사이드 철골 요새에도, 다른 밤을 휘감은 자가 있었던 것이다.

만약 내가 요새에 먼저 도착해서 안에 들어갔었다면, 놈은 나를 먹잇감으로 삼았을 것이 틀림없다. 그랬을 경우, 어쩌면 이츠쿠시마와 포치는 이변을 알아차리고, 나중에 도착한 유메와 란타와 함께 이 땅을 떠났을지도 모른다.

이츠쿠시마와 포치는 리버사이드 철골 요새에서 죽었다.

나 대신에 죽은 것이다.

그렇게밖에, 나는 생각되지 않는다.

미안해. 사과할 수 있는 거라면 사과하고 싶었다. 정말로 죄송해요. 내 잘못이야. 내 탓인 거다.

하지만, 누구에게 사과하면 돼?

이츠쿠시마와 포치는 이미 죽었다. 죽은 자에게 사과해봤자 아무런 의미도 없다.

그렇다면, 유메나 란타에게?

그런 일은 할 수 없고, 할 말이 아니다.

결국, 사과할 수는 없었다.

그래도, 나는 내 탓이라고, 지금까지도 생각한다.

내가 죽었으면 좋았을걸.

그날, 나는 리버사이드 철골 요새에서 죽었어야 했다.

그 당시의 나는 전혀 몰랐다. 그림갈에는 이런 오래된 전승이 있다.

그곳에는 하늘과 바다밖에 존재하지 않았다.

어느 때, 바다 너머에서 사람 같은 모습을 한, 이름도 없는 자가 왔다.

이름 없는 자는 바다에 수천만의 씨앗을 뿌리고 떠났다.

수천만의 씨앗은 싹을 틔우고, 억조의 생명이 되어 피어났다.

그 생명들이 시들자, 그 시체는 바다 밑에도 쌓이고 또 쌓였다.

이렇게 해서 바다에서부터 육지가 고개를 내밀고, 이윽고 대륙이 만들어졌다.

생명은 이 대륙에서도 생명을 낳고 키워 크게 증식했다.

사람 같은 모습을 한 이름 없는 자가 대륙에 재래하여, 몇 성상(주3)을 자고 깼다.

이름 없는 자가 지켜보는 가운데, 무수한 생명이 피었다가는 지고, 앞선 사람들이 태어났다. 대륙은 생명으로 가득 차고, 채색되었다.

그러나, 하늘 위에서 원초의 용이 강림하여, 이름 없는 자는 쫓겨났다.

이름 없는 자를 대신해서, 용이 대륙을 침상으로 삼았다. 용은 땅에 묻힐 때까지 계속 혼혼히 잠을 잤다. 지상은 고요한 풍요로 가득했다.

주3) 성상: 星霜. 별은 일 년에 한 바퀴를 돌고 서리는 매해 추우면 내린다는 뜻으로, 한 해 동안의 세월이라는 뜻을 나타내는 말.

대륙의 평온을 박살 낸 것은, 하늘과 바다 저편에서 흘러온 두 명의 신들이었다.

너무 소란스러워 용이 눈을 뜨자, 두 신이 앞선 사람들을 거느리고 서로 싸우고 있었다.

용은 침상에서 기어 나와 두 신을 응징하고자 전쟁에 임했다.

용과 두 신의 장렬한 싸움은 앞선 사람들을 말려들게 하고 길게 이어졌다.

싸움이 끝날 조짐이 보이지 않아, 앞선 사람들을 가련하게 여긴 이름 없는 자가, 천상의 끝에서부터 붉은 별을 내려보냈다.

붉은 별은 용에게 격추당했으나, 그 파편은 지하에 뿌리를 내리고 검은 종기가 되었다. 검은 종기는 대륙에 널리 퍼졌다.

두 신은 종기에 파묻혀 모습을 감추고, 용은 다시금 침상으로 돌아갔다.

그러나, 용은 붉은 별을 격추시키느라 힘을 다 써버렸기 때문에, 두 번 다시 눈을 뜨는 일은 없었다.

용은 침상에서 죽었다.

이 전승에 인간족은 등장하지 않는다. 인간족은 신참이기 때문이다.

애초에 그림갈에 있던 앞선 사람이란, 엘프나 드워프, 놈, 센토, 코볼트의 선조라고 한다. 모습이 너무나도 달라서, 그들이 같은 조상을 가진 종족이라는 것은 신용하기 힘든 이야기지만, 어쨌든 이 땅에서는 인간족의 대선배라고 한다.

그리고, 적어도 엘프나 드워프에게는, 선주민이나 원초의 용, 두 신, 붉은 별에 관한 전승이 남아 있다.

그리고, 북변—극한의 북부 일대에서 사는, 뿔 달린 유각인 종족
모두, 그리고 네히 사막을 거주지로 삼은 피라츠인도, 인간족보다
그림갈력이 긴 모양이다. 선주민이 아닌, 즉, 토착민이 아닌 유각인
종족과 피라츠인에게도 두 신의 싸움이 전승되고 있다. 유각인의
모든 종족은 그림갈의 붉은 달을 붉은 별과 동일시하며 두려워하
고, 피라츠인은 원초의 용을 조상신으로 숭배하고 있는 것이다.

비밀통로를 이용해 리버사이드 철골 요새 밖으로 나온 나와 란
타, 유메는 동쪽으로 걸어가 원더 홀로 향하기로 했다.

한마디로 말하자면, 원더 홀은 천연의 거대 터널이다.

이 경우에 천연, 이라는 것은, 그저 사람의 손길이 더해지지 않
았다는 의미일 뿐이다. 확실히, 인간족을 포함한 광의의 사람이 그
것을 만들었다고 생각하는 것은 무리가 있다. 그렇다고 해도, 어떠
한 자연현상으로 이런 구멍이 형성되는 것일까? 원더 홀의 폭은
100미터 이상으로 넓고, 지상에서부터 지하를 향해 들어가는 형상
을 봐도, 상당한 거구를 자랑하는 생물이 뚫은 구멍처럼 보인다. 게
다가, 끝이 없다고 형용해도 과장이 아니라고 느낄 정도로, 엄청나
게 길고 크다. 그야말로 인지를 초월했다.

원더 홀의 존재 자체는 오랜 옛날부터 알려져 있던 모양이다.

선주민의 후예들은 용의 침상이라고 불렀다. 그들은 이 거혈을
경외하여 굳이 가까이 가려 하지 않았던 모양이다.

고전에서 이르기를, 원초의 용이 대륙을 침상으로 삼아 땅에 묻
힐 때까지 잠을 잤다. 그 후에 두 신이 선주민들을 거느리고 싸움을

시작했기 때문에, 원초의 용은 그 침상에서 기어 나왔다. 침상은 어디에 있었는가? 여기다. 이 원더 홀이 바로, 원초의 용이 잠을 잤 던 장소라고, 선주민들은 간주했던 것이다.

아라바키아 왕국이 천룡 산맥 남쪽으로 철퇴하기 전부터 인간족 은 원더 홀 조사에 착수했던 모양이다. 그러나, 본격적으로 탐색이 진행된 것은 오르타나가 생긴 이후, 특히 의용병들이 활약하게 되 고 나서부터라고 한다.

대부분의 인간족은, 종유동굴이나 용암 동굴 등의 동굴이나, 땅 의 균열, 계곡 등등이 서서히 접속한 결과, 원더 홀이라 불리는 현 재의 모습이 되었다고 생각했다.

그러나, 과연 그럴까?

원초의 용은 실재했고, 용의 침상도 정말 있었던 것 아닐까? 라 고 나는 생각한다.

원더 홀 전부가 용의 침상인가 하면, 그것은 아닐지도 모른다. 하 지만, 용의 침상이 먼저 있었고, 시간이 흐름에 따라 점점 넓어진 것 아닐까?

직접적인 증거는 없지만, 방증은 없지도 않다.

원더 홀에 도착한 우리는 적잖이 놀랐다.

예전과 다름없는 원더 홀이 거기에 있었기 때문이다.

무엇보다, 원더 홀에 가까이 갈수록 세카이슈가 보이지 않게 되 었다. 원더 홀을 중심으로 하는 반경 1킬로미터 이내에 세카이슈는 전혀 없었다. 검은 조각조차도 보이지 않았다.

원더 홀 구석으로 이어지는 경사면은 풀밭으로, 메르르크라는 큰 닭 비슷한 초식동물이 자유롭게 살고 있다. 원더 홀 앞의 명물이라고 해도 좋을 한산한 풍경에도 변화다운 변화는 없었다.

"평화로운 것도 정도가 있지…."

란타가 멍하니 중얼거렸다. 유메는 사냥꾼답게 멀리에서부터 경사면 중턱에서 뭔가 발견한 모양으로, 그곳을 향해서 달려갔다.

이츠쿠시마와 포치를 잃은 일로 유메는 당연히, 상당한 타격을 받았을 것이다. 그런데도, 유메가 엄청나게 우울해했다는 기억은, 나에게는 없다. 굳이 말하자면, 말수는 평소보다 적었던가? 뭐, 고작해야 그 정도다.

오히려, 아버지 대신이었던 이츠쿠시마를 잃음으로써 유메는 한층 더 강해진 것 같은 느낌이 든다. 유메는 훗날 아들을 낳고 엄마가 되는데, 그것도 결국은 유메 본인이 선택한 일로, 어디까지나 그녀의 주체적인 결단이었던 것 아닐까?

유메는 엄마가 되지 않으면 안 되었다. 자기 핏줄을 남긴다는 것보다도, 우리 세대에서 이어지는 아이를 낳지 않으면 안 되었다. 지금 와서 생각한 거지만, 유메에게는 어떤 종류의 사명감이 있었던 것 아닐까? 원래부터 살아 있는 온갖 존재에게는 자손 번식의 본능이 있고, 그걸 위한 기능이 날 때부터 갖춰져 있다. 유메는 그에 따랐을 뿐인지도 모르지만, 역시 이츠쿠시마가 죽고 나서부터 그녀는 변했다. 나는 그렇게 느낄 수밖에 없었다.

유메가 경사면 중턱에서 발견한 것은, 장작불을 지피고 남은 재와, 그 주변에서 상당한 수의 사람들이 잠을 잤던 흔적이었다. 유메의 짐작으로는, 여기에서 야영한 것은 15인 이상, 나도 조사해봤는데, 그녀의 의견에 동의한다.

"의용병이네."

란타가 그렇게 결론지었다.

"살아남은 무리가 리버사이드 철골 요새에서부터 여기까지 도망쳐와서, 야영했다."

"1박이 아니라고 유메는 생각하걸랑. 며칠 있었던 거 아닐까? 좀 떨어진 곳에 화장실을 만든 장소도 있었고, 뼈 같은 것도 한데 모아서 버렸으니까."

"메르르크를 사냥해서 먹었다는 건가? 무슨 이유인지 세카이슈가 다가오지 않는 이 장소에서 기를 보충하고, 놈들은—원더 홀에 들어갔다…?"

보아하니 원더 홀 앞은 안전지대인 모양이다. 생각했던 것보다도 생존자의 수는 적지 않은 것 같은데, 그렇기는 해도, 의용병들은 리버사이드 철골 요새에서 목숨만 간신히 부지하며 도망쳐 왔을 터였다. 여기에서 며칠인가 쉬었다고 해도 이상할 것 없다. 라고나 할까, 그들이 여기에 안착했다고 해도 질책할 이유는 없을 것이다.

그런데도, 그들은 군이 원더 홀로 들어갔다.

어째서인가?

우리는 그 문제에 관해서 협의하면서, 생존자들의 야영지 터에서 장작불을 지폈다. 잠깐 동안이라도, 모처럼 찾아온 평온을 내 손으로 박살 내는 것 같아 그다지 내키지는 않았지만, 메르르크를 딱 한 마리 죽여서 손질해서 먹었다. 동료를 살해당한 원더 홀 앞의 메르르크들은 한동안 도망다니거나 요란하게 울어댔다. 그래도 잠시 후 얌전해졌고 다시 평온이 돌아왔다.

우리는 원더 홀에서 1킬로미터도 채 떨어지지 않은 급수처를 알고 있었고, 식량도 확보할 수 있었다. 서둘러 행동할 필요는 없었기 때문에, 우리는 3일, 아니, 4일은 생존자들의 야영지 터에 머물렀던 것 같다.

그 4일간을 돌이켜 생각해보면, 나는 마음이 진정되고, 충족되었다.

우리는 소중한 사람들을 몇 명이나 잃었다. 과거는 처참하다고 말할 수밖에 없고, 앞날은 어디까지나 어두웠다. 그런데도 그 나흘 동안, 분명 우리는 행복하기까지 했다. 보고 싶지 않은 것을 보지 않으려고 하고, 생각하고 싶지 않은 일을 생각하지 않으려고 했던 걸까? 꼭 그렇다고만은 단언할 수 없다.

우리는 이야기를 나눴다. 그것은 아주 차분히, 곰곰이 생각하며 나누었다. 화제는 끊이지 않았고, 우리 사이에서만 통하는 대화가 얼마든지 있었다. 특정 사항을 철저하게 피하는 일도 없었던 것 같다.

예를 들어, 쿠자크 일, 세토라 일, 그리고 시호루에 관해서도, 우리는 거리낌 없이 이야기했다.

그리고, 메리, 노 라이프 킹의 일도.

메리는 한번 죽고, 그녀를 말 그대로 죽음의 늪에서 구해내기 위해서, 나는 제시라는 수수께끼의 남자의 조언을 따랐다. 제시는 제시이며, 제시가 아니었다. 그 안에는 제시가 아닌 것이 있었다.

즉, 노 라이프 킹이.

설정으로는. A력 555년경, 노 라이프 킹은 붕어했다고 되어 있다. 여기서부터 이상하다. 불사의 왕이 죽다니, 어떻게 된 일인가? 죽지 않으니까 불사의 왕이라고 불린 것이 아닌가?

사실, 노 라이프 킹은 죽은 것이 아니었던 것이다.

노 라이프 킹은 다른 사람 속에 숨어 들어가, 오늘까지―지금도 아직, 그 괴물은 살아 있다.

제시는 나를 꼬드긴 건가? 그 일은 질릴 정도로 많이 생각했지만, 그 남자는 강요한 것이 아니었다.

『한 번 죽었던 나처럼, 이 사람은 되살아난다.』

『대가는 따르지만.』

『이 사람은 나 대신에 되살아나는 셈이 되니까.』

『너희도 바보는 아닐 테니 알지?』

『이건 보통이 아니야.』

『사람이 되살아나지 않는다는 것은 상식이고, 사실 그게 맞다.』

이것이 제시가 말한 것이다.

비장의 방법이 있기는 있다, 단, 그것은 자연의 섭리를 거스르는 것이고, 그에 따른 대가를 치러야만 한다고, 제시는 나에게 경고했었다.

내가 이성적이었다면, 거절했을까?

무리였다.

몇 번을 되돌아간다고 해도, 나는 같은 일을 한다. 죽어버린, 죽게 해버린 메리를, 그대로는 둘 수 없다. 나는 그녀를 잃고 싶지 않았다. 잃은 사실을 없었던 일로 할 수 있다면, 아무리 불리한 거래라도 응했을 것이다.

그러니까, 내 안에, 제시의 제안을 받아들인 것에 대한 후회는 없다. 후회해도 소용없고, 후회하고, 자신을 책망하고, 자기연민에 빠지는 것보다는, 현 상황을 조금이라도 낫게 만들기 위해, 뭔가 할 수 있는 일은 없는 것인지, 머리를 쥐어짜야 한다.

그것이 최소한의 보상이라는 것이겠지.

보상할 수 없는 것이라고 해도, 하는 수밖에 없다.

원더 홀 앞 생존자들의 야영터에서 나는 그 일도 란타와 유메에게 말했다. 그때 나는 떨고 있었는지도 모르겠지만, 말이 막히거나 울거나 하지는 않았고, 제대로 말할 수 있었던 것 같다. 나는 장작불 반대편으로 가고, 란타와 유메는 맞은편에서 나란히 앉아 있었다. 두 사람은 자연히 서로 가까이 붙어 있었다. 란타는 마주 보고 왼쪽, 유메는 오른쪽이었다. 란타는 오른쪽 무릎을 세우고, 그 무릎에 오른쪽 팔꿈치를 올려놓았었다. 유메는 편한 자세로 앉아 있다. 란타의 왼팔과 유메의 오른팔이 맞닿아 있었다.

"네가 그렇게 생각한다면, 그런 거겠지."

란타가 조용히 말하자, 유메는 볼이 약간 튀어나오더니, "바보"라며 란타를 꾸짖었다.

"그렇게 말할 것 없잖여. 하루 군이니까, 메리 일이니까. 그럼 전부 유메네 일이잖아."

"나도 알아, 그런 건."

"알면, 좀 다르게 말하면 되잖아."

"표현 같은 건 말이야, 아무래도 상관없잖아. 어차피 우리는 일련탁생이라는 거잖아. 끝까지 같이 가는 거니까. 안 그러냐? 하루히로."

파루피로가 아니라 하루히로라고 나를 부르고, 똑바로 눈을 보며, 란타는 말했다.

"나랑 유메 사이에는, 사실, 여러 가지 일이 있었거든. 우리의 길은 갈라져 버린 건 아닌가 생각한 적도, 솔직히 있었어. 하지만, 그게 아니었던 거야. 이제, 이대로 가자. 나는 정했다. 너 따위는 내 등을 맡기기에는 부족하지만 말이야. 주절주절 말해봤자 소용없고. 이제 좀 각오를 다져. 적어도 너답게 발버둥이라도 쳐서, 어떻게든 내 뒤를 쫓아오라고."

나는 고개를 끄덕였을까? 가벼운 농담이라도 했을까? 잘 기억나지 않지만, 란타가 그런 식으로 말해서 꽤 편해진 것은 틀림없었다. 어쩌면, 내가 앞날을 생각할 수 있게 된 계기는 그것이었는지도 모른다.

살아남은 의용병들은 어째서 원더 홀로 들어간 걸까?

우리가 도출해낸 결론은, 광명을 찾아내기 위해서가 아닐까, 라는 것이었다. 만약 생존자들에게 미래라는 것이 있다면, 그것은 원더 홀 안이거나, 그 너머에 있다. 생존자들은 가능성을 붙잡기 위해서 전진했다.

그렇다면, 그것은 도대체 무엇인가?

생각할 수 있는 것은, 소우마 아닐까?

의용병 최강이라 평판이 높은 소우마와 그 동료들은 일련의 싸움에 참여하지 않았다. 소우마네뿐만이 아니다. 소우마가 결성한 새벽연대(DAY BREAKERS)의 주요한 멤버들, 살아 있는 전설인 아키라 씨나 타이푼 록스도 마찬가지였다.

소우마는 말할 필요 없이 유명한 뛰어난 검사다. 아직도 나는 그의 실력의 수준을 측정할 수가 없다. 그가 검을 휘두르는 모습을, 산을 부수고 바다를 가르는 듯한 그 참격의 위력을 눈으로 봐도, 그저 그가 아무튼 강하다는 것밖에 나는 알 수가 없었다. 직접 접해보면 인간적인 부분이 많은 남자인데도, 어디까지고 인간에서 동떨어져 있다. 어느 정도 인간에서 동떨어져 있는 건가? 평범한 사람에게는 그조차 가늠할 수가 없다. 그것이 천재라는 것이겠지. 그런 진부한 표현밖에 머리에 떠오르지 않는다.

불세출의 천재 소우마가 아무래도 눈에 띄게 마련이지만, 다른 멤버들도 결코 그에게 뒤지지 않는다. 케무리라는, 체격이 훌륭한 성기사도 격이 다른 실력이고, 인조인간 젠마이를 거느린 핑고는 사령술사(네크로맨서)이며 또한 재기 넘치는 마법사다. 엘프 검무사(소드 댄서) 리리야는 인간족은 흉내낼 수 없는 탁월한 검기를 구사한다. 주의(呪医)(샤먼) 시마는 도적 출신 힐러로 체술도 뛰어나다.

소우마의 파티는 밸런스가 잘 잡혀 있으며 또한 압도적이었다.

무의미한 가정이겠지만, 만약 그런 소우마의 파티와 아키라 씨의 파티가 결투를 한다면, 어느 쪽이 이길까?

본인은 이미 전성기를 지났다고 자인한 모양이지만, 아키라 씨는 기력, 체력, 경험을 최고 레벨로 갖추었고, 옆에서 보기에는 그야말로 절정기인 것처럼 보였다. 그 아키라 씨를 포함해서, 드워프 도끼잡이 브란켄, 장신의 전사 카요, 아키라 씨네 파티는 전위에 지나치게 강력한 패들이 모여 있었다. 후위도 충실해서, 하프 엘프인 타로는 아직 젊지만 훌륭한 활잡이였고, 마법을 쓸 수 있는 신관 고흐, 당대 제일이라 소문난 마법사 미호가 있었다. 아키라 씨와 미호는 부부이며, 소우마가 태두할 때까지는, 이 부부야말로 최강이란 이름을 죄다 독식하고 있었다고 한다.

게다가 로크가 이끄는 타이푼 록스도, 소우마 파티나 아키라 씨 파티에 뒤지지 않을 개성과 집단이다. 대머리 거한 전사 카지타. 지략가인 암흑기사 모유기. 사냥꾼 출신으로 천의무봉(주4)인 자연파 전사 크로우. 직력이 다채로와 무슨 짓을 벌일지 모르는 사카나미. 성기사 출신 신관이라는, 어떤 의미에서는 아리송한 전직력을 가진 앞가르마를 탄 츠가. 일기당천(주5)의 강자들이 모였다고 해도 과언이 아니다. 전략 면에서는, 그야말로 소우마와 아키라 씨네 다음 가는 존재, 넘버 쓰리라고 평해도 이의는 나오지 않을 것이다.

인조인간 젠마이를 포함하면 18인. 그냥 18인이 아니다. 100명에, 아니, 수백 명에 필적하는 18인이다.

어쩌면, 이 18인이 처음부터 참전했다면, 그림갈의 역사는 전혀 다른 방향으로 흐르지 않았을까? 소우마 파티가 있었으면, 남정군을 격퇴할 수 있었을지도 모른다. 그렇게 되면, 오르타나가 진 모기스에게 장악되는 일도 없었다. 노 라이프 킹이 부활하는 일도 없고, 우리는 의용병으로서 살아가면서 시호루를 되찾을 방법을 찾고 있었을지도 모른다.

나도 그런 생각을 진지하게 한 것은 아니지만, 나도 모르게 그렇게 생각하고 싶어질 만한 18인이었다.

혹은, 과대평가인 걸까?

나에게 있어서는 과거이고—그것도, 좀 옛날이랄 정도가 아니다. 지나가 버린 시대의 이야기니까, 현실이라기보다는 이미 환상에 가깝다. 나는 과거 다룽갈이라는 이계에서 화룡과 맞닥뜨린 적이 있다. 그 화염의 숨결을 토해내는 무시무시한 용은 산맥처럼 컸다. 하지만, 사실은 그 정도는 아니었는지도 모른다. 내 기억 속에서 화룡은 몇 배나, 몇십 배나 부풀어 올라, 실물과는 전혀 다른 거대한 생물로 변한 건지도 모른다.

주4) 천의무봉: 天衣無縫. 천사의 옷은 꿰맨 흔적이 없다는 뜻으로, 완전무결하여 흠이 없음을 이르는 말.
주5) 일기당천: 一騎當千. 한 사람의 기병이 천 사람을 당해낸다는 뜻.

그러나, 설령 그렇다고 해도, 그 당시의 의용병들에게 있어서 그 18인은 커다란, 지나칠 정도로 큰 존재였다고 생각한다.

타이푼 록스는 한 단계 급이 낮다고 쳐도, 소우마네와 아키라 씨네는 완전히 다른 급이었다. 거의 신격화되었다고 해도 과언이 아니다. 신처럼 대우받기에 어울리는 영웅들이었다.

그 18인은 일련의 싸움에는 가담하지 않았다.

어째서인가?

부재중이었기 때문이다.

소우마는 원더 홀 탐색을 진행한 적이 있다. 원더 홀을 경유해서 북변 가까이, 화이트 로크 대산맥으로 둘러싸인, 이른바 불사의 천령(언데드 DC)까지 파고들었다. 그 실적이 있었던 덕분에 노 라이프 킹이 부활할 전조가 있다는 짐작을 했고, 소우마가 새벽연대 결성을 선언한 것도 일정의 설득력이 있다고 의용병들은 생각했다. 소우마는 아키라 씨네와 타이푼 록스를 동료로 끌어들여 원더 홀 조사를 계속했다.

실은, 나와 내 동료들과 이오 파티도 새벽연대에 소속되어 있었다. 이오네 일은 잘 모르지만, 우리 경우에는 뭐, 어쩌다 보니, 라고 말할 수밖에 없다. 다스크렐름(황혼 세계)이며 다룽갈에 가기도 하고, 파라노인지 하는 이계에 말려들기도 하고, 그림갈에서 떨어져 있던 시기도 길어서, 소우마네의 행동을 거의 파악할 수 없었다. 우리와 그들 사이에는 거의 항상 커다란 간격이 있었다.

아무튼, 원더 홀이다.

그들은 원더 홀을 집중적으로 탐색했었다.

그 당시, 나는 몰랐지만, 일련의 싸움이 진행되는 동안에 그들은 원더 홀 안에 있었다고 한다. 안, 이라고 해도, 메르르크가 사는 원더 홀 출입구에서부터 몇백 킬로나 떨어져 있었다. 그들은 불사의 천령에 침입했다가 돌아가는 도중이었던 모양이다. 돌아오고 싶어도, 당연히 하루이틀만에 갈 수 있을 만한 거리가 아니다. 그러나, 소우마 이하 새벽연대의 주요 멤버들은 원더 홀의 끝에 있었다. 의용병들은 그 사실을 들어서 알고 있었다.

소우마네와 합류할 수만 있다면, 활로를 찾아낼 수 있을지도 모른다.

적어도 소우마 산하에 들어가 비호를 받을 수는 있겠지. 현상을 타파하는 것은 어렵다고 해도, 소우마네와 함께 살아남을 수만 있다면, 바람은 이어질 것이다.

우리가 분명하게 결단한 것은, 출발 전날 밤이었다.

어렴풋이, 어떻게 해야 하나, 라기보다, 그렇게 하는 수밖에 없다고, 나도 란타도 알고 있었다. 분명 유메도 마찬가지겠지.

막상 결행하기 힘들었던 건가? 언제까지고 이렇게 셋이서 장작불을 둘러싸고 앉아 있고 싶다는 마음도, 없지는 않았는지도 모른다. 그렇기는 해도, 우리는 말린 고기, 훈제 고기 등 보존식을 만들기도 하고, 물을 길어올 수 있을 만큼 길어오기도 하며 준비를 진행하고 있었다.

"갈까."

란타는 그렇게 말하고 나서 유메의 등에 팔을 돌려 자기 쪽으로 끌어당겼다. 유메는 고개를 갸웃거리며, 뭐지? 라는 얼굴을 했지만, 란타를 밀어내려고는 하지 않았다.

"응."

내가 고개를 끄덕여 보이자 란타도 고개를 끄덕였다.

"오늘 밤은 푸욱—자둬야 해."

유메는 그런 말을 했다. 우리의 결의표명은, 단지 그것뿐이었다.

다음 날 아침, 우리는 원더 홀에 들어갔다.

출입구 부근은 거대한 동굴, 터널이라기보다 점점 아래로 내려가는 계곡 같다. 그래서 의용병들은 그 일대를 곡혈(골짜기 구멍)이라고 칭했다. 곡혈에는 스프리건, 듀르가, 보기라고 하는 소형 아인이 서식하며 메르르크를 사냥하거나 서로 죽이거나 했으나, 그때는 전혀 보이지 않았었다. 벌레와 작은 짐승 종류밖에 없다. 곡혈은 이상할 정도로 조용했다.

언제부터인가 그렌델이라는 신종이 원더 홀을 석권했다는 정보는 나도 듣기는 했었다.

드넓은 원더 홀 내부에는 이계와의 접점이 몇 개나 있다. 의용병들이 새로운 이계와의 접점을 발견하고 신천지로 진출하는 일도 있었다. 하지만, 대개는 그 반대다. 이계의 생물이 그림갈로 들어온다. 그림갈의 주민은, 본 적도 들은 적도 없는 그 생물들을 신종으로 간주한다. 필요에 따라서는 어떤 이름을 붙이는 일도 있다.

그렌델도 역시 그들의 자칭이 아니다. 의용병들이 붙인 이름이다.

그 유래는 정확하지 않다.

단지, 우리는 그림갈에서 눈을 떴을 때, 기억을 잃었다—빼앗겼다고 해야 할까? 망가뜨려 졌다고 해야 할까?—아무튼, 자기 이름 정도밖에 떠오르지 않는 상태였으나, 그 이외의 모든 일을 완전히 망각한 것은 아니었다. 우리는 언어를 구사할 수 있다. 자연계 전반

이나 인간사회에 관한 지식, 상식 같은 것은 보유하고 있다. 어쩌다 문득, 아무리 생각해도 그림갈과는 관계 없는 사물에 관한 기억이 되살아나는 일도 있었다.

그렌델이라는 말에 어떤 유래가 있는 건가? 나는 모르지만, 처음 들었을 때 왠지 무서운 느낌을 받았다. 혹시나 예전 세계에 있던 것일까? 예전 세계에서 회자되던 무언가였던가?

아무튼, 의용병들에게 있어서, 그리고 원더 홀에 할거했던 생물들에게도 그렌델은 커다란 위협이었다. 곡혈의 3아인뿐만이 아니다. 곡혈 앞에는, 일찍이 무리안이라는 거대 개미 같은 종족이 대규모 콜로니를 형성했다. 복잡하게 얽힌 무리안의 동굴은 그대로 남아 있으나, 무리안 자체는 모습이 보이지 않았다.

란타의 말로는, 3아인과 무리안은 그렌델에 대량학살 당했고 그 후로 사라졌다고 한다.

그렌델은 자기들이 죽인 생물을 해체하여, 머리 부분과 내장, 뼈, 치아 등의 부위를 갖고 간다. 적어도 그 일부는 식용으로 쓰는 모양이다.

곡혈이나 무리안의 소굴에는 한동안 3아인과 무리안의 사체의 잔해가 흩어져 있었다고 한다. 그러나, 그러다가 원더 홀의 벌레나 작은 동물들이 잔해를 먹어치워서 보이지 않게 되었다.

3아인과 무리안이 절멸했다고는 생각할 수 없다. 그들은 그렌델에게 겁을 먹고 주거지를 버리고 어딘가로 옮겨간 것이겠지.

이야기는 오르타나가 오크들 남정군에게 공략당한 뒤까지 거슬러 올라간다.

오르타나를 벗어난 브리트니 등 의용병 그룹은 원더 홀을 거점으로 삼으려고 했다. 리버사이드 철골 요새도 함락되었기 때문에, 달리 갈 곳이 없었던 것이다.

게다가, 의용병들에게 있어서 원더 홀은 주전장 중 하나로, 말하자면 앞마당 같은 곳이기도 했다. 위험은 물론 많지만, 원더 홀 내에서 먹고 자본 적이 없는 의용병은 가짜일 것이다. 이계에서 온 생물 중에는 먹을 수 있는 것도 있다. 지하인 만큼 수맥이 있고, 물도 구할 수 있다. 그렇지 않았으면, 제아무리 소우마네라고 해도 거리로 치면 수백 킬로미터 정도가 아닌 왕복 천 킬로미터 이상, 기간으로 치면 수개월에 걸친 원정을 수행할 수 있을 리 없었다. 정들면 고향이라거나 그런 말은 접어두고라도, 마음만 먹으면 충분히 지낼 수 있는 곳이 원더 홀이다. 그랬었다.

그런데, 타이밍 나쁘게도, 신종 그렌델의 세력 급확대와 마침 시기가 겹쳐버렸다.

의용병단은 곡혈과 무리안의 소굴 앞, 이른바 악마의 왕국이라 불리는 지대에서 그렌델과 교전했던 모양이다. 그때의 의용병단은, 오르타나에서 낙오된 변경군 정규병—그 진 모기스가 변경군 총사를 참칭하기 전의, 정식 변경군이다—을 더하여 백 명 이상의 전력을 품고 있었다. 신관, 성기사도 다수 있었으니 거의 사망자를 내지 않고 그렌델을 격퇴하는 데 성공한 모양이다. 이기기는 했으나, 그렌델이 만만치 않은 강적이라는 것을 그들은 뼈저리게 깨달았다.

의용병단 백 명 이상에 대하여, 그렌델은 처음에 10명도 되지 않았다.

그 10명도 안 되는 그렌델이 버티고 버티는 사이에 그렌델 증원군이 왔다.

최종적으로, 의용병단은 30명 정도의 그렌델과 격렬하게 싸우다가 간신히 철퇴시키는 데 성공했다.

나중에 의용병단이 확인한 그렌델의 사체는 단 다섯에 불과했다.

의용병들처럼 마법으로 부상자를 치료하는 것도 아닌데도, 그렌델은 세 배 이상의 적과 장기간 교전하여 다섯 명의 사망자밖에 내지 않았던 것이다.

개개인의 전투능력이 매우 높고, 언어 같은 것으로 서로 의사소통을 하고, 집단전에도 뛰어나다. 그렌델은 무시무시하게 싸움에 익숙했다. 타고난 전투종족인 모양이다.

그렇다고 해서 의용병단이 물러선 것은 아니지만, 그렌델은 거의 매일, 때로는 하루에도 몇 번이나 습격해왔다.

연일 이어지는 방어전으로, 의용병은 둘째치고 상당수의 정규군이 방어전에서 목숨을 잃은 모양이다.

그러다 리버사이드 철골 요새 탈환에 착수하게 되어, A력 659년 11월 15일, 의용병단은 원더 홀을 떠났다.

그로부터 2개월 반 정도 지나, 나와 란타, 유메가 발을 들인 악마의 왕국은 귀가 아플 정도의 적막에 지배당하고 있었다.

바위벽이 깨끗하게 깎여나가 근사한 건축물 같은 양상을 보인다. 그것들은 전부 의용병들이 바포메트라고 부르던 이계 생물의 손에 의한 것이라고 한다.

바포메트는 염소 같은 머리를 한 인간형 생물로 지팡이를 들었다. 그 지팡이와 손으로 뭐든지 만들어낸다. 호전적이지는 않고, 의용병이 먼저 손대지 않으면 공격해오는 일은 없다. 그들은 원더 홀의 공예가이며 건축가였다.

바포메트들은 그들이 지은 주거를 남기고 떠났다.

의용병단이 그렌델과 한바탕 벌였을 때는 바포메트는 이미 악마의 왕국에는 없었던 모양이다. 역시 그렌델에게 동료를 살육당하여 도망친 것이겠지. 지금쯤 어딘가 다른 장소에서 공예와 건축에 매진하고 있을지도 모른다. 나는, 아무쪼록 그러기를 바라 마지 않는다고까지 생각했다.

악마의 왕국의 적막이, 우리의 숨통을 끊으려고 덤벼드는 것처럼 너무나도 잔혹했기 때문이다.

그곳은, 정말 진부한 표현이지만, 죽음이 느껴지는 침묵으로 가득했다.

흐릿하게 여기저기에서 타오르는 녹황색 빛이, 바포메트들의 꼼꼼한 작업 성과보다도 답답한 고요함을 강조하고 있었다.

원더 홀 안은 장소에 따라서는 캄캄했기 때문에, 나는 각등을 들고 있었다. 곡혈에서는 올려다보면 하늘이 보이지만, 무리안의 소굴은 불빛이 필요했다.

악마의 왕국은 달라졌다.

나는 오랜만이었으니까, 전에도 이랬던가? 즉, 녹황색 빛을 발하는 것이 원래 있었는지 아닌지, 생각했다. 아마도, 없었다. 물어보니, 란타와 유메도 처음 본다고 대답했다.

우리는 광원을 찾아봤다.

그것은, 내 손에 쥘 수 있을 정도의 12면체로, 두꺼운 유리나 그런 거로 되어 있고, 그 안에 발광하는 물체가 들어 있었다. 녹황색 빛은 잘 보면 일정하지는 않고, 미묘하게 강해지거나 약해지거나 했다.

숫자는, 잘 모르겠다. 그것들은 통로의 매끄럽고 차가운 돌바닥이나 통로 가장자리에 바포메트가 만든 기둥의 튀어나온 부분이나, 방 안 등에 놓여 있었다. 규칙성은 느껴지지 않고, 놓을 만한 곳에 적당히 놓아뒀다는 인상이었다.

내가 그중 한 개를 들고 자세히 뜯어보고 있자니, 먼저 유메가 얼굴을 찡그렸다. 곧바로 나도 위화감이랄까, 불쾌감 같은 것을 느꼈다.

"…읏?"

란타가 좌우의 손으로 양쪽 귀를 막았다. 그 동작을 보고, 그렇구나, 하고 나는 깨달았다.

악마의 왕국은 무리안의 소굴과 비교해도 지나치게 조용해서 귀가 아플 정도였다.

그게 아니라, 내 청각은 실제로 이변을 느꼈는지도 모른다. 소리라고 알아차리지 못할 만한 소리랄까. 소리 미만의 소리가 들린 것 아닐까?

그것이 높아진다.

귀울림과는 다른 것이지만, 약간 비슷한지도 모른다.

그 현상이, 내 속에서 12면체에 연결되었다. 내가 12면체를 손에 들고나서 그것은 일어난 것 아닌가?

나는 바닥 구석에 12면체를 다시 내려놓았다. 웬지, 12면체가 놓여 있던 곳에, 약간의 차이도 없이 바로 그 자리에 돌려놓는 것이 좋을 것 같은 느낌이 들었다. 나로서는 가능한 한 그렇게 했다고 생각했지만, 자신은 없었다.

12면체를 내려놓자, 과연 귀울림 같은 감각은 멎었다.

우리는 오래 이야기하지는 않았다.

뭔가 좋지 않은 일을 한 것이다. 이론이 아니다. 이것은 직감이다.

그리고, 좋지 않은 일을 했다면, 아무 일이 없을 수는 없다. 대개는 대가를 치른다.

악마의 왕국은 뭔가 의미 있는 것 같은 장식을 공들여서 했으나, 실태는 계단 형태의 집합주택이다. 각 방의 천장은 그리 높지 않지만, 4층이나 5층은 된다. 모든 방이 다 길가에 면해 있고, 길이는 그리 길지 않고, 길가 쪽에는 벽이 없다.

우리는 3층의 12면체가 놓여 있지 않은 방에 몸을 숨겼다. 그 방에서 내려다보니 길가 바닥에 놓인 12면체를 확인할 수 있었다. 란타와 유메에게는 방구석에 붙어 있게 하고, 나는 예의 12면체가 보이는 방의 가장자리에 위치를 잡았다.

만약을 위해서라고나 할까, 당연한 조심성으로서, 나는 스텔스를 했다. 그래도 들키면 어떻게 할까? 마음의 준비를 하고, 여러 가지의 행동 패턴을 머릿속에 그려뒀다.

그리 오래는 기다리지 않았다고 생각한다.

기다렸던 건 아니지만.

오지 않으면 제일 좋지만, 올 것이라 예상은 하고 있었다. 나는 모든 일을 좋은 쪽으로는 절대 생각하지 않는다.

놈이 내는 소리는 결코 작지 않았다. 놈은 온몸을 금속 장갑으로 덮었고, 갑옷과 그 위에 뭔가 단단한 섬유를 짜 넣은 도롱이 같은 판초를 입었다. 귀 같은 돌기가 두 개 있는 구체를 머리에 썼고, 그 앞면에는 W와 U를 조합한 것 같은 눈구멍이 뚫려 있었다. 눈구멍

너머에는 격자가 달려 있다. 바늘도 통하지 않는다고 할 정도는 아니지만, 눈구멍에 검 끝을 찔러넣어도 격자에 막혀버릴 것이다.

놈은 무기를 들고 있다. 긴 칼자루의 양 끝에 검신이 달렸고, 그 검신은 양쪽 다 직검 형태였다. 칼자루와 검신은 일체화되어 파괴하지 않으면 빠지지 않을 것 같다. 상당히 견고해 보였고, 무게도 나갈 것 같다.

놈들은—그렌델들은, 얼핏 봐서는 구별이 안 간다. 단, 개체 차이는 있다. 키는, 작은 그렌델도 1.8미터는 되고, 체격이 큰 것은 2미터를 거뜬히 넘는다. 전부 인간보다도 크다. 체격은 오크와 비슷한가? 그리고, 머리에 쓴 구체의 돌기물의 숫자는 일률적이지 않았다.

대부분의 그렌델은 돌기가 두 개다. 그 때문이기도 해서 귀처럼 보인다.

그러나, 개중에 돌기가 세 개인 그렌델이 있다.

돌기가 네 개인 그렌델은 더욱 적었고, 다섯 개인 그렌델은 더 적다.

내 기억으로는, 돌기가 여섯 개, 그리고 일곱 개인 그렌델도, 극히 소수이긴 하지만, 확인했었을 것이다.

그리고, 더블 블레이드라고나 부를 만한 무기의 형태에도 차이가 있었다. 칼자루 길이는 1미터부터 1.5미터로 양 끝에 검신이 달렸다. 그 검신이 직검형이기도 하고, 낫형이기도 하고, 십자형이기도 하고, 화살촉 같은 형태를 하거나, 드물게 구형이거나 했다. 취향인가? 무슨 유파라거나, 부족에 의한 차이인가? 그 점은 불명이지만, 그렌델의 무기는 기본형을 답습하면서도, 그렇게까지 풍부하다고는 말할 수 없더라도 다양성이 보였다.

그때의 그렌델은 몸길이가 대개 2미터 정도, 무기의 검신은 직검형으로, 머리의 돌기는 두 개였다. 뭐, 표준적인, 보통의, 평균 레벨의 그렌델이었다고 해도 되겠지.

반복이 되지만, 나는 오지 않을까? 하고 생각했었고, 상정한 범위 내였으니까, 그리 동요하지는 않았다.

놈은 맞은편에서부터 독특한 금속음을 울리면서 길가를 걸어왔다.

금속 장갑과 금속 장갑이 맞부딪치며 쓸리는, 딱딱하고 무거운 물체가 돌바닥을 두드리는, 요컨대 그 정도의 소리지만, 그렌델이 내는 소리에는 틀림없는 특징이 있었다.

나는 지금도 그 소리를 분명히 기억하고 있고, 떠올릴 수 있다. 그 소리를 들으면, 그 순간, 그거다, 하고 안다. 그때 이후로 몇 번이나, 몇 번이나 들었던 소리이기 때문이다. 그 소리는 내 뇌리에 달라붙었다.

그 그렌델은 똑바로, 내가 다시 놓아둔 12면체가 있는 곳까지 걸어갔다. 분명히 그 12면체를 향하고 있다.

그때까지 놈은 오른손으로 무기를 들고 있었다. 무기를 왼손으로 바꿔 든 것을 보고, 오른손잡이구나, 나는 추측했다. 놈은 차르륵 소리를 울리면서 몸을 굽혀 오른손으로 그 12면체를 집어 들었다.

예의 귀울림에 가까운 감각이 시작되었다.

12면체는 놈의 손바닥 위다.

즉, 이런 게 아닐까?

저 12면체는, 누군가가 설치된 장소에서부터 움직이면, 작동한다. 이것은 작동음이고, 경보 같은 것이다. 그렌델은 그 경보를 먼 곳에서도 감지할 수 있다. 아까 내가 12면체를 움직였다. 그래서 경보가 울렸다. 저 그렌델은 경보를 듣고 왔다.

그렌델은 12면체를 왼손으로, 무기를 오른손으로 바꿔 들더니, 근처를 어슬렁거리기 시작했다. 돌기가 두 개 있는 구체 상태 머리가, 천천히 오른쪽으로 돌기도 하고, 왼쪽으로 돌기도 하고, 위를 향하기도 하고, 정면으로 돌아오기도 했다. 놈은 주변을 둘러보고 있는 모양이었다. 찾고 있는 건가? 12면체를 움직여서 작동시킨 자를. 즉, 이 나를.

놈은 길가를 왔다 갔다 할 뿐, 방에는 들어오지 않았다. 그렇다고 해서 안심은 할 수 없다. 나는 긴장을 늦추지 않았다. 단지, 공포는 없었다. 들키는 일은 없을 거라고 자신을 가진 것은 아니다. 어차피 미동도 하지 않고 스텔스를 유지하고 있는 수밖에 없는 것이다. 그럴 때 나는 아마도, 거의 아무것도 생각하지 않는다. 이것저것 생각해버리면, 평범한 인간인 내가 평정을 유지하는 것은 어려워진다. 흐트러진 마음이 실수를 초래하는 것을, 경험상 알고 있는 거라고 생각한다. 경험. 내가 기댈 것은 결국 경험뿐이다. 경험은 때로는 고정관념을 만들어내고, 실수의 근원이 되는 일도 있지만, 그래도 적어도 경험을 이정표 삼지 않으면, 나 같은 자는 한 발자국도 앞으로 나갈 수 없다. 아무데도 갈 수 없다.

얼마 동안 놈은 나를 찾았을까? 10분인가 15분인가, 분명 그 정도겠지.

놈은 갑자기 길가 한복판에서 발을 멈추더니, 12면체를 바닥에 놓았다.

되돌려놓은 것인가?

그게 아니었다.

놈은 오른발 발바닥으로 12면체를 밟았다. 그저 짓밟았다기보다, 발꿈치로 충격을 가하는 것 같은 방식이었다.

놈이 오른발을 치우자, 12면체가 빛나지 않게 되어 있었다. 놈에게 밟히기 전까지는 분명히 녹황색으로 빛났다. 망가진 건가? 으깨지거나 하지는 않은 것 같다. 놈은 빛나지 않게 된 12면체를 다시 집어 들었다. 그리고, 가버렸다.

놈이 완전히 보이지 않게 되자마자 놈이 내는 금속음이 들리지 않게 되었고, 그 후에도 나는 몇 분 동안 움직이지 않았다. 그사이에 놈이 한 일을 정리해봤다.

먼저, 내가 12면체를 움직인 탓에 경보가 울렸다. 그 경보가 놈을 불러들였다. 놈은 경보를 울린 12면체를 확인했다. 그것은 원래의 장소에 있었다. 그러나, 경보는 울렸으니까, 수상한 자를 찾았다. 놈은 수상한 자를, 우리를, 발견할 수 없었다. 놈은 12면체를 밟아 소등하고, 그것을 갖고 갔다.

나는 란타, 유메와 의논했다.

"12면체는 경보기 종류라는 건가? 함부로 건드리지 않는 게 좋을 것 같다. 그보다, 그런 거 무턱대고 만지지 말라고, 바보. 파루피로 놈아. 딱 봐도 수상하잖아. 그 정도도 모르냐? 멍청이냐? 멍청이지, 너는. 옛날부터 멍청이야. 진짜…."

때때로 란타는 일부러 욕지거리를 하며 나를 화나게 하려고 했다. 그것은 그 녀석 나름의 소통방식이었다. 본인에게서 들은 것은 아니지만, 그 녀석은 항상 상대방의 속마음을 끌어내려고 했다. 그

속마음이 어떤 것이든, 빈말이나 듣기 좋은 말, 허울, 허식, 남을 위하는 체하며 자기 실속을 차리는 말보다는 훨씬 가치가 있다. 란타는 그런 식으로 생각한 것 아닐까 생각한다.

아무튼, 12면체가 경보기라면, 그렌델은 적을 경계하고 있다는 뜻이다.

그리고, 예전에는 경보기 같은 것은 배치하지 않았었다. 적, 게다가, 출입구를 통해 원더 홀로 진입해오는 새로운 적을 향해, 그렌델들은 대비하고 있던 것이겠지.

그것은 낭보인가? 아니면 그 반대인가?

알 수 없었지만, 되돌아가자고는 아무도 말하지 않았다.

우리는 악마의 왕국 쪽으로 나가기로 했다. 물론, 무슨 일이 생기면 도망치는 것을 최우선으로 한다. 광마법 사용자가 없기 때문에, 가벼운 부상조차도 피하고 싶었다.

어째서 그 당시 우리는, 일절 위험을 무릅쓰지 않고, 세 명이 오로지 살아남는다는 길을 선택하지 않았던가? 애초에 우리는 그 선택지에 관해서 생각도 하지 않았다. 그것은 어째서인가? 나중에 생각해보면 의아할 수도 있지만, 그 당시의 우리에게 있어서는 오히려 자연스러웠다.

생존 말고는 바랄 것이 없다면, 어쩔 수 없이 그렇게 할 것이다. 하지만, 사기를 북돋우며 전진하면, 동포와 만날지도 모르는 것이다. 보다 좋은 내일을 맞이할 수 있을지도 모른다.

사람은, 그저 살기 위해 살아간다기보다, 희망을 위해 살아가는 것을 택한다. 바꿔 말하자면, 희망만 있으면 살아가는 것도, 죽는 것도 할 수 있다. 희망 없이는 살아갈 수 없고, 죽는 수밖에 없다.

사람이라는 것은 그런 생물 아닌가?

희망이 있는 동안은, 사람은 사람으로서 있을 수 있다.

내가 그렇게 믿고 싶은 것뿐인지도 모르지만.

악마의 왕국을 빠져나가면, 종유동굴이 몇 킬로나 이어진다. 이 종유동굴에도 12면체가 여기저기 흩어져 있고, 천장에 달린 종유석이나 바닥에서 피어난 것 같은 석순을 녹황색 빛이 밝히고 있었다. 무심코 마음을 빼앗겨버릴 것 같은 그 아름다운 광경을, 천천히 구경하고 있을 때도 아니었다.

종유동굴 구역에 접어들어 대충 100미터 정도 지점에 돔 형태의 물체가 있었다.

그것은 10개 이상, 정확하게는, 12개—그렇다, 12개의 골조에 반투명 벽이 둘려 있는 구조였다. 그 내부에는, 역시 녹황색 발광체가 있는 모양으로, 반투명 벽 너머에 앉아 있는 사람 그림자 같은 것도 보였다.

그것은, 우리가 셀 수 없을 정도로 많이 보게 될, 그렌델의 텐트였다. 그 텐트 안에 그렌델이 한 명밖에 없다는 것은 밖에서 봐도 알았다.

훗날 알게 된 건데, 텐트에는 1인용도 있고 3, 4인용도 있고, 좀 더 큰, 10인 이상의 그렌델을 수용할 수 있는 것도 있다. 그러나, 형태는 하나같이 똑같다. 골조는 12개로, 벽재는 반투명, 돔 형. 텐트 안에서 그렌델은 대개 앉아 있다. 출입할 때를 제외하면, 텐트 안에서 걸어 다니는 그렌델을 나는 한 번도 본 적이 없다. 보아하니, 옆으로 눕는 일도 없는 모양이다. 잠을 자지 않을 리는 없을 테지만, 내가 아는 한에서는, 그렌델이 눕는 일은 없다.

란타와 유메를 대기시키고 나는 조심스럽게 정찰했다. 그 텐트 앞에도 갔다. 1킬로미터 넘게 걸어가도 다른 텐트를 확인할 수 없었고, 그렌델의 모습도 없었다.

텐트는 한 개였고, 그렌델이 한 명. 추측하건대, 저 그렌델은 악마의 왕국이나 종유동굴의 12면체, 경보기가 발동하면 달려가서 적이 있는지 확인한다. 한마디로 보초 같은 것이겠지. 그렇다면, 그는 오로지 혼자서 상당히 넓은 지역을 담당하고 있다는 말이 된다.

그때 우리는 길게 토론했을까? 그런 기억은 없다. 나는 놈을 해치울 수 있을지 어떨지, 정찰 중에 곰곰이 생각했었다. 돌아와 보니 란타와 유메도 같은 생각을 하고 있던 모양으로, 세 사람의 논점은, 한다면 어떤 방식으로 공격할까? 라는 점에 이르렀다.

"3대 1이다. 이런데도 못 이기면 말이 안 돼."

"못 이기면 장작불 생활인겨?"

"그렌델은 밖으로는 나가지 않는 것 같으니까. 여차하면 출구까지 도망치면 되는 거니까. 마음 편한 거지 뭐."

란타가 미끼가 된다. 텐트에 다가가, 일부러 그렌델에게 들키고, 상대가 어떻게 나올지 먼저 상황을 본다. 나는 그렌델에게 들키지 않도록, 뒤를 칠 수 있는 위치로 이동. 란타가 그렌델을 텐트 밖으로 유인해서 응전하고, 유메도 참전. 도저히 승산이 없을 것 같으면, 내가 교란시키고 도주한다. 싸울 수 있을 것 같으면, 셋이서 해치운다. 그렌델의 움직임 이외에도, 뭔가 이변이 생긴다면, 그때는 안전제일로 후퇴한다.

"이런 것 말이야. 이러니저러니 해도 피가 끓지 않아?"

결행 전에 란타가 그런 말을 했다.

"우리는 어차피 베고 두드려 패는 게 일상인 의용병이라는 건가? 어쩔 도리가 없네."

나는 어땠었지? 피가 끓었다고는 생각하지 않는다. 나는 도저히 싸움이 좋아지지 않았고, 지금도 싫다. 하지만, 의욕에 불탔던 건 아니라고 해도, 할 마음은 있었고, 요컨대 나도 거기서 거기라는 뜻 이겠지.

나는 먼저 가서 텐트를 10미터 정도 지나쳐, 석순 그늘에 미리 정 해놓은 위치에 자리 잡고 웅크리고 있었다. 나는 대거와, 검신이 불 꽃 같은 모양을 한 단검을 들고 있었다. 타카사기라는 남자에게 당 해서 양쪽 손목에 상처를 입었고, 아직 다 낫지 않았을 테지만, 무 기를 쓸 수 없는 정도는 아니었다. 나는 대거만 오른손으로 쥐고 대 비했다. 처음부터 속내를 드러낼 필요는 없다.

도적인 나 정도는 아니지만, 란타도 소리 내지 않고 걸을 수 있 다. 녀석은 아무 이름도 새겨지지 않은 칼을 들고 있었다. 분명 타 카사기가 소유했던 것이다. 녀석은 그 칼을 이미 뽑았다. 발소리를 거의 내지 않을 뿐, 숨으려고는 하지 않는다. 녀석은 당당히 그렌델 의 텐트에 다가갔다. 그러나, 유메는 나도 찾을 수가 없었다. 어디 에 숨어 있는 걸까? 란타가 그렌델과 싸우기 시작하면, 기습적으로 도울 생각이겠지.

유메는 근본적으로 평화주의자로, 살벌한 면이 전혀 라고 해도 좋을 정도로 없었다. 그런데도, 천성적인 것이겠지, 비범한 전투 센 스가 있고, 운동신경도 근사할 정도로 좋았다.

그 두 사람이 후세에 핏줄을 남긴 일을, 나는 기쁘게 생각한다.

그저 그 두 사람에게 자손이 있다는 것만으로도 나에게는 더할 나위 없이 감개무량한 일일 텐데도, 게다가 그 유전자가 우수한 것이다.

이 그림갈에 미래라는 것이 있다면, 두 사람의 혈육은 그것을 개척하기 위한 힘이 될지도 모른다.

이것은, 아무쪼록 그리되기를 바라는, 내 제멋대로의 바람일 뿐이지만.

란타가 텐트까지 약 3미터 앞으로 다가갔을 때, 텐트 안의 그렌델이 움직였다.

텐트 안에서 그렌델은 무기를 품에 안고 있는 것 같았고, 한쪽 무릎을 세우고 앉아 있었다. 돔 형태의 텐트를 지탱하는 골조는 12개. 반투명 벽이 12면. 그렌델은 일어서면서 란타에게 가까운 쪽의 벽을 왼손으로 만졌다.

그러자, 반투명했던 그 벽이 투명해졌다. 라고나 할까, 벽이 사라진 건가?

놈은 그 부분으로 텐트 밖으로 뛰쳐나와, 란타에게 덤벼들었다.

머리의 돌기는 두 개.

더블 블레이드의 검신은 직검형.

키는 약 2미터.

아마도, 악마의 왕국에 12면체를 확인하러 왔었던 그렌델일 것이다.

놈은 금속음을 울리면서 앞으로 내딛더니, 그 무기를 고속으로, 세로가 아니다, 가로도 아니다, 비스듬하게 2회전시켰다. 만약 란타가 가만히 있었다면 틀림없이 단칼에 동강 났을 것이다. 물론, 란타는 잠자코 베이거나 하지는 않았다.

암흑기사의 투법—그들 독자적인 전투술로, 미씽(떠나는 새는 흔적을 남기지 않는다)이라는 것이 있다. 보아하니, 인간이 부자연스럽게 느끼는 타이밍에서, 인간이 보통은 사용하지 않는 근육을 사용함으로써, 상대를 현혹시킨다—라는 것이 그 요지인 모양이다. 간단하게 말하면, 의표를 찌름으로써 상대방의 예측에서 벗어난다. 말로 하면 간단하지만, 실제로 하는 것은 어렵다.

란타는 마치 그렌델의 무기를 통과하는 것처럼 해서, 경쾌하게 출렁, 왼쪽 후방으로 이동했다. 실제로 통과하는 것은 불가능한 일이니까, 어디까지나 그렇게 보였다는 말이다.

그렌델은 한순간 란타를 놓친 모양이다. 그래도, 곧바로 란타의 현재 위치를 파악하고, 다시 접근해서 무기를 비스듬히 2회전시켰다. 그러나, 두 번째도 마찬가지였다. 란타는 또 그렌델의 무기를 통과해서, 출렁, 이번에는 오른쪽 후방으로 이동했다.

란타는 히죽 웃었다. 뭐야? 통하잖아, 라는 뜻인가?

그래도, 바로 몰아붙이지 않고, 무기를 여유 있게 돌리면서 란타의 상태를 살피는 듯한 기색을 보인 그렌델은 역시 만만치 않았다. 놈은 란타에게 몸을 향하고 있었으나, 때때로 고개를 움직였다. 적이 란타 한 사람이라고는 생각하지 않는다. 적어도 그렇게 단정 짓지는 않은 것이다. 더 있는 것 아닐까 생각하고 찾고 있다. 그러면서도, 허둥지둥하지 않고, 침착함이 느껴졌다.

유메는 아직 공격하지 않는다.

나도, 아직이다. 움직일 때가 아니다.

란타는 칼을 두 손으로 잡아 둘러매는 것처럼 올리고, 양쪽 무릎을 굽히고 허리를 낮췄다. 상당히 몸을 낮춘 자세로 정지는 하지 않앞다. 온몸이 끊임없이 전후좌우로 흔들린다.

다음은 어떻게 나올까?

"파, 파, 파, 파, 파, 파, 파, 파."

란타는 윗입술과 아랫입술을 연속으로 붙였다가 떼며 묘한 소리를 냈다. 분명, 저 행위 자체에는 딱히 의미는 없겠지. 하지만, 뭔가 있는 것 아닐까? 하고 상대방에 따라서는 의심할지도 모른다.

그렌델은 반응하지 않았다. 란타의 별것 아닌 기행 정도로는 현혹되지 않는다.

"헷….."

란타는 희미하게 웃었다. 다음 순간, 크게 오른쪽으로 뛰었다. —라고 생각했더니, 왼쪽에 있다. 또다시 오른쪽으로. 아니다. 왼쪽이다.

그렌델은 무기를 컴팩트하게 잽싸게 휘둘렀다. 오른쪽 방향이다. 거기에 란타가 나타났다. 란타는 칼을 비스듬히 내리치려고 했다. 그렌델은 란타의 움직임을 간파하고, 무기로 참격을 막아내려고 한 건가?

그런데, 란타는 또다시 사라졌다. 아니, 사라진 것이 아니다. 란타는 있다. 그렌델의 정면이다. 낮다. 낮은 자세에서부터, 검을 치켜들었다. 란타는, 그렌델의 돌기가 두 개 있는 구형 투구와, 도롱이 같은 판초 사이, 목을 노린 모양이다.

그렌델은 반사적으로 상체를 뒤로 기울여 란타의 올려 찌르기를 피했다. 거기서부터 자세를 다시 바로 세울까? 무리한 자세라도 란타를 공격해서 떨쳐내려고 할까?

그게 아니었다. 그렌델은 뒤쪽으로 굴렀다. 뒤구르기를 하고 일

어나서, 란타를 향해서 무기를 내질렀다.

란타는 걷는 것도 뛰는 것도 아닌, 뭐랄까, 미끌—하는 보법으로 후퇴하여 그렌델의 무기를 피했다.

그렌델은 추격하지 않았고, 란타는 거리를 띄우고 "후웃…" 하고 숨을 내쉬고, 만면에 웃음을 띠웠다.

"제법이네. 하지만, 그 외모에 견실파라니—."

란타가 쓸데없는 소리를 지껄이자, 그렌델은 곧바로 노 모션으로 돌진했다. 더블 블레이드를 빙글빙글 휘두른다.

"오옷, 옷, 핫…."

란타는 예의 몸놀림으로 그렌델의 무기를 통과하는 것처럼 왼쪽으로, 오른쪽으로, 뒤로 왔다 갔다 했다. 그렌델이 공격하면 공격할수록, 그것을 간파할 기회가 란타에게 주어진다. 스피드가 있는 란타라면, 상대의 움직임만 보인다면 맞출 수 있다.

그러다가 양쪽의 공방 속에서 불꽃이 흩날리기 시작했다.

란타다. 란타의 칼이 그렌델을 겨냥하고 있다.

그러나, 란타의 칼을 맞아도 그렌델은 미동조차 하지 않는다. 란타는 맹렬한 바람을 맞은 풍차처럼 더블 블레이드를 피하면서 공격하고 있기 때문에, 혼신의 일격을 날릴 수는 없는 것이다. 그렇기는 해도, 저토록 효과가 없는 건가? 그렌델의 투구, 온몸을 뒤덮은 장갑, 그리고 도롱이 같은 판초. 방어성능이 무서울 정도로 높다.

게다가, 그렌델은 잽싸다. 물론 근력도 엄청나겠지만, 동작을 방해하지 않도록 성능이 갖춰진 방어구일 것이다.

저 무기도 찌르기, 휘두르기에 더해, 원심력을 이용한 회전 공격이 가능하다.

회전 공격은 아무래도 빈틈이 생기기 마련이지만, 다소 상대의 공격을 받는다고 해도 그렌델은 아무렇지 않았다. 방어구가 좋았고, 꿈쩍도 안 한다.

조명 기능을 겸비한 건지도 모를 12면체의 경보기나 반투명 텐트 등 독특한 도구를 사용하고, 우리가 보기에 외모도 상당히 기발하다. 하지만, 란타가 말한 것처럼, 그렌델의 전투방식은 견실 그 자체로 실질강건(주6), 허점이 없다.

슬슬 유메가 뭔가 할까? 유메가 끼어들지 않는다는 것은, 끼어들 필요가 없다는 뜻이다. 이 상황에서 유메가 움직인다면, 그때는 란타가 궁지에 빠져, 그것을 어떻게든 해결하기 위해서겠지.

아직까지는 그렌델의 공격은 한 방이 부족하다. 그렇게 표현하는 것은 그렌델에 대해서 다소 박한 평가일까? 저토록 변칙적이고, 어떤 의미에서는 초자연적인 거동을 계속해서 할 수 있는 란타니까 그렌델의 더블 블레이드를 피할 수 있는 것이다. 나라면 도저히 무리. 유메여도 분명 1 대 1로는 몇십 초쯤 막아낼 수 있을지 어떨지.

란타는 기이할 정도로 체력이 있다. 그렇기는 해도, 인간이니까 한계라는 것이 있고, 서서히 움직임의 정확도는 떨어져 간다. 마침내 다리가 움직이지 않게 된다.

그것은 그렌델도 마찬가지일 것이다.

그러나, 설령 그렌델의 체력이 먼저 바닥난다고 해도, 우리가 쓰러뜨릴 수 있을까?

저 생물을 죽일 수 있을까?

어떻게 해서?

주6) 실질강건: 實質剛健. 꾸밈이 없이 성실하고, 굳세고 씩씩함.

나는 움직이기로 했다. 석순 그늘에서 나와서, 란타와 공방전을 펼치는 그렌델에게, 등 뒤에서 육박한다. 란타는 이미 내 움직임을 알아차렸지만, 깨닫지 못한 척을 하고 있다. 그런 점은 찰떡 호흡이다. 나는 란타를 알고, 란타도 나를 안다. 어쩌면, 서로를 누구보다도. 당연히 전부가 아니라, 서로의 일부를, 이라는 말이지만, 그래도, 그 일부는 핵 같은 것으로, 그것만 알면 중요한 건 뭐든지 알게 되어 버린다.

그래서 녀석은 나에게 그런 일을 하게 만들었다.

하고 싶지는 않았지만, 나는 하는 수밖에 없었다.

나 말고 누가 그런 일을 할 수 있을까?

내가 해서 다행이다, 라고는 전혀 생각하지 않는다.

그래도, 해야 하는 거라면, 그것이 녀석의 바람이라면, 아니, 그것이 녀석의 바람이었다는 것을, 나는, 나만은, 너무나 잘 알고 있었으니까, 역시 그것은, 내가 하는 수밖에 없었던 것이다.

란타가 그렌델의 더블 블레이드를 통과하는 것처럼 해서 오른쪽 방향으로, 마치 물 흐르듯이 이동하면서, 윗입술과 아랫입술을 붙였다가는 뗐다.

"파, 파, 파, 파, 파, 파, 파, 파…"

그 묘한 소리가 란타를 쫓아가는 것처럼 이동해간다.

이런 상황에 장난치는 것도 정도껏 해야지.

그게 아니다.

일부러다.

소리에 이끌린 것처럼, 혹은, 소리의 유혹에 홀려서, 그렌델이 란타에게 공격하려고 했다.

나는 한 걸음만 더 나아가면, 내 대거 끝이 그렌델의 등에 닿는다. 그 타이밍에서 란타는 일부러 그렌델의 주의를 끈 것이다.

그렌델은, 그러나, 자기가 낚였다는 사실을 알아차린 모양이다. 란타를 향하여 무기를 휘두르지 않고, 몸을 돌리려고 했다.

뒤에 누군가가, 즉, 내가 있다는 것을 느낀 건가?

그래도, 내 쪽이 빨랐다. 나는 그렌델의 등 부분에 대거를, 찌르지는 않았다. 놈은 등을 장갑으로 보호하고 있을 테고, 더욱이 금속 섬유 같은 것으로 된 도롱이 같은 판초까지 입었다. 무리다. 박히지 않는다.

나는 대거를 거꾸로 쥐고 놈의 판초에 갖다 댔다. 까끌까끌한 감촉이었다. 대거를 놈의 판초에 갖다 대면서, 나는 놈의 왼쪽으로 빠져나갔다.

놈에게서 떨어지는 순간, 나는 놈의 오른쪽 무릎을 발로 찼다. 그 반동을 이용해서, 단숨에 휙 떨어졌다. 운이 좋으면, 놈의 자세가 무너질지도 모른다.

그 정도까지는 가지 않더라도, 란타가 놈에게 일격을 날릴 빈틈을 만드는 일 정도는 가능하지 않을까?

"으랴앗…!"

란타는 내가 그렌델의 오른쪽 무릎을 발로 찬 직후, 놈의 돌기가 달린 구형 투구 우측면, 좌측면을, 칼로 파바밧, 난타했다. 손으로만 치는 것이 아니라, 제대로 힘을 담았다. 어쩌면 지나치게 힘이 담겼다고 할 정도다.

먹힌 건지 어떤지. 모르겠지만, 그렌델은 겁먹은 기색을 보였다. 그렇기는 해도, 놈의 투구는 잘려나가지는 않았고, 함몰되지조차 않았다. 살짝 벗겨지지도 않았다. 그렌델은 곧바로 반격으로 돌아서겠지.

"웅뇨오오오오오오···!"

거기서 마침내 유메가 움직였다.

사실 나는 놀라지는 않았고, 란타도 그랬을 것이다. 아니, 란타가 우격다짐으로 그렌델의 머리를 구타한 것은, 포석이었다.

유메는 옆에서부터 그렌델에게, 말 그대로 날아들었다.

날아차기다.

높았다.

그 높이는 좀 의외였다.

나라면 아마 등 부근을 노렸을 것이다. 유메는 아니었다. 나보다도 훨씬 대담했다.

유메는 그렌델의 옆 통수에 날아차기를 먹인 것이다.

두 발로.

그렌델은 거의 공중제비를 도는 것처럼 쓰러졌다.

유메는 어떤가 하면, 놀랍게도 공중에서 가볍게 1회전 하고는 화려하게 착지했다.

"냐앗!"

"오오―요! 파룻!"

파루피로는 그렇다 쳐도, 파루는 뭐냐? 불평을 삼키고 달려나갔던 일을, 나는 그리운 심정으로 떠올린다.

우리는 쏜살같이 도망쳤다.

그후로 47일 동안, 생각해보면 우리는, 제대로 맞붙어도 이길 수 없는 그렌델로부터 도망 다니기만 했다. 우리는, 비록 그것이 보잘

것없는 것이라고 해도, 승리를 얻어내려고 했던 것일까? 란타와 유메 덕분에 기운이 빠지거나 하지는 않았다. 하지만, 결국 뭘 하고 싶었던 건가? 그렇게 묻는다면, 대답하기가 힘들다.

그래도, 그 당시에는 몸도 마음도 꽤 힘들었지만, 나에게 있어서 그 47일간은 그리 나쁘지는 않은 추억이다.

결과적으로 우리의 발악에도 의미가 있었다.

지금의 나는 그 사실을 알고 있으니까, 이렇게 느끼는 건지도 모른다.

47일.

어쩌다 보니 제대로 세고 있어서 잊어버리지 않은 것뿐이다.

내가 그 47일간을 상세하게 이야기해봤자 지루하기만 하겠지.

그야, 우리 세 사람은 47일에 걸쳐서 그렌델과 호각으로 싸울 수 있게 된 것도 아니고, 기묘한 꾀로 그렌델을 한두 명 죽인 것도 아니다. 우리가 그렌델에게 한 일이라고는, 고작해야 심술을 부려준 정도였다.

우리 세 사람이 한꺼번에 덤벼도 그렌델 한 명을 쓰러뜨릴 수 있을 것 같지 않았다. 뭐, 죽을힘을 다해 싸우면 승산은 제로는 아니었는지도 모르지만, 그것은 불가능한 도전이었다.

그렇다면, 어떻게 할까?

공략법 같은 것은 생각했다. 단, 누군가가 뭔가 생각해냈다고 해도, 그럼 시험해 볼까? 하는 단계까지 가는 일은 우선 없었다. 이야기를 나누는 동안에 미비한 점이나 결점이 툭툭 튀어나와서, 이것은 현실성이 없을 것 같다는 결론에 봉착해 버린다.

그 보초로 보이는 그렌델을 죽이는 것은 어렵다. 그렇다면, 어떻게든 해서 빠져나갈 수 없을까? 우리는 그것을 위해 12면체 경보기가 어떤 조건에서 작동하는지, 그리고 경보기가 작동하면 그렌델은 구체적으로 어떤 행동을 하는지 등등 여러 가지를 조사해봤다.

내가 시험 삼아 12면체에 강한 충격을 가해 불을 껐고, 그 때문에 악마의 왕국으로 온 보초 그렌델과 싸우는 처지가 된 것은 확실히 8일째였던가? 그것도, 전개는 첫 싸움과 그리 다를 바 없었다.

우리는 도망쳤다. 그때는 원터 홀을 나가, 생존자들의 야영지터에서 1박 했다.

보초 그렌델은 텐트에는 들어가지 않고 밖에 앉아 있게 되었다. 놈은 틀림없이 우리를 경계하고 있었다.

나 혼자라면, 보초 그렌델에게 들키지 않고 전진할 수도 있었다. 나는 보초의 눈을 피해 단독으로 종유동굴 구역을 빠져나가, 그 앞의 복셀이라 불리는 지대까지 갔다.

복셀이라는 것이 무엇을 가리키는 말인지, 애석하게도 나는 모르지만, 거기에는 크고 작은 네모난 돌이 잔뜩 있었다. 바닥도, 벽도, 그 네모난 돌로 되어 있었다.

어떠한 이계 생물이 여기저기에 바위를 깎아 그 네모난 돌을 만들었다거나, 그것들 자체가 이계 생물의 사체라거나, 마법이나 뭔가의 작용이라거나, 여러 가지 설이 있는 모양이지만, 확실한 건 모르는 모양이다.

아무튼, 의용병들은 그 돌들을 큐브라고 칭했다. 복셀은 큐브투성이였다.

복셀에도 예의 12면체가 여기저기 흩어져 있어, 녹황색 빛을 발하고 있었다. 그리고, 그렌델의 텐트도 있었다.

나는 복셀에서 1인용 소형 텐트 하나와, 그것보다 한 둘레 큰 텐트 하나를 확인했다. 1인용 텐트 안에는 그렌델이 한 명, 한 둘레 더 큰 텐트 안에는 세 명의 그렌델이 앉아 있었다.

나는 란타와 유메가 있는 악마의 왕국의 방으로 돌아가, 알아낸 정보를 두 사람에게 전했다.

그 며칠 후였다.

12면체가 반응할 만한 일을 아무것도 하지 않았는데도, 악마의 왕국에 그렌델이 나타난 것이다.

그것도, 한 명이 아니었다.

그렌델은 3명 그룹이었다.

세 명의 그렌델은, 악마의 왕국을 구석구석 빠짐없이 탐색하려고 했다. 나 혼자라도 숨은 채로 넘어갈 수 있을지 어떨지. 어쩔 수 없이, 우리가 잠복해 있던 방에 그렌델이 다가오기 전에 우리는 힘껏 도망치기로 했다. 우리는 세 명의 그렌델에게 쫓겼지만, 도망칠 수 있었다. 달리기 승부라면 우리가 유리하다는 것이 확실해진 것은, 수확이라고 말하면 수확이었다. 그렇기는 해도, 도적인 나, 사냥꾼인 유메는 물론이고 란타조차도 가벼운 차림이었고, 세 사람 다 발은 빠른 편이다. 그렌델들은 그토록 중장비인데도 결코 느리지는 않았고, 단시간에 지치는 일도 없었다. 그렌델이 인간보다 발이 느리다고는 말할 수 없다는 것도 분명해졌다.

그 후, 조심하기 위해 나 혼자 악마의 왕국까지 가보니, 텐트가 설치되어 있었다. 1인용 텐트였고, 안에 그렌델이 한 명 있었다.

종유동굴까지 가보니, 1인용의 소형 텐트가 없어지고, 대신에 한 둘레 큰 텐트가 있었다. 텐트 안에는 두 명, 바로 밖에 한 명의 그렌델이 앉아 있었다.

보아하니 그렌델은 경비 체제를 변경한 모양이다. 그리 좋은 일이라고는 생각할 수 없었다. 드디어 그렌델이 작정하고 우리를 배제하려 들지도 모른다. 그렇다면 골치 아프다.

하지만 과연 어떨지.

우리는 위기감을 품고는 있었지만, 마음 어딘가에서, 상황의 변화를 기뻐한다고까지는 말할 수 없어도, 다소는 즐기고 있었던 것 아닐까?

우리는 뭔가 하고 싶었다.

싸워서 이길 수 없는 그렌델 같은 것보다, 최대의 적은 무력감이었다.

아무것도 할 수 없다. 할 수 있는 게 없다. 어찌해볼 도리가 없다. 그런 것만 아니라면, 극단적인 이야기로, 뭐든지 좋았던 것이다.

지금까지 그런대로 버티고 있던 악마의 왕국에 그렌델이 진출했다. 어떻게든 대처해야만 한다. 어떻게 할까? 어떻게 하면 좋을지 머리를 쥐어 짜내는 것뿐일지라도, 뭔가 하고 있다는 느낌은 있었다.

우리가 하고 있던 것은, 단순한 발버둥이었다.

원더 홀 너머에 생존자들이 있다. 면식이 있는 자와, 어쩌면 어깨를 나란히 하고 싸운 적 있는 자들과 재회할 수 있을지도 모른다.

희망은 품고 있어도, 구체적인 전망은 없는 것이나 다름없었다.

우리는 원더 홀에 들어가서 바로 그 자리에서 머물러 있었으나, 거기서부터 전진하기 위한 발판을 마련하지는 못했다. 솔직히, 전진할 수 있을 거라고는 생각하지 않았던 것 같은 느낌이 든다. 우리는 그렌델을 한 명도 죽일 수 없었다. 이 앞에 그렌델이 우글우글하다면, 아무리 생각해도 무리다.

그래도, 우리는 악마의 왕국의 그렌델을 시험 삼아 자극해봤다.

종유동굴에서부터 그렌델의 증원군이 오는 일도 있었다.

그렌델은 무리안의 소굴에도 12면체 경보기를 놓아두게끔 되었다.

나는 다시금 복셀을 정찰하기도 했다.

복셀의 텐트는, 그리고 당연히, 그렌델도, 숫자가 늘었다.

본격적으로 위험해지면, 우리는 원더 홀을 나왔다.

한숨 돌리고 나면 다시 돌아갔다.

이러는 동안에 뭔가 틈새가 생길지도 모른다. 란타였나 누군가가 그런 말을 한 것 같은 기억은 있지만, 그 녀석 본인도 진심으로 그렇게 믿었던 건지 아닌지는 모른다.

47일 동안.

우리는 그런 나날을 보냈는데, 그것이 설령 백일동안 계속되었다고 해도, 비슷한 일을 반복했을지도 모른다.

그것이 200일이든, 300일이든, 우리는 계속 할 수 있지 않았을까?

수백일, 몇 년에 걸쳐, 하염없이 똑같은 일을 하고 있을 수 있는 거라면, 그것은 그거대로 어떤 의미에서는 행복하다고 말할 수 있지는 않을지.

지금 와서 생각해보면 그렇다는 거지만.

이렇게 되어버린 지금이니까, 그런 식으로 생각하는 건지도 모른다.

47일째.

정확하게는, 그 전부터 전조는 있었다.

그렌델들이다.

그들의 움직임에 이변이 일어났다.

45일째인가 그쯤에 내가 혼자서 종유동굴을 정찰해보니, 종유동굴의 중형 텐트 밖에 그렌델 한 명이 앉아 있었다. 한 명뿐이었으니까 기묘하다고 생각한 기억이 있다.

놈들은 지금까지 서서히 경계를 강화해왔다. 그런데 갑자기 느슨해졌다. 도대체 이것은 어떻게 된 일일까?

나는 복셀까지는 가지 않았다. 왠지 위험한 느낌이 들었기 때문이다.

그다음 날인 46일째는 악마의 왕국의 텐트가 무인이었다. 보초역인 그렌델이 사라진 것이다. 종유동굴 텐트에는 그렌델이 있었다. 한 명뿐이었다.

그리고, 47일째.

나는 란타, 유메와 함께 셋이서 악마의 왕국에 갔다.

텐트는 역시 비어 있고, 그렌델의 모습은 보이지 않았다.

그뿐이 아니다.

거기서 바로 이동한 종유동굴의 중형 텐트도 방치되어 있었다.

그렌델은 사라졌다.

나는 오히려 불안감에 휩싸였다. 란타는 흥분했다.

"이건 분명히 뭔가 있는 거야. 아니, 놈들에게 무슨 일이 일어난 게 틀림없어. 어쩌면 앞으로 나아갈 수 있는 것 아닌가?"

나는 더욱 신중히랄까, 소심하고, 우유부단했다.

"어느 정도 전진한다고 해도, 그렌델이 한 명이라도 있으면 결국 거기서부터는 더 갈 수 없는 거니까…."

"그럼 있잖아, 갈 수 있는 데까지 가볼까? 안 되면 샤샥—돌아오면 되잖아?"

"유메 말이 맞아. 갈 수 있는 데까지 가보고, 위험해지면 잽싸게 돌아온다. 결정했다."

우리는 종유동굴을 빠져나가 복셀로 향했다.

란타도 유메도 종유동굴까지는 가본 적이 있지만, 복셀은 처음이었다. 엄청난 숫자의 크고 작은 네모난 큐브가 쌓여 이루어진 것 같은 복셀은, 아름다운 종유동굴과는 달리 기이한 풍경이라고 말해야 할 것이다. 단, 나는 몇 번이나 봤고, 란타와 유메도 복셀의 보기 드문 풍경에 넋이 나가거나 하지는 않았다.

우리는 복셀에 들어가자마자 칼싸움이 벌어지는 것 같은 소리를 들었다.

목소리도 들렸다.

인간의 목소리 같았다.

"어이…!"

란타의 재촉을 기다릴 필요도 없이, 나는 달렸다. 란타와 유메도, 나와 경쟁하듯이 달렸다. 나는 그때 정신이 없었던 거라고 생각한다. 복셀에는 여기저기에 큐브가 기둥 상태로 쌓여 있기도 하고, 산더미처럼 쌓인 큐브가 언덕을 형성하기도 했다. 시야가 가로막힌다. 그래서, 뭔가 보인 건 아니지만, 그것은 아마도 인간의 목소리였고, 게다가, 귀에 익었다. 아는 목소리였다.

우리는 큐브의 언덕을 몇 개나 넘고, 많은 큐브 기둥과 기둥 사이를 빠져나가며 달리고, 또다시 큐브의 언덕을 올라갔다.

있다.

언덕 밑에, 인간들이.

무장했다. 의용병이다.

의용병들은 전투 중이었다. 상대는 물론, 그렌델들이다.

녹황색으로 발광하는 12면체 덕분에 꽤 잘 보였다. 나는 순식간에 5명을 식별할 수 있었다. 거기에 누구와, 누구와, 누구와, 누구와, 누가 있고, 그렌델들과 싸우고 있는건지, 나는 한눈에 알았다.

안경을 낀 신관이 있었다. 신관이라고 해도, 그가 들고 있는 것은 워 해머다. 나 같은 정도의 힘으로는 도저히 휘두를 수 없을 것 같은, 커다란 해머. 타다였다. 토키즈의 타다가 그렌델의 머리에 해머를 때려 넣어 박살 내는 순간을, 그야말로 나는 목격했다.

그리고 마법사도 있었다. 마법사지만, 그녀가 좌우에 손에 쥐고 있는 것은 근사한 장검이다. 키가 큰 그녀가 두 자루의 검을 휘두르는 모습은 호쾌함 그 자체였다. 마법사인데도 그녀는 두려움 없이 그렌델의 더블 블레이드를 두 자루의 검으로 맞받아치고, 밀어내기까지는 아니어도, 한 걸음도 밀리지 않는다. 미모리. 미모링이다.

살아 있었다.

리버사이드 철골 요새에서 토키무네의 유체를 확인하고, 나는 반쯤, 아니, 90퍼센트, 포기했었다. 그 토키즈다. 타다도, 미모리도, 다른 멤버들도, 토키무네와 함께 싸우다 죽는 걸 선택할 것이 틀림없다. 그렇게 생각해버릴 정도로 토키즈의 연대감은 강했다.

그러나, 토키무네라면, 자기 몸을 희생해서라도 소중한 동료들이 살아남는 길을 개척하려고 할지도 모른다.

토키무네가, 친구여, 먼저 가라—라고 명령했다면, 토키즈의 유쾌하고 용감한 동료들은 눈물을 꾹 참고 돌아보지 않고 전진하겠지.

실제로 토키즈는 그런 사람들이었던 것이다.

타다가 그렌델을 한 명 때려눕혔다.

미모리도 다른 그렌델에 맞서 당당히 싸우고 있다.

그렇기는 해도, 타다는 둘째치고, 미모리는 역시 여성이다. 체격이 훌륭하고, 검사로서의 재능도 확실히 있다. 그래도, 그렌델을 밀어낼 수 있으리라고는 아무래도 생각하기 힘들다. 언제까지 호각으로 싸울 수 있을지.

사실, 미모리가 버틸 필요는 없었다. 나는 언덕을 다 올라가, 타다가 그렌델을 박살 낸 장면을 보고, 미모리가 다른 그렌델과 검을 겨루는 모습을 봤다. 우연이었겠지. 나는 전투의 한 국면을 목격한 것에 불과했다. 국면이라는 것은 움직인다. 끊임없이 변한다.

미모리가 상대하고 있던 그렌델에게, 누군가가 "헤이…!" 하고 힘찬 포효를 울리며 태클을 걸었다. 몸이랄까, 방패다. 방패째로 부딪쳐, 그렌델을 휘청거리게 만들었다.

"킷카왓—…!"

란타가 기뻐하며 그의 이름을 외쳤다. 정확하게는 킷카왓—이 아니다. 킷카와지만, 어쩌다보니 그런 발음이 되어버린 것이겠지.

방패 태클을 성공시키더니, 킷카와는 곧바로 후퇴했다. 미모리도 공격하지 않았다. 그 그렌델에게 결정타를 찌른 것은 다른 인물이었다.

"데에에에에에아아앗…!"

머리를 짧게 민 전사가 거대한 식칼 같은 대검을 그렌델에게 쑤셔 박았다. 돌진하면서 저렇게 큰 검을 힘껏 내리친다. 말하는 건 쉽지만 하는 것은 어렵다. 보통이 아닌 근력과 장난 아닌 담력의 소유자가 아니면, 도저히 불가능할 것이다. 게다가, 경험. 전투경험의 축적이 없이는, 이때다 싶은 타이밍에서 힘을 발휘할 수 없다.

그러니까, 론 같은 타이프의 전사는, 저 전투방식을 습득하기 전에 목숨을 잃는다.

예를 들면 우리 동료 모구조처럼.

파워 파이터는 가시밭길이다. 우회할 수는 없고, 가시투성이에 말할 수 없이 험난한 길을, 오로지 똑바로 우직하게 걸어가는 수밖에 없다.

론은 그 길을 돌진하고 하나의 높이에 도달했다. 타다도 신관의 몸이면서도 어쩌면 동류인지도 모른다.

하지만, 론과 거의 동시에, 또 다른 그렌델의 오른팔을 베어 날리고, 곧바로 구형 투구를 쓴 목을 쉽사리 쳐버린 저 전사는, 또 종류가 다르다.

체격은 론이나 타다를 넘어섰고, 팔 힘을 포함한 신체 능력은 탁월하다.

강함인가? 부드러움인가? 그중 어느 쪽인가 하면, 강함이다.

그러면서도, 강함만 있는 것은 아니다. 엄청난 파워에 날렵함이 공존한다. 스피드도 있지만, 완급이 있고, 전혀 정체가 없다. 정지해도 천천히 흐르는 것처럼, 비할 바 없는 가열함인데도, 의젓하기도 하다. 저항하기 힘든, 따를 수밖에 없는, 어딘지 웅대한 자연현상을 연상시킨다.

그가 지적인 남자라는 것을 나는 알고 있다.

성격 면에서 제법 복잡한, 까다로운 부분도 있었던 것 같다.

오픈 마인드가 아니라 괴팍한 남자로도 보였다.

한편으로, 그는 전혀 꾸밈이 없달까, 있는 그대로의 모습에 몸을 맡긴 것처럼, 노숙한, 달관한 눈길로 타인을 보고 있었다.

그의 검은 상대를 집어삼키는 격렬함과, 틀에 박히지 않은, 임기

응변의 영역을 초월한, 승패조차 연연하지 않는 것 같은 융통성을 겸비하고 있었다.

은색의 머리는 내가 전에 만났을 때보다도 길게 자라 있었다.

그 갑옷, 렐릭, 아라가팔드를, 당연하지만, 그는 입고 있지 않다.

밤을 휘감은 자가 그 렐릭을 입었던 탓에, 나는 틀림없이 그도 토키무네나 브리트니와 함께 그곳에서 죽은 것이라고 오해를 했었다. 그뿐 아니라, 리버사이드 철골 요새에 있던 밤을 휘감은 자의 내용물이 그 사람이라고까지 생각했었다.

렌지와는 같은 날에 그림갈에서 눈을 떴다, 말하자면 동기지만, 동료라고 부를 만한 사이는 아니었고, 친구도 아니었다.

무엇보다, 그는 처음부터 특별했다. 아무런 특별할 것 없는, 중의 중 정도도 아니고, 잘 쳐줘봤자 하의 중, 사실 하의 하였던 나도, 그는 격이 다르다는 것을 알았다.

그가 위로 달려 올라가는 모습을 상상하는 것은, 누구라도 손쉬웠을 것이다. 사실, 그대로 되었다. 그는 하늘을 나는 새였고, 나는 땅에서 기어 다니는 벌레였다. 우연히 동기라도 아니었다면, 눈을 마주칠 기회도 없었다. 사는 세계가 다르다. 본래는 엮일 일 같은 것은 없었을 텐데, 우리는 둘 다 우연히 그림갈에 있었다.

렌지는 가슴 보호대 같은 것은 착용했지만, 방어구는 최소한이었다. 무기는 변함없다. 이슈 도그란이라는 오크가 갖고 있던 외날의 대검을 계속 애용하고 있다. 그라면, 녹슬고 구부러진 검이어도 그 렌델들을 베어버리는 것 아닐까?

렌지 팀은 이 복셀에서 몇 명의 그렌델과 조우했을까? 내가 언덕에 올라간 뒤에도 타다가 한 명을 박살냈고, 론이 한 명을 동강내 버렸고, 렌지도 한 명을 베어 쓰러뜨렸다. 그 외에도 휴식을 취할 때조차 눕지 않는 그렌델이 몇 명인가 엎어진 채 쓰러져 있었다.

서 있는 그렌델은 이제 단 한 명뿐이었다.

렌지는 최후의 한 명 쪽으로 다시 몸을 향하고 이슈 도그란의 검을 겨누었다. 겨누었다고 해도, 검을 한 손으로 들고, 팔은 똑바로 뻗은 상태에서, 검 끝을 그렌델에게 향하고 있는 것뿐이었다. 어깨 폭보다 넓은 스탠스를 잡고, 무릎을 구부리지조차 않았다. 거의 똑바로 선 자세에 가까웠다.

그때 란타가 뚫어져라 렌지를 쳐다보고 있던 것을, 나는 잘 기억하고 있다. 놀라운 녀석이라고, 나는 생각했다. 란타는 렌지를 보고 배우려고 한 것이다. 훔칠 수 있는 것이 하나라도 있다면 훔쳐주려고. 렌지를 참고로 삼으려 들다니, 어이가 없다. 말이 달리는 것을 거북이가 보면서, 어떻게 하면 저렇게 달릴 수 있을까? 생각하는 것과 같다. 뭘 어떻게 해봤자 거북이가 말처럼 달릴 수는 없는데도.

"UUUUUUEEEEEEEHHHHHHH…"

그렌델이 낮은 신음 소리를 발하더니 무기를 빙글빙글 회전시키기 시작했다.

그 그렌델은 렌지보다 머리 하나 정도 가까이 더 컸다. 게다가, 투구의 돌기가 두 개가 아니었다. 세 개였다. 더블 블레이드의 검신은 가시가 박힌 철구 같은 형태였으니, 검신이라 부를 만한 것은 아닌지도 모른다. 어쨌든, 돌기가 두 개인 그렌델보다 한 단계 위인 것이다.

먼저 공격한 것은 그렌델이었다. 단, 나에게는, 완만하게 거리를 좁히며 원래부터 회전시키고 있던 무기를 렌지에게 갖다 대는 듯한 움직임으로밖에는 보이지 않았다.

저 정도라면 간단하게 피할 수 있을 것 같다.

렌지도 옆으로 쓱 이동해서 그렌델의 무기로부터 도망쳤다.

그렌델은 거기서 멈추지 않고 똑같이 렌지에게 접근했다.

렌지도 또한 똑같은 회피행동을 취했다.

둘은 몇 개나 되는 원을 그리는 것처럼 움직였다. 그렌델은 무기를 계속 돌리고, 렌지는 공격하지 않았다.

우리는—란타와 유메뿐만이 아니라, 다른 의용병들도, 목소리를 내지 않고, 거의 꼼짝도 할 수 없었다. 모두 마른 침을 삼키며 지켜보고 있었다.

나도 서서히 알게 되었다. 그렌델이 숫자 8을 그리는 것처럼 휘두르고 있는 무기는 분명 일격필살의 위력을 숨기고 있다. 손잡이가 길고, 사정거리는 넓다. 그 사정거리에 들어가면, 곧바로 저 무기가 덤벼든다. 닿는 것만으로도 즉사할 무기가 접근해 오는 거나 마찬가지다. 게다가, 그렌델은 이미 고립무원인데도 태연자약한 것처럼 보였다. 보폭은 좁지 않지만, 명백하게 여유 있는 발놀림이었다. 언제 템포를 올려 급습해올지 알 수 없다.

내가 저런 식으로 공격당한다면, 도저히 평정을 유지할 수 없을 것이다. 이대로는 위험해. 뭔가 하지 않으면. 아무래도 그렇게 생각해 버린다.

"렌지!"

누군가가 렌지에게 외쳤다. 저 의용병. 검은 테 안경을 꼈다. 마법사다. 아다치. 그도 내 동기이며, 렌지의 동료다.

"끼어들지 마."

렌지는 아다치에게 말한 것이겠지. 아다치는 안경을 손으로 누를 뿐, 아무 대답도 하지 않았다.

그렌델이 한층 압력을 강화한 것은 그 직후였다. 나에게는 그렌델의 보폭이 갑자기 두 배가 된 것처럼 보였다. 옆으로 이동하는 렌지의 속도도, 거기에 맞춰서 올라갔다. 그렌델은, 거기서부터 더욱, 무기를 휘두르는 방식을 바꾼 건가? 무기가 아주 멀리까지 닿게끔 되었다.

렌지는 뛰어서 물러났다. 과연 당황한 건가? 그게 아니었다. 렌지는 물러났나 싶더니, 앞으로 나섰다. 이슈 도그란의 검을 양손으로 들고, 찌르기를 내질렀다.

"오옷…."

란타가 짧게 감탄의 목소리를 냈다.

렌지가 어디를 찌른 건가? 나는 알 수 없었다. 하지만, 아무래도 엄청난 속도로 휘두른 그렌델의 무기를 잽싸게 빠져나가, 놈의 손을 노린 모양이다. 그 결과, 무기의 회전이 급정지했다.

렌지는 그렌델의 옆을 빠져나가며, 스쳐 지나가면서 그 목을 날려버렸다.

"…저거라면, 나도."

란타가 중얼거렸다. 나도 흉내 낼 수 있다. 지금 할 수 있다는 뜻은, 꼭 그런 뜻은 아니었을 것이다. 너무나 높은 목표라고 해도, 절대로 실현 불가능하다고는 생각하지 않는다. 그것을 목표로 힘을 기르겠다. 란타는 그런 식으로 생각할 수 있는 남자였다.

"가자!"

유메가 재촉하여, 우리는 큐브 언덕을 내려갔다.

"아아아아아아아앗…."

제일 처음으로 우리 이름을 부른 것은 킷카와였다.

"하루히로잖아! 란타잖아! 유메도 있잖아! 하루히로잖아, 란타잖아, 유메잖아, 우오오오오오오오오오…! 하루히로옷! 란타앗! 유메 엣! 우오옷! 다행이다! 살아 있었잖아! 만세! 만날 수 있잖아, 최고 잖아…!"

킷카와는 울고 있었다. 미모리가 돌진해와서 나를 힘껏 껴안았다. 그녀는 어째서인지 이런 나를 좋아해 주었다. 나는 그녀의 마음에 응할 수 없었기 때문에, 그런 점에 관해서는 거절하는 수밖에 없었다. 하지만, 그때, 나는 그녀에게 안긴 채로 가만히 있었다. 그녀는 나 같은 것보다 훨씬 힘이 세서 아픔까지 느껴졌지만, 나는 불평하지 않았다.

"다행이다… 다행이다네요―. 젠장이지만요? 다행입니다요. 아무튼간에…."

토키즈의 분위기 메이커이며 기수인 키가 작은 신관 안나 씨도 울고 있었다. 타다가 내 등을 두드린 기억이 있다. 순간적으로 숨이 멎을 정도로 두드렸다. 안대를 한 이누이는 뭔가 알 수 없는 말을 하고 있었다. 그의 언동은 대개 의미불명이며, 기이하다는 것밖에 기억나지 않는다. 하지만, 포니테일 스타일로 묶은 머리카락이 분명히 3분의 1 정도 백발이 되어 있었다. 그 나름대로 마음고생이 있었던 것이겠지.

유메는 안나 씨, 그리고 팀 렌지의 신관인 꼬마와도 부둥켜안고 재회를 기뻐했다. 꼬마라는 여성은 극단적으로 말수가 적어, 나는 아직도 그녀가 어떤 사람이었는지, 전혀 라고 해도 좋을 정도로 모른다. 단, 그런 형태로 합류하고 나서는, 그녀가 감정을 겉으로 드러내는 장면을 몇 번인가 접했다. 그녀는 생각을 말로 하지 않는 것뿐, 무척 섬세한 배려를 할 수 있는 사람이었다. 그토록 체격이 작은데도, 탁월하고 유능한 힐러이고, 눈썰미가 좋고, 경이적인, 마치 뭐든 다 하는 심부름 센터 같은 사람이었다. 그녀는 누구보다도 렌지에게 충실하고, 그 사실을 렌지도 알고 있었고, 그녀를 완전히 신뢰하고 있던 것 같다. 만약 렌지가 그녀에게 절대적인 신뢰를 갖고 있지 않았다면, 그렇게 되지는 않았을 것이다.

란타는 론과 즐겁게 이야기했다. 애초에 성격부터 두 사람은 잘 맞는 것 같았고, 실제로 이 이후의 공동전투를 통해 란타와 론은 형제 같은 사이가 되었다.

론은 렌지의 동료이며, 신뢰 관계도 있었다고 생각하고, 전우이긴 했겠지만, 마음을 허락하는 사이는 아니었던 것 같다. 다른 사람보다 몇 배나 결벽한 렌지는, 가까운 이들과의 정서적인 유대를 거부했다. 론 같은 남자에게 있어서는 불만이었음이 틀림없지만, 함께 싸우고, 서로의 등을 맡기는 상대로서, 렌지는 너무나도 지나칠 정도로 매력적이다. 이 시기에 론은 그제야 비로소 란타라는 친구를 얻었다. 그에게 있어서 그것은 좋은 일인 것 아닐까 생각한다.

아다치와는, 미모리가 나를 놓아준 뒤에, 사무적이랄까, 실질적인 이야기를 했다. 그 사람만큼 면밀하면서 정리된 두뇌를 가진 인간은 그리 많지 않다. 그는 내 설명을 듣더니, 우리의 47일간이 결코 쓸데없는 발버둥이 아니었다는 것을 단적으로 가르쳐주었다.

리버사이드 철골 요새에서 도망친 생존자 의용병들은, 우리가 추측한 대로, 소우마 일행과의 합류에 희망을 걸고 원더 홀에 들어갔다. 전진하려면 그렌델들을 배제해야만 했고, 그들은 처음에는 악전고투할 수밖에 없었다. 그래도, 팀 렌지, 토키무네를 잃고도 그 간판을 내리지 않은 토키즈, 와일드 엔젤스의 카지코 등 6명, 버서커즈와 아이언 너클의 생존자 4명 등 쟁쟁한 멤버가 모여 있었다. 꼬마, 타다, 안나 씨, 와일드 엔젤스의 코코노, 그리고 전 버서커즈의 와도와 다섯 명의 신관이 포함되어 있다는 사실도 그들에게는 행운이었다. 그들은 끈질기게 싸울 수 있었고, 그러다보니 그렌델과의 전투에 익숙해졌다.

그들은 조금씩, 조금씩 전진해서, 의용병들이 정크 1이라 부르는 지점까지 도달했다.

그곳은 원더 홀의 메인 루트와 서브 루트의 분기점이다.

서브 루트라고 해도, 이쪽은 이쪽대로 길고 크고, 지상으로 치면, 풍조 황야의 왕관산을 멀리 한 바퀴 돌고 몇 번인가 분기하면서 다시금 메인 루트로 돌아온다고 한다. 돌아와 서브 루트와 메인 루트가 만나는 이 장소를 정크 2라고 부른다.

이 정크 1이 난관이었다.

그렌델들은 정크 1 부근을 요새화하고 전력을 집중시켰기 때문이다.

렌지 일행은 정크 1의 그렌델 요새를 공략하려고 했으나, 와일드 엔젤스 중 한 사람, 전 버서커즈, 전 아이언 너클, 이렇게 세 사람이 사망하는 등 큰 피해를 입고 말았다. 결국, 요새를 함락시킬 수는 없었지만, 간신히 메인 루트 측으로 빠져나갔다. 더욱 전진하여 요새로부터의 추격을 몇 번이나 격퇴하는 동안에 그들은 어떤 사실을 깨달았다.

그들은 강자들의 모임이라고는 해도 대군이라고는 도저히 말할 수 없는 전력이고, 정크 1의 그렌델 요새를 공략할 수는 없었으나, 돌파했다.

또한, 돌파 후의 추격은 몇 차례에 걸쳐 이어졌으나, 한 번에 고작해야 10인, 대개는 5, 6인의 그렌델이 쫓아오는 것뿐이었다.

소수라고 해도 그렌델이 강하다는 사실은 변함없다.

쉽사리, 는 아니었으나, 매번 격퇴할 수 있었다.

어쩌면, 그렌델의 총수는 그다지 많지 않은 것 아닐까?

적어도, 솟아나듯이 마구 번식하는, 다산하는 고블린 같은 종족은 아닌 것 같다.

그렌델은 개개인이 뛰어난 전투가로, 골고루 뛰어나다고 해도 좋을 것이다.

단, 육식 맹수와 달리, 타고난 포식자라기보다는, 제각각 싸움에 숙달된 것이다. 경험을 쌓고 기술을 연마하지 않으면, 그런 식으로는 싸울 수 없다.

투구의 돌기 숫자에서는, 그들이 어떤 종류의 계급제를 유지한다는 것을 상상할 수 있다.

훈련받은 병사들이 상관의 명령을 따라 조직적으로 적을 괴멸한다. 그들은 소수정예를 취지로 하는 것은 아닐까?

정크 1을 빠져나간 렌지 일행은, 본 적도 없는 괴물과 맞닥뜨리기도 하고, 길을 잃을 뻔하기도 하고, 소규모 그렌델 추격부대가 기습해 오기도 하고, 등등의 각종 돌발사태를 겪으면서도, 비교적 순조롭게 정크 2까지 진출할 수 있었다. 이 정크 2에 그렌델들은 정크 1을 웃도는 규모의 견고한 요새를 구축하고 있었다.

보아하니, 정크 1에서 메인 루트에서 분기하여 정크 2로 돌아오는 서브 루트는 그렌델들에게 확실하게 장악된 모양이다. 미확인이지만, 서브 루트의 어딘가에 그렌델들의 고향, 말하자면 '그렌델 이계'와의 접점이 존재하는 것 같다. 그렌델들은 거기서부터 원더 홀에 침입하여 세력을 확대했다.

렌지 일행은 정크 1 요새에서도 애를 먹었었고, 정크 2의 요새는 도저히 함락시킬 수 있을 것 같지 않았다.

더 이상 메인 루트를 진행할 수 없다면, 되돌아가야 하나? 원더 홀을 나가려면, 또 정크 1 요새를 돌파해야만 한다.

진퇴양난까지는 아니라고 해도, 렌지 일행은 머뭇거릴 수밖에 없었다.

누군가가 정크 2 요새를 공격하기 시작하지 않으면, 결국 왔던 길을 되돌아가, 어느 정도의 희생을 각오하고 정크 1 요새를 빠져나갈 수밖에 없었던 건지도 모른다.

"―설마, 소우마네가?"

내가 묻자, 아다치는 주저하지도 않고 태연하게 "맞다"라고 긍정했다.

"원래 우리는 소우마를 찾으러 갔었다. 그 소우마 쪽에서 와줬다. 행운이었다고 말한다면 그럴지도 모르지만, 우리가 운을 끌어왔다고도 할 수 있겠지. 운이 찾아오면, 남은 것은 손을 뻗어 붙잡는 것뿐이다. 우리는 그렇게 했다. 소우마 일행에 가세해서, 정크 2 요새에서 그렌델들을 철수시켰다. 소우마 일행은, 분하지만, 우리와는 차원이 달랐다. 소우마 파티와 아키라 씨, 거기에 타이푼 록스다.

현시점에 있어서 최고 전력이라고도 할 수 있지. 그렌델들도 현명했다. 괴멸하기 전에 후퇴하기 시작했다. 일곱 개의 돌기의 지휘관으로 보이는 그렌델은, 그 소우마와 1 대 1 전투를 선보였다. 물론, 소우마가 이겼지만 말이야."

의용병들은 이렇게 해서 정크 2 요새를 점거했으나, 유지하려 드는 것은 좋은 생각이 아니라는 결론에 도달했다.

우선, 그렌델의 요새는 수수께끼의 금속이나 반투명 소재, 녹황색 발광체 등 그들이 갖고 온 것으로 짐작되는 소재로 만들어져 있었다. 그것을 수리하는 것이 문제였다. 개폐할 수 있는 문, 방벽의 일부 등이 전투로 현저히 손상되어 그대로는 쓸 수가 없었다. 고치는데도 재료가 필요하다. 이것저것 조달해서 수리하려면 상당히 손이 많이 간다. 실질적으로는 불가능에 가깝다.

게다가, 그렌델의 총수는 그리 많지는 않은 것 같지만, 그렇다고 해도 정크 2 요새에는 150명 이상, 분명 200명 정도의 전력이 배치되어 있었다. 의용병들이 여기를 지키려고 할 경우, 아무래도 경비가 허술해지는 곳이 생겨버린다. 무엇보다, 무엇을 위해서 지키는 건가? 지킬 가치, 의의가 있는 건가? 라는 의문이다.

실은, 소우마 파티에는 거점이 있었다.

원더 홀 안이 아니다.

바깥이었다.

원더 홀은 길고, 크고, 한없이 넓지만, 지상과 오갈 수 있는 출입구는 단 여섯 개밖에 발견되지 않았다.

그중 하나가, 정크 2에서부터 메인 루트를 150킬로미터 정도 이동한 지점에 있다.

그 출입구로 지상으로 나가면, 풍조 황야의 서쪽 가장자리를 흐르는 제트 리버의 맞은편 기슭이며, 일대의 지형은 상당히 복잡하고, 위험한 야수의 서식지이기도 했지만, 목재나 물은 확보할 수 있다. 오크나 언데드 등의 손길도 닿지 않은 곳이라, 소우마 일행은 조건이 맞는 장소에 여러 개의 오두막을 짓고, 이것을 마을이라고 칭했다. 새벽연대의 마을이니까 새벽촌이다. 장아찌, 초절임 등 보존식 저장고를 짓기도 하고, 유효하게 활용할 수 있는 자생식물 씨앗을 뿌려 작은 농원 같은 것을 만들기도 하고, 우물을 팔 계획도 있었다고 한다.

렌지 일행은 그 새벽촌으로 안내받았다.

거기에는 판잣집이 몇 개 있을 뿐, 마을이라고 부르기에는 너무나도 변변치 않았고, 집락조차 되지 못했다. 애초에 평소에는 사람이 살지 않는 것이다. 사는 이가 없는 건물은 단기간에 낡아져 버리고, 쉽사리 황폐해진다. 그래도, 손질만 하면 지붕 밑에서 잠들 수 있고, 취사를 할 수 있고, 불을 땔 수 있는 아궁이가 있다. 반지하 저장고에는, 윤택하다고는 말할 수 없어도, 금방 동나지 않을 양의 식량이 있다. 오두막을 늘이고 싶다면 더 지어도 된다. 대부분 의용병은 힘쓰는 일을 마다하지 않고, 손끝이 야무진 자라면 어떤 생활 도구도 직접 만든다.

의용병은 본래 병사라기보다 탐험가이며 모험가인 것이다. 모든 것이 다 갖춰져 있지 않으면 버티기 힘든 정도의 멘탈로는 해나갈 수 없고, 없으면 없는 대로, 있으면 있는 대로, 연구해서 부족한 것을 보충하는 일에는 익숙하다.

우리는 오르타나를 잃었다.

몸 둘 곳이 없어졌다면, 직접 찾아내고, 만들어내면 된다.

그렇게 하면, 거기는 우리가 있을 장소가 된다.

우리에게 있어서 지켜야 할 장소가 된다.

의용병들은 새벽촌에서 서로 정보교환을 하고, 앞으로에 관해서 토론했다.

소우마 파티는 주로 원더 홀 경유로 불사의 천령(언데드 DC)에 들어가, 언데드의 동향을 살피면서 그들의 비밀을 찾고 있던 모양이다.

그림갈에는 앞선 사람이라 불리는 선주민 인종이 있었고, 그 뒤에 오크나 고블린, 그리고 인간 같은 종족이 어떤 과정을 통해 유입해왔다.

그러나, 언데드는 다르다. 그들은 노 라이프 킹에 의해 만들어진 종족인 모양이다.

언데드는 머리를 박살 내면 활동을 정지하지만, 머리 이외는 재이용할 수 있다. 예를 들면, 한쪽 팔을 잃은 언데드가, 활동 정지된 언데드한테서 팔을 뜯어내서 이어붙인다. 인간이라면 당연히 그런 일을 해봤자 소용없다. 그런데, 활동 정지된 언데드의 팔은, 아직 활동하는 언데드에게 부착된다. 극단적인 이야기를 하자면, 언데드끼리 서로 머리를 바꿔 끼운다고 하면, 몸이 바뀐 채로 둘 다 계속 활동할 수 있는 것이다.

노 라이프 킹은 그런 생물을—생물이라고 불러도 되는지 알 수 없을 만한 것을—만들어냈다.

그만한 힘을 갖고 있으면서도, 노 라이프 킹은 죽었다고 한다.

아니, 죽지 않았다, 어떤 이유로 불사의 천령, 에봐레스트의 거성에서 잠들어 있는 것뿐이다―라는 소문을, 오랫동안 여기저기서 수군댔다고 한다.

나는 이미 노 라이프 킹이 죽지 않았다는 것을 알고 있었고, 놈이 제시나 메리의 몸에 들어가서 살아가고 있었다면, 어째서? 라는 의문은 생겨난다.

노 라이프 킹은 언데드를 만들어냈다.

하지만, 노 라이프 킹은 죽었다고 여겨졌다.

그 이후로 언데드는 태어나지 않았던 건가?

나 자신도 언데드를 많이 죽였다―라는 표현이 적절하지 않다면, 파괴하고 활동을 정지시켰다.

언데드의 왕이 언데드족을 만들어낸 거라면, 언데드는 계속 감소해야 한다. 하지만, 그렇지는 않았다.

노 라이프 킹이 죽었다고 여겨진 이후에도 언데드는 계속 생겨났다.

그들의 왕의 사후에도, 시체를 방치하면 마치 좀비처럼 다시 움직이게 되었다.

그것은 노 라이프 킹의 저주라고 우리는 생각했다. 메리의 몸 안에서 노 라이프 킹이 눈을 뜨고 난 뒤에 그 현상은 일어나지 않게 된 것 같지만, 그 현상은 도대체 무엇이었을까?

노 라이프 킹과 언데드 주변에는 의문점이 많다.

인간에게 있어서 생과 사는 항상 중요한, 가장 중요하고, 온갖 사고나 사상의 근원인지도 모를 문제지만, 생각하면 할수록 노 라이프 킹과 언데드는 우리를 혼란스럽게만 했다.

우리에게 주어진, 유한한 생.

그 끝으로서의, 죽음.

죽음은, 누구도 피할 수 없는, 언젠가 반드시 도달할 종착점이다.

그래야 마땅하다.

태어난 이상은, 우리는 죽는 수밖에 없다. 이것은 어떻게 할 수 없는 일이다. 살아간다는 것은, 어쩔 수 없이 죽음을 향하여 일직선으로 가는 일이니까. 죽고 싶지 않아, 살고 싶다. 계속 살고 싶다고 바라는 것은 자유라고 해도, 이루어지는 일은 절대로 없다. 우리가 할 수 있는 것은, 지금을 살아가는 것뿐이다. 살고, 지금, 살고, 살아가고, 우리는 만나고, 이별하고, 늦든 빠르든 끝을 맞이한다.

이별하고 싶지, 않아.

물론이다.

지금, 뇌리에 박힌 그녀의 웃는 얼굴이, 두 번 다시 볼 수 없는 것이라니, 납득할 수 없다. 계속 곁에 있고 싶다. 가능한 일이라면, 영원히.

끝나기를 바라지 않는다.

분리하기 힘든 생과 사를, 사실은 어떻게 해서든 분리하고 싶다.

생을 사에서부터 떼어내고 싶다.

한심한가?

이것은 유치한 바람인가?

현실을 모르는, 어리석은 자의 헛소리라고 생각하나?

하지만, 영원이란 것이 현실이었다면?

생과 사를 분리하는 방법이 있는 거라면?

우리가 엄연히 움직이기 힘들다고 믿는 규칙이, 보편적인 것이 아니라, 실은 한정적인 것일 뿐이고, 그 규칙인지 뭔지가 적용되지 않는 케이스도 있고, 어떠한 조건으로 그 예외가 성립하는 것인지 설명할 수 있다면, 어떨까?

예를 들면, 인간은 아무리 길어봤자 백 년 안팎으로밖에 살 수 없지만, 수명을 두 배로 늘리는 약을 누가 눈앞에 내밀고, 어떤 리스크가 있다면 그에 대한 설명도 듣고, 실제로 약을 먹은 자와 만나 그 효과가 어느 정도인지 확인하고, 그리고, 자, 어떻게 하시겠습니까? 라고 묻는다면?

거절할까?

단호히 거부할 수 있을까?

그 약을 먹으면 200년 정도가 아니라 300년을 살 수 있다고 한다면? 수명이 4백 년, 5백 년으로 늘어난다면? 그런 인생은 너무 길어서 질릴 것 같은가?

먹지 않으면 고작해야 백 년이지만, 먹으면 천년, 아니, 미래 영원토록 죽는 일은 없다고 한다면?

길어봤자 백 년인가? 영원인가? 어느 한쪽을 선택 가능하다고 하고, 그래도 후자를 택하는 일은 결코 없을 거라고, 단언할 수 있나?

만약에 말이다.

생과 사를 분리하고 각각으로 취급함으로써, 나 자신의 수명은 둘째치고, 이것은 예를 들어서지만, 헤어진 친구와 또 만날 수 있다면?

죽어버린 자가 돌아온다고 한다면, 어떤가?

잃어버린 것을, 잃고 싶지 않았던, 절대 잃어서는 안 되었던 것을, 되찾을 수 있다면?

노 라이프 킹과 언데드를 둘러싼 의문을 밝힘으로써, 생과 사를 나누는 일이 어쩌면 가능할지도 모른다.

소우마 파티가 그런 생각을 하고 있었다는 것은, 솔직히 나에게는 의외였다. 뭐랄까, 좀 더 초연한 사람들이라고 멋대로 단정 짓고 있었는지도 모르겠다.

나는 마나토와 모구조를 잃고, 메리를 죽게 만들었다. 메리까지 잃을 수는 없어서, 결과적으로 노 라이프 킹을 가까이에 불러들여, 그 부활을 목격하게 되었다. 나약하고 평범한 나라서 이렇게 되어 버렸다. 나는 그렇게 생각했다.

그러나, 만약 소우마가 내 입장이었어도 같은 과오를 범했을지도 모른다.

소우마 같은 사람조차 약함을 갖고 있고, 나처럼 평범한 부분도, 없지는 않을지도 모른다.

아무튼, 렌지 팀은 새벽촌에서 기력을 보충하고 앞일도 생각했다. 오랫동안 원더 홀 안을 이동한 탓에 지상의 상황을 알 수 없었던 소우마 일행도, 틀림없이 여러 가지로 생각하는 부분이 있었을 것이다. 게다가, 노 라이프 킹의 부활, 세카이슈의 활동 격화에 의한 실제적인 영향도 있었다.

소우마 일행은 불사의 천령에서 여러 개의 렐릭을 입수, 라기보다, 언데드한테서 탈취한 모양이다.

어떻게 된 까닭인지, 세카이슈는 렐릭에 격렬하게 반응한다. 렐릭을 적대시하는 건가? 렐릭을 흡수한 세카이슈가 밤을 휘감은 자라면, 단순히 그렇다고는 단정 지을 수는 없다. 그러나, 틀림없이, 세카이슈는 렐릭이 있는 곳에 모여든다.

소우마 일행이 렐릭을 지닌 채로 원더 홀을 나가 새벽촌으로 향하면, 세카이슈들이 여기저기에서 몰려들었다고 한다. 얼마 안 가서 팀 렌지의 아다치가, 소우마 일행이 소지한 렐릭이 원인이라는 것을 깨달았고, 그들은 일단 원더 홀로 돌아갔다. 그리고, 렐릭을 놓아두고 다시 밖으로 나와보니 세카이슈는 다가오지 않았다. 그런 에피소드도 있었던 모양이다.

리버사이드 철골 요새에서도 렌지는 아다치의 조언을 따라 아라가팔드를 벗어던졌다. 그래서 렌지는 무사했던 것이다.

즉, 원더 홀 바깥에서는 렐릭을 사용할 수 없다는 걸 의미한다.

소우마는 원래 마개왜왕환(魔鎧歪王丸)이라는 이름이 붙은 렐릭 갑주를 애용했다.

아키라 씨도, 파탈시스(치명의 단검)라는 렐릭을 소유했던 모양이다.

그밖에도, 그들은 지금까지 의용병으로서의 활동을 통해 몇 개의 렐릭을 입수하고, 이용방법을 발견하고, 활용했다.

그것들을 지상에서는 사용할 수 없는 것이다.

렐릭에 따라서는 결정적인 차이를 만들어내는 것도 있다. 지상에서는 아무래도 전력의 저하를 피할 수 없다.

세카이슈를 어떻게 할 수 없는 건가?

노 라이프 킹의 동향도 궁금하다.

원래 노 라이프 킹의 맹우였던 오크는 어떻게 움직일까? 노 라이프 킹이 만들어냈다고 여겨지는 언데드는, 역시 노 라이프 킹 밑으로 결집하는 건가?

자유도시 베레 같은 중립적인 세력은 어찌할까?

철혈왕국의 드워프, 그리고, 그들 곁에 몸을 의탁한 엘프들이 전멸했다고는, 아무려면 생각하기 힘들다. 살아남은 드워프와 엘프들은 지금쯤 어떻게 하고 있을까?

의용병들은, 어떻게 해야 하는 걸까?

새벽촌이라는 근거지, 새로운 고향이 될 수 있는 장소는 있다고 해도, 의용병의 숫자는 불안할 정도로 적다.

정말로 그 밖에 생존자는 없는 건가? 아직 지상 어딘가에서 살아남아, 동포의 도움을 기다리는 자가 없다고 단정 지을 수는 없다. 지금으로서는, 비록 그것이 한 명이나 두 명뿐일지라도, 귀중한 인재다.

소우마와 렌지 일행은 새벽촌을 나가 원더 홀로 돌아갔다. 정크 2 요새는 그렌델들에게 재점거당했지만, 통과하는 것만이라면 비교적 편했다. 의용병들이 정크 1 요새에 도달하자, 그렌델의 움직임에 혼란이 보였다. 정크 1 요새의 그렌델들은 메인 루트 남쪽 방면, 즉, 메르르크들이 있는 출입구 쪽을 향하여 소부대를 이동시켰다.

그렌델들은 뭔가와—누군가와, 교전하고 있는 것 아닐까?

의용병들은 그렇게 생각했다. 만약 그런 거라면, 렌지 일행처럼 원더 홀에 도달한 생존자인지도 모른다.

의용병들은 정크 1 요새를 공략하고, 여기에서 두 팀으로 나뉘었다. 소우마 일행은 정크 1 요새에 남아 그 앞의 서브 루트를 조사하면서 새로운 적을 막아낸다. 팀 렌지와 토키즈는 메인 루트를 남진해서 출입구로 향하며 생존자를 찾는다.

즉, 우리의 발버둥은, 의용병들에게 보내는 시그널이 된 것이다.

하긴, 우리가 아무것도 하지 않아도, 의용병들은 언젠가는 왔을

지도 모른다. 하지만, 만약 우리가 지칠 대로 지쳐서 원더 홀에 미련을 끊고 어딘가 다른 장소를 향해 떠났었다면, 어떻게 되었을까? 우리는 의용병들을 만날 수 없었겠지. 어딘가에서 객사했을 가능성도 있다. 혹은, 밤을 휘감은 자에게 발견되어 죽었을지도 모른다.

그렌델 한 명조차 해치울 수 없었던 우리가, 원더 홀에서 떠나지 않고 47일 동안 어떻게든 머물렀다.

그 결과가 이것이었다.

팀 렌지, 토키즈와 재회할 수 있었다.

팀 렌지와 토키즈와 함께, 우리는 일단 원더 홀을 나갔다. 메르르크들에게는 안됐지만, 몇 마리나 되는 메르르크가 우리에게 붙잡혀 조리되었고, 날개와 뼈 이외는 깨끗하게 먹어치웠다.

애초에 렌지네가 남긴 야영지 터에서, 우리는 1박만 했는지 2박은 했는지 확실하게는 기억나지 않지만, 보초를 서지 않고 동이 틀 때까지 잠을 잤던 것은 기억한다. 밤에 한 번도 깨지 않고 잘 수 있다니, 정말로, 너무나 근사한 일이었다.

아침에 일어나보니 렌지가 상반신 알몸으로 혼자 묵묵히 검을 휘두르고 있었다.

휘두른다고 해도, 천천히 움직이는 것뿐이라서, 멀리에서 보면 살짝 기행으로 보일지도 모른다. 그러나, 검사가 아닌 나조차도 렌지가 그 시선 끝에 무엇을 보고 있는지 알 것 같은 느낌이 들었다. 렌지는 저토록 강해졌어도, 아직 자기보다 훨씬 강한 상대를 쓰러뜨리려고 하고 있었다. 그 강한 상대의 이미지를, 렌지는 명확하게 그리고 있는 것 같았다. 렌지는 자기 검 한 자루로 그 상대와 오로지 싸우고 있었다.

내가 보고 있다는 것을 알아차렸을 텐데도, 렌지는 아랑곳하지 않고 계속 검을 휘둘렀다. 나도 질리지도 않고 집중해서 렌지를 보고 있었다.

정신을 차리고 보니, 란타도 일어나서 내 옆에 쪼그리고 앉아 있었다.

"강한 놈이라는 건, 참. 정말이지…."

"란타. 너는 안 해도 돼?"

"저 녀석과 똑같은 일을 한다고 따라잡을 수 있다고 생각하는 거냐? 바보. 한… 15년이다."

"뭐가?"

"15년 이내에 저 녀석을 따라잡겠다고. 나 나름의 방법으로 말이야. 15년… 지금의 나라면 그 정도지만. 5년 지나면, 그때는 5년 이내라고 말할 수 있을지도 모르고."

15년까지는 말하지 않겠다.

하지만, 적어도 5년 후에는 어땠는지, 알고 싶었다.

란타가 급성장을 이룬다 해도, 렌지는 더 앞으로 나아가, 두 사람의 차이는 오히려 벌어졌을지도 모른다. 나라면 그렇게 생각해버린다. 쫓아가는 뒷모습은 어차피 계속 멀어지기만 할 뿐이라고.

하지만, 그렇지 않은 란타에게는, 다른 미래가 있었는지도 모른다.

나는 보고 싶었다.

볼 수 있었다면, 얼마나 좋았을까.

같은 말을 반복하지만, 그런 생각을 안 할 수가 없다.

그 뒤, 우리는 정크 1 요새에서 소우마 일행과 합류하고, 정크 2

요새를 경유하여 마침내 새벽촌으로 들어섰다. 건물다운 건물은 없다. 판잣집 오두막이 몇 개 있는 것뿐인데도, 여기에서 여행을 끝내도 좋지 않을까? 라고, 나는 문득 생각했다. 머리와 몸을 씻은 것은 꽤 오랜만이었다. 불결하다거나, 지저분하다거나, 냄새난다거나, 그런 것은 딱히 신경 쓰지 않게 되었지만, 한동안은 깔끔해진 여성을 직시할 수 없었고, 옆에 다가갈 수도 없었다.

"너, 너… 위험할 정도로 미인이었구낫….."

란타가 유메에게 그런 말을 하며, 이것은 과장도 무엇도 아니고, 진짜로 눈물을 흘렸다. 확실히 유메는 꽤 아름다운 여성이었다. 공정하게 평가하자면, 유메도, 라고 말하는 편이 좋을지도 모른다.

새벽촌에는 소우마의 동료인 시마, 엘프인 리리야, 우리보다 많이 연장자였지만, 아키라 씨의 부인인 미호, 카요, 그리고 토키즈의 미모리, 안나 씨, 팀 렌지의 꼬마, 와일드 엔젤스의 카지코, 마코, 아즈사, 코코노, 야에 등 유메를 포함해서 13명의 여성이 있었는데, 나에게는 그녀들 모두가 신비로울 정도로까지 아름답게 보였다. 어떤 종류의 공포까지 느껴질 정도였다. 나는 그녀들과 가급적 말을 섞지 않으려고 했고, 유메까지도 가능하면 피했다. 란타는 날 놀렸지만, "그야—뭐? 이해 못 할 것도 없긴 하다. 아주 조금은"이라고도 말했다.

"나는 오로지 유메 바라기지만. 생물로서의… 수컷으로서의 본능이라는 건가? 그게, 이쯤 되면 누구든 좋으니까… 라거나, 그런 망상을 해버리는 일도 있다거나 없다거나 하니까. 이런 경우가 아니라도, 익히 알고는 있었지만 말이야."

과연 그럴까?

과연, 란타가 말한 것 같은 이유였을까? 나는 잘 모르겠다.

그 당시에는 나도 아직 젊은 인간 남성이었고, 육체가 건강한 상태라면, 일반적인 욕구, 욕망 같은 것을 느끼는 일은 당연히 있었을 것이다. 하지만 나는 왠지, 그, 인간으로서의, 동물로서의 욕망 자체를, 몹시 두려워했던 것 같은 느낌이 든다.

만약 메리가 곁에 있었다면, 조금은 사정이 달라졌을지도 모른다. 그러나, 그녀는 내 손이 닿지 않는 장소에 있었다.

나는 그녀가 그리웠나?

그녀를, 생각하기는 했다. 그녀를 보고 싶었다.

그러나, 지금의 그녀는 그녀가 아니다.

그녀 안에는 노 라이프 킹이 있다.

본체는, 그녀인가? 노 라이프 킹인가?

내가 그녀에게 그 운명을 짊어지게 했다.

노 라이프 킹이 부활한 일이 이 상황을 초래한 것이라면, 내가 원흉이다.

무슨 일이 있어도 나는 용서받을 수 없다.

란타나 유메에게는 전부 털어놓았지만, 두 사람은 나를 탓하지 않았다. 중대하다는 말로는 부족할 정도의 죄를 범했으면서, 나는 심판을 받지 않았다.

새벽촌에서 나는 시키는 대로 노동을 했다. 마을 설비를 충실히 하거나, 물자를 조달하거나, 가공하거나, 할 일은 얼마든지 있었다.

시키는 대로 그저 일하는 것이 나에게는 맞는다. 나는 불평하지 않았고, 실제로 불만은 없었다. 나는 뼈저리게 느꼈다. 어쩌다 보니 그룹 리더라는 역할을 맡게 되고, 나 나름대로 임무를 다하려고 했지만, 나에게는 적성이 전혀 없다. 단순 작업을 묵묵히 하는 것이 나에게는 무엇보다도 어울린다. 자유의지조차 나에게는 무거운 짐이었다. 지시받고, 따른다. 그것이 내 천성이다.

새벽촌에서는, 이제부터 어떻게 할지, 무엇을 할지, 그런 토론이 활발하게 이루어졌다. 나는 누가 뭔가 물어보면 물론 대답했지만, 내 의견을 펼친 적은 한 번도 없었다. 의견다운 것이 떠오르지 않았다.

나는 생각하고 싶지 않았다.

내 머리로 사고하여 뭔가 좋은 아이디어가 떠오를 거라고는 조금도 생각할 수 없었다.

새벽촌에서 나는 가장 뒤떨어졌다.

모두 나보다 우수했다.

나는 원래부터 결핍 기미였던 자신감을 완전히 상실했고, 끝없이 침울해졌다.

노동만 하고 있으면, 침울한 상태여도 그리 문제없었기 때문에, 마음껏 침울해질 수 있었다는 표현도 가능하다.

불건전하다는 자각은 있었다.

모두가 방식은 제각각이지만, 앞을 향하고 있다.

나도 그렇게 해야 한다.

알고는 있었다.

나는 많은 것을 바라는 인간이 아니다.

많은 것을 바라고, 욕심내는 것이, 나에게는 불가능하다.

나는 작은 인간이다. 야심을 담을 만한 그릇이 나에게는 없다.

격의 없는 동료들과 수명이 다할 때까지 살아간다.

내 바람은 그것뿐이었다.

그것뿐이라고는 이제 말할 수 없다.

내가 저지른 과오 탓에, 그것은 너무나도 대단한 바람이 되었다.

그것이 내 바람이라고 인정하는 일조차, 나는 무서웠다.

쿠자크와 세토라 이야기를 해야 한다.

나는 그 당시에 그 두 사람 일은 될 수 있는 대로 의식 밖으로 밀어내려고 했었다.

물론, 완전히는 무리였다.

쿠자크는 잠보라는 오크의 칼에 죽었고, 세토라는 분노하여 원수를 갚으려고 했으나 반격당했다. 두 사람을 되살린 것은 노 라이프 킹이다. 노 라이프 킹이, 그 피를―엄밀히 말하면, 피라고 부를 만한 것은 아닌지도 모르지만, 그렇게밖에는 부를 수가 없는―말하자면, 불사의 피를, 두 사람에게 나눠주었다.

원인을 따지자면, 내 탓에, 두 사람은 죽음이라는 평범한 끝을 맞을 수가 없었다. 그렇게, 인간과는 다른, 뭔가 다른 것이 되어버렸다.

두 사람의 말로, 라고는 말하지 않겠다.

죽어버렸음에도 불구하고, 두 사람의 시간은 거기에서 정지하지 않았다. 그때 두 사람의 목숨은 다했는데도, 억지로 늘려버렸다.

노 라이프 킹은 두 사람에게 제2의 생을 준 것인지도 모르나, 내가 아는 두 사람은 이미 아무 데도 없다. 이렇게 되어버린 이상, 두 사람은 죽은 거로 생각해야 한다. 아예 뻔뻔하게 그렇게까지 포기해버리면, 그나마 마음의 정리를 할 수 있었을지도 모른다.

나는 이도 저도 아닌 애매한 상태였다.

분명히, 두 사람은 내 눈앞에서 죽었다.

그것은 이미 쿠자크와 세토라가 아니다.

그래도, 생전의 두 사람과 전혀 다른 것으로 간주하기에는, 두 사람 다 변하지 않았다. 적어도 외모는, 쿠자크는 쿠자크였고 세토라는 세토라였다.

그렇다고 해도, 내용물은 어디까지나 다른 것이라고 생각하는 게 좋다.

하지만, 정말로 그런 걸까?

나는 단정 지을 수 없었다. 판단을 내리고 싶지 않았다.

그래서 소극적으로, 두 사람에 관해서 생각하지 않도록 함으로써 유보하고 있었다.

어째서 그런 내가, 쿠자크와 세토라 일을 굳이 이야기하는 걸까?

말하지 않으면 되지 않는가.

언제부터인가 의용병들은, 그들 자신을 새벽, 이라고 부르게 되었다.

그 새벽들은, 전원이 계속 새벽촌에 있던 것은 아니다. 불사의 천령으로 원정을 떠나자는 제안도 나오기는 했었으나, 상당히 긴 여행이 되므로, 실행하려면 정세와 시기를 잘 파악하지 않으면 안 될 것이다. 그래서 당분간은 새벽촌 건설, 생활환경 정비, 설비 확충을 우선시한다는 방침이 새벽들의 거의 전체적인 의견으로서 정해졌는데, 그래도 대부분의 경우에 항상 10명 전후는 원더 홀로 출장을 나갔다.

원더 홀이라는 것은, 그렌델의 태두로 상징되는 것처럼, 끊임없이 변화한다. 때로는 단숨에 급변하는 일도 있다. 잠시 사이를 두고 오랜만에 들어가 보니, 엄청난 상황이 되어 있었다, 라는 사태는 피하고 싶다.

렐릭을 지상으로 갖고 나올 수는 없지만, 원더 홀 안에서 보관하는 정도라면, 들고 다니며 쓸 수 있는 물건이라면 사용하는 게 좋다는 실질적인 이유도 없지는 않았다.

더욱이 뜬금없는 사정으로서는, 나처럼 노동이 적성에 맞는 자는 오히려 소수파였고, 자기 자신과 동료를 위험에 노출시키면서까지 탐색과 전투에 몰두하는 편이 살아 있다는 실감을 맛볼 수 있다는 인간이 새벽에는 더 많았던 것이다.

란타는 몇 번인가 출장 동행을 요구했지만, 나는 거절했다. 대부분의 새벽들은 나를 내버려 둬주었다. 그것에 대한 고마운 마음도 딱히 없었다. 묵묵히 작업하는 나날을 그저 반복하는 동안에 마음이 점점 긍정적이 되는 일도 딱히 없었다. 나는 분명 일희일비하고 싶지 않았던 것이겠지. 기뻐하는 것도, 슬퍼하는 것도, 다 그만두고 싶었다. 아무것도 느끼지 않는 상태가 그나마 제일 나았다.

단, 어쩔 수 없이 마음을 뒤흔드는 사건도 있었다.

렌지와 론 등과 출장을 나갔던 란타가 돌아와, 한바탕 그들과 떠들어대나 싶더니, "얘기 좀 하자"라고 하여 새벽촌 밖으로 나갔다. 한밤중이라고 할 정도는 아니지만, 저녁 무렵은 아니었다. 보름달에 가까운 붉은 달이 떠 있었다.

얘기 좀 하자, 라고 했던 것치고는, 란타는 좀처럼 말을 꺼내려고 하지 않았다.

"뭔데?"

어쩔 수 없어 내가 묻자, 란타는 웃었다.

"나란히 오줌이라도 눌까?"

"어? 뭣 때문에?"

"농담이다. 네놈 같은 거랑 나란히 오줌을 눌 수 있겠냐고."

"그러고 싶지도 않고…."

"저기 말이야."

"응."

"그게, 있지. 생겼는지도."

"생겼다—니, 뭐가?"

"그러니까."

"…그러니까?"

"유메랑…."

"유메?"

"그, 내…."

"유메와… 네?"

"알잖아. 끝까지 말하게 만들지 말라고, 바보야."

"유메와 네—어…."

나는 바보인지도 모르지만, 거기까지 듣고도 알아차릴 수 없을 만큼 얼간이는 아니었던 것이겠지.

"진짜야?"

"진짜가 아니면 말 안 하지. 이런 건."

"하긴…."

"개그라면 웃을 수 있다고 생각하냐?"

"웃을 수 없네."

"그렇지?"

"그런가. …그 이야기, 다른 사람에게는?"

"여자들한테는, 유메가. 여러 가지, 그 뭐냐, 있잖아. 상담이라거나."

"아아. 그렇지…."

"나는 유메가 알려줘서… 너한테밖에 말 안 했어. 뭐랄까, 미묘
하잖아. 잘은 모르지만. 절대로, 괜찮은—거시기도 아니었다거나
하는 모양이라서. 시기적으로? 잘 모르겠지만. 나는 어떻게 할 수
도 없는 거지만. 무사히 거시기하는 걸 거시기하는 수밖에 없잖아."

"거시기 거리기만 해서 잘 모르겠어."

"알아먹으라고, 그 점은. 아무튼, 그렇게 된 거니까. 아직 거시기
지만, 순조로우면, 거시기다. 9월이나, 그 정도인가? 아직 많이 남
았지만. 마음의 준비는 해둬."

"내가 마음의 준비를 할 필요가 있는 건가…?"

"갑자기 거시기하면, 아무래도 거시기잖아. 혼비백산하잖아. 아
무리 무덤덤한 너라도 말이야."

"그건… 응. 그러네…."

"내 이야기는 이상이다."

어떻게 받아들이면 되는 건지, 나는 몰랐고, 망연자실했다. 망연
자실했다는 것은, 무관심한 채 있을 수는 없었던 것이다. 그때의 나
는, 아마도, 란타에게는, 멍하니 있는 것처럼 보였던 것 아닐까? 하
지만, 실제로는 상당히 동요했다. 혼란스럽기까지 했다. 란타와 유
메의 관계를 보면, 그런 일이 일어났다고 해도 이상할 것은 없었다.
새벽촌에는 그들 말고도 남녀가, 뭐랄까, 즉, 커플이랄까, 그런 친
밀한 사이인 자들이 있었다. 예를 들어 아키라 씨와 미호는 자타공
인 부부였다. 동성끼리라면 가능성은 없지만, 이성간이라면 아이가
생길지도 모른다. 그런 가능성이 내 머리를 스친 적도 한두 번은 있

없을 것이다. 그러나, 그것이 현실이 될 수 있을 거라고는, 아무래도 나는 생각하지 않았던 모양이다.

란타와 유메 사이에 아이가 생겼다. 두 사람의 아이가 태어날지도 모른다.

얼마 후에 유메가 아이를 낳고 엄마가 된다.

놀라움은 당연히 있었다. 기쁨 같은 감정이 조금도 끓어오르지 않았던 것은 아니다. 하지만, 그보다 압도적으로 불안했다.

란타가 말한 대로, 아이가 무사히 태어난다는 보장은 없다. 구체적으로 어떤 위험부담이 따를지, 뭐가 문제가 될 수 있는지, 나는 짐작도 할 수 없었다. 하지만, 새벽촌 같은 장소에서 제대로 출산이 이루어지고, 아이가 자란다는 일이 있을 수 있는 걸까?

내가 걱정해봤자 별수 없다. 그것은 틀림없이 그랬다. 그러니까, 나는 전과 다름없이 노동에 전념했지만, 마음속 어딘가에서 안절부절못했다. 유메가 걱정되어, 종종 멀리에서 유메의 상태를 살폈다.

역시, 란타가 그 사실을 고백하고 나서부터, 나는 변하기 시작했다고 생각한다.

설사 내가 변하지 않았더라도, 주위는 변해가는 것이라는 사실을 깨달았다.

유메의 배가 하루하루 불러오자, 나는 잠들기 전에 기도하고 싶은 마음이 되었다.

하지만, 신앙심이 없는 나 같은 인간이, 무엇에게 기도하면 되는 건가?

정작 유메는 배가 커진 것 이외는 변함없이 태연했다. 오히려 주위에서 애태우는 모습을 재미있어했을 정도니까, 정말로 대단하다고밖에 말할 수가 없다. 그 밝음은, 나뿐만이 아니라, 새벽촌 전체를 강하게 밝히고, 따뜻하게 해줬다.

란타가 말했던, 아이가 태어날 거라고 한 9월에 접어들어 얼마 되지 않아서였다.

나는 오두막이라기보다, 삼각추를 쓰러뜨린 것 같은 형태의 작은 침소를 만들고 거기에서 혼자 자고 있었다. 그날 밤 나는 완전히 잠이 들었을 것이다. 작은 목소리로 몇 번인가 이름을 불렸고, 어딘가에서 들은 적이 있는 목소리라고도 생각하지 않고, 아아, 라거나, 응, 이라고 대답을 했다. 무슨 꿈을 꾸고 있었는지도 모른다. 꿈속에서 누군가가 불러서, 대답했다. 분명 그런 감각이었을 테지.

"하루히로. …하루히로. —저기, 하루히로. 일어나, 하루히로. 아니, 푹 자는데 깨우는 건 내키지 않는다고나 할까, 미안하다고는 생각하지만 말이야. 모처럼 만나러 왔고 이야기하고 싶으니까. 하루히로. …하루히로—."

내 다리 어느 부분을 만졌다.

분명히, 발이다.

오른쪽 발목을 쥐었다.

그래서, 나는 눈을 떴다. 꿈속에서 부른 것이 아니라는 것을 이해하고, 오른쪽 발목을 잡은 누군가의 손을 뿌리치려고 했다.

그런데, 그 누군가는 엄청나게 힘이 셌다. 오른쪽 발목이 꽉 잡혀서, 나는 오른쪽 다리는 제대로 움직일 수 없었다.

나는 그 누군가를 왼발로 차려고 했다. 그러자, 누군가는 곧바로 발목을 놔주었다.

"쉬—. 쉿—. 몸부림치지 마. 조용히. 나는 이야기를 하러 온 거니까. 모르겠어? 하루히로. 지금, 나, 마음만 먹으면 하루히로를 죽일 수 있었어. 하지만 죽이지 않았잖아? 그러니까, 진정해. 아, 혹시나, 아직 모르나? 나야, 나. 쿠자크. 혹시, 잊어버렸어? 그럴 리 없지?"

"…쿠자크… 라고?"

"목소리 들으면 알잖아. 아니, 내가 만약 쿠자크가 아니라면, 그런, 뭐더라? 위장? 같은 일을 할 의미, 없지 않아? 있나? 어떨까? 없다고 생각해. 없지."

나는 침소에서 나왔다. 내 침소는 새벽촌 중심부에 모여 있는 오두막과 아궁이에서 떨어진 장소에 있다. 주위에는 아무도 없었다.

나와, 유난히 키가 큰 남자밖에.

어두워서 이목구비까지는 알아볼 수 없었지만, 확신을 가질 정도로는 식별할 수 있었다.

그것은 쿠자크였다.

죽은 쿠자크. 죽었는데 되살아났다. 노 라이프 킹이 되살렸다. 쿠자크였다.

그 노 라이프 킹은, 메리의 모습을 하고 있다. 혹은, 지금은 메리도 노 라이프 킹의 일부인지도 모른다. 무엇보다, 노 라이프 킹이 자발적으로 쿠자크와 세토라를 소생시킬까? 이유가 없다. 메리의 의식이 움직인 것이다. 그렇게 생각하는 것이 자연스럽다.

과거에 내가 죽은 메리를 되살려버린 것처럼, 메리도 죽은 쿠자크와 세토라를 내버려둘 수 없어서, 나와 같은 과오를 범했다.

그러한 사건, 받아들이기 힘든 사실, 나를 헤집어놓는 모든 것이, 쿠자크라는 형태를 하고 내 앞에 나타났다.

"…말하고 싶은 거라니. 뭘."

"여기선 좀 그러니까. 들키면, 아마도 짐작이지만, 위험할지도. 무서운 사람들이 우글우글하는 것 같고. 와봐, 이리 와. 아, 함정 같은 건 아니니까. 나, 여유 있게 하루히로를 죽일 수 있었잖아. 하지만, 죽이지 않았지? 뭐, 죽여버릴까, 라고도 생각하지만. 이거, 굳이 말하는 건데. 역시 하루히로와는 속마음 베이스로 마주하고 싶고. 뭐더라. 성의? 나 나름의? 하루히로를 죽여서 우리처럼 만드는 것도 좋지 않을까 하고. 그렇게 되면 분명히 재미있을 거라고 생각해."

"…무슨, 말을 하는 거야? 쿠자크. 너…."

"나랑, 세토라 씨랑, 메리 씨. 그리고, 하루히로가 함께, 즐겁게 지내지 않을래? 라는 이야기. 재미있을 것 같지 않아? 왜냐하면, 우리는 기본적으로 죽지 않으니까, 대단하지 않아? 지금도 충분히 재미있는 건 재미있지만, 하루히로도 같이 있으면, 더 최고겠다 싶어서. 나, 하루히로 좋아하니까. 아주 좋아하니까."

"…그것은—네가… 쿠자크, 네가, 그렇… 게…."

"이렇게? 아아. 한번 죽었다가, 되살아났다—는 것?"

"…그래. 죽기 전의, 너는… 분명히, 나를… 나도…"

"아니, 그렇게 말할 정도로 변하지 않았는데? 진짜로. 알지만 말이야. 하루히로가, 우려? 품고 있다거나 하는 건. 나도, 이렇게 되기 전에는, 괜찮아, 그리 변하지 않았어, 라고 누가 말한다고 해도 믿을 수 없었으니까."

"변하지… 않았다, 고는—생각할 수 없어."

"물론? 정말, 하나도, 전혀 변하지 않았다고는, 나도 말하지 않지만 말이야. 하지만, 기억 같은 것은 있고. 이렇게 되기 전의 일, 제대로 기억하고 있거든? 그리고, 감정이라거나? 그런 것도, 잃어버린 건 아니고."

나는 아무 말도 할 수 없게 되어 그저 고개를 가로저었다.

기본적으로 죽지 않는다. 그것만으로도 크다. 지나치게 크다. 그것은 결코 말처럼 변하지 않았다는 그런 변화가 아니다.

왜냐하면, 우리 인간은 항상 염두에 두고 살건, 가끔씩밖에 생각하지 않건, 어떻게든 타협하고 수용하건, 도외시하건, 언젠가 자기나 주위 사람들이 죽는다는 것을 알고 있다. 더할 나위 없는 기쁨을 얻으면, 아아, 하지만 이런 날은 계속되지 않아, 어쩔 수 없이 죽음이 찾아올 테니까, 라고 안타까워진다. 소중한 사람이 생기면, 언젠가는 이별해야 하는 무상한 세상을 한탄한다. 그런 경험을 하나도 갖지 않은 인간은 드물겠지.

우리는, 문득 생각한다.

어차피 죽어버리는 거라면, 뭐든지 다 소용없지 않을까?

하지만, 어차피 죽는 거니까, 죽으면 공허함조차 느끼지 않게 되는 거니까, 지금 이 순간, 할 수 있는 일을 하자, 라고, 다시 자세를 바로잡는다.

슬퍼도, 우스꽝스럽게도, 한결같이, 자포자기 식으로, 진지하게, 사람은 살고, 죽어간다.

그것이 사람이라는 것이다.

하지만, 쿠자크. 너는 달라.

사람과는 비슷하지도 않아.

무엇보다 무섭고 끔찍한 것은, 네가 그 사실을, 어쩌면 이론으로서는 알고 있을지도 모르지만, 실감하지 않고, 분명 실감할 수 없다는 것이다.

그러니까 너는, 말처럼 변하지 않았다, 라고 말해버린다.

이제 사람이 아닌 너는, 사람을 모른다.

의미를 모를 정도로 나를 따르고, 어째서인지 나를 경애하고, 누구보다도 나에게 충실하고, 좀 짜증 날 정도였다. 그렇기는 해도, 그 정도까지 누군가에게 사랑받는 건 좀처럼 없는 일이고, 나도 좋아했던, 너는 이제 아무 데도 없다.

노 라이프 킹이, 아니, 메리가, 너를 다른 것으로 바꿔버렸다.

그 메리를 다른 것으로 바꾼 것은, 나다.

나란 말이다, 쿠자크.

결국, 너를 그런 식으로 만들어버린 것도, 나인 거다.

"음…."

쿠자크는 팔짱을 끼고 고개를 갸웃거렸다.

"설득하는 건 무리 같지? 아니, 하긴, 세토라 씨는 그렇게 말했지만. 무슨 말을 어떻게 해도 하루히로는 납득하지 않을 거라는, 그런 비슷한. 하루히로도 아는 것처럼, 그 사람은 똑똑하니까. 무엇보다, 세토라 씨가 하는 말이 옳다는 것은, 나도 알고 있지만. 옛날부터 그랬잖아. 하지만 나로서는, 하루히로의 의사를 무시하고 싶지는 않았고. 의지를 무시한다, 이거, 말장난 아니야? 애초에 말장난이랄 정도도 없나? 결과는 같을지도 모르지만, 프로세스라는 건 중요하다고 생각하거든. 세토라 씨는 그런 건 아무래도 상관없다는 사람이니까. 효율을 중시하니까."

"내 의사를―."

이 지경에 이르러서야 이것은 우려할 만한 사태라는 것을 나는 깨달았다.

쿠자크는 인간이 아니다. 노 라이프 킹의 진영에 속했을 것이다.

노 라이프 킹은 메리의 입을 빌려, 이런 말을 했었다.

자기는 인간들의 적이었던 것은 아니다. 인간들이 자기를 적으로 간주했다, 라고.

인간들의 친구가 되고 싶었다고도 말했다.

하지만 노 라이프 킹은, 스스로 만들어낸 언데드와 오크, 회색 엘프, 고블린, 코볼트들을 통합하고, 이끌고, 인간족의 왕국을 공격하여 멸망시켰다.

처음에는 인간족의 적이 아니라 친구가 되려고 했으나, 이룰 수 없었기에, 인간족에게 학대당하던 오크 등과 결탁한 것이리라.

노 라이프 킹이 처음에는 바라지 않았다고 해도, 인간족의 적이 되었다. 지금도 아군은 아닐 터였다.

쿠자크는 적의 수하, 적과 한패다.

적이다.

깊은 밤의 새벽촌에 적이 침입했다.

나는 그 적, 무엇을 꾸미는 건지 모를 침입자와, 단둘이 있다.

새벽촌에서 노동에 힘쓰는 생활은 위험한 의용병의 그것과는 전혀 다른 것이다. 그래도 나는 잠들 때 무기를 몸에서 떼어놓을 정도로 경계심을 잃지는 않았다. 내가 뒷걸음질 치면서 대거를 뽑아 들자, 쿠자크는 두 손을 들어 보였다.

"아니, 그러니까? 죽일 거면 진작에 죽였다니까. 이야기하고 싶다고 했잖아, 나. 참고로, 옛날이야기 하러 온 거 아니거든? 아, 본

론으로 들어가지 않고 옆길로 샜나? 미안, 미안."

"…본론이라고?"

"나, 일 때문에 온 거야. 임무? 임무, 라고 생각하는데. 왕은—
메리 씨 말인데, 복잡하네, 왕이라고 부르는 거. 왕은 있지, 나나 세
토라 씨한테 명령은 하지 않거든. 지시를 내린다기보다, 부탁하는
거야. 태도가 온화하다고나 할까, 겸허하다고 할까. 거들먹거리지
않거든. 이래 봬도 꽤 여기저기 뛰어다니느라 바빠, 나나 세토라 씨,
둘 중 하나가 맡기로 했는데. 그래서, 세토라 씨보다는 내가 좋지
않을까 해서. 왜냐하면, 세토라 씨, 엄밀히 말하면, 의용병 출신이
아니잖아. 촌락 사람이니까."

"뭘… 너, 사실은, 뭘 하러 온 거야?"

"그, 러, 니, 까아. 이야기를 하러 왔다니까. 왜 계속 똑같은 말을
하는 것 같지? 그러니까, 단도직입적으로 말할게. 왕의 제안인데,
공통의 목적을 위해서, 일단은? 뭐, 일시적인 거라도 괜찮으니까,
우리랑 손을 잡지 않을래?"

"…그것은—나 개인에게 말하는 게 아니지?"

"응. 여기에는 소우마인지 하는 사람도 있고, 그가 헤드(우두머
리)인가? 하지만, 갑자기 소우마를 만나는 건 미묘하게 어려울 것
같으니까. 하루히로를 통하는 편이 좋을까 해서."

"무엇보다… 어떻게, 여기를 알았지?"

"원더 홀 출구에 가깝잖아, 여기. 저기 말이야, 하루히로. 우리도
원더 홀은 조사하고 있어. 조사력 꽤 긴 모양이던데?"

"…그렇다고 해도 신기할 것 없지만."

"그렇지? 왕은 이미 불사의 천령을 탈환했으니까. 우리보다 고참

인 공자도, 다 그런 건 아니지만, 돌아오기도 했고. 나 같은 건, 그래서, 약간 입지가 좁다거나 한데. 공자 중에서 취미로 원더 홀 탐색을 하는 사람? 사람이 아닌가? 녀석도 있고. 개비코라고 하는. 알아?"

"…공자… 불사의 천령을—탈환, 했다…?"

"아. 아무것도 파악 못 했다는 느낌? 그야 그런가. 멀잖아. 불사의 천령은. 이시두아 로로라는 공자가 장악했었지. 이 녀석이 나쁜 놈이라서 말이야. 불사로 만들어준 왕을 배신했거든. 렐릭을 이용해서 왕을 봉인한 거야. 그래서, 노 라이프 킹의 후임자 같은 걸로, 언데드의 왕을 자처하고 이시 왕이라고 불렸지만. 우리 왕이, 오크라거나 회색 엘프 등과 손을 잡고 불사의 천령을 공격했더니, 그냥 내뺐네. 왕의 원래 몸은 렐릭째로 갖고 도망쳐서 아직 되찾지 못했지만. 어라? 나, 여기까지 말해버려도 되는 건가?"

"…잠깐—잠깐만. 그렇게 단숨에 말해도 머리가 따라가지 못해."

"미안, 미안. 나, 세토라 씨처럼 똑똑하지 않으니까, 정리해서 말하는 거 서툴러서. 그러니까, 왕에게는 다섯 명의 공자—왕이, 자기 피? 힘을 나눠준, 절반은 자식 같은, 그런 것이 있었거든. 나랑세토라 씨도 그렇지만. 언데드와는 달라. 그건 또 다른 거고."

이시 왕 즉 이시두아 로로.

노 라이프 킹이 모습을 감춘 뒤에 대공을 참칭했던 데레스 파인.

네 개의 팔을 가진 '용 사냥꾼' 개비코.

원형 마법이라는, 원시적이고 강력한 마법을 쓰는 아키테클라.

그리고, 아인랜드 레슬리.

이상 다섯 명이 노 라이프 킹의 최초의 5공자라던가.

다섯 명 중 이시 왕은 노 라이프 킹을 배반하고 렐릭으로 봉인하고, 언데드의 왕을 자처했다.

데레스 파인은 이시 왕에게 가담하여, 북방의 이골이라는 항구마을의 영주가 되었다.

개비코와 아키테클라는, 섬겨야 할 노 라이프 킹이 사라져서, 이시 왕과는 멀지도 가깝지도 않은 관계를 유지했다고 한다.

아인랜드 레슬리는 행방을 감췄다. 단, 자유도시 베레를 시작으로, 각지에 아인랜드 레슬리의 이름, 그 일화가 남아 있다.

나도, 아인랜드 레슬리와는 인연이 아주 없지는 않다. 어쩌다 그의 이름이 붙은 레슬리 캠프를 발견해버린 탓에, 우리는 파라노라는, 수수께끼의 이계인지 타계인지로 가는 처지가 되었었다.

메리의 몸에 들어가 부활을 이룩한 노 라이프 킹은, 세토라와 쿠자크에게 피를—힘을 나눠주고 새로운 공자로 만들었다.

노 라이프 킹은 그후, 오크나 회색 엘프와 동맹을 맺고, 불사의 천령을 공격한 모양이다. 이시 왕은 철저히 항전하는 척하면서, 주요한 군세와 함께 도망쳐버렸다.

과거 노 라이프 킹을 봉인했던 렐릭은, 미확인이지만, 그가 갖고 도망쳤다고 여겨진다.

"—이야, 유감이야. 그, 왕을 봉인한 렐릭? 어떤 건지 나는 모르지만, 요컨대, 전 왕이 들어 있는 커다란 관짝 같은 것인 모양인데. 오픈하면 전 왕이 들어 있다는 그런? 왕이라거나, 전 왕이라거나, 뭔가 뒤죽박죽이네. 왕의 본질? 본체는, 내용물이고? 껍질은 그릇, 뭐 그런 건가? 그거, 득템했다면, 메리 씨는 어떻게 되었을까? 수수께끼잖아. 왕에게 물어보면 되겠지만, 그 점은 좀, 나도 물어보기 힘들어서."

"…메리는, 그릇."

"아니, 아직 몰라. 의외로, 왕이 두 사람이라는 게 될지도 모르고. 아닌가? 그건 아니려나? 아닌 것 같지? 하지만. 어떤 걸까? 왕은 특수하달까, 특별하니까. 아무려면 그건 아니지 싶은, 깜짝 놀랄 만한 일이 왕의 경우에는 있다거나 할지도. 응."

쿠자크의 이야기를 어디까지 믿어도 되는 걸까? 나는 판단이 서지 않았다.

그래도, 만약 메리가 노 라이프 킹의 그릇에 불과하다면, 메리와 노 라이프 킹은 어디까지나 별개의 존재라는 건가?

렐릭에 봉인된, 원래 몸인지 뭔지를 노 라이프 킹이 되찾는다면, 어쩌면 메리의 몸을 필요로 하지 않게 될지도 모른다.

그럴 경우, 현재의 그릇인 메리는 어떻게 되는 걸까?

예를 들어, 노 라이프 킹이 메리에게서 나가고, 그녀는 예전의 그녀로 돌아온다. 이런 상상은 너무나도 자기중심적일까?

혹은, 노 라이프 킹이 메리에게서 나가면, 그녀는 쓸모를 다한 것일 뿐만 아니라, 그저 그릇으로 격하되는 건지도 모른다. 즉, 내용물을 잃고 텅 빈 껍질 같은 상태가 된다.

만약 그런 거라면, 노 라이프 킹이 나가면 곤란하다. 원래 몸 같은 건 되찾지 않는 편이 좋다.

어느 쪽이든, 가정일 뿐이다.

쿠자크조차 어느 쪽인지 모른다고 한다.

"—뭐, 그건 그렇다 치고, 우리는 세카이슈라는 커다란 문제에 직면한 거니까, 그걸 어떻게 하는 게 좋지 않겠어? 뭐 그런 이야기가 되어서 말이야."

"세카이슈…."

돌이켜 생각해보면, 내가 처음 세카이슈를 본 것은 그때였다.

메리를 죽게 만들고, 제시가 되살렸다. 메리는 제시 대신에 되살아났다. 제시는 자기 내용물을, 혈액 같은, 그냥 혈액 같은 것은 절대로 아닌 것을, 메리 속에 주입했다. 갈아 끼웠다. 제시는 가죽만 남은 꼴이 되었다. 당연히 살아 있지는 않았다. 그것은 제시의 잔해였다. 내용물을 잃으면, 메리도 그렇게 되어버리는 걸까? 아무튼, 그 뒤다. 어디에서부터인지 세카이슈가 나타났다. 그때가 최초였던 것이다.

메리가 말했다.

세카이슈, 라고.

그것을 세카이슈라고 불렀다. 메리는 알고 있었다.

아니다.

메리 안으로 옮겨진 노 라이프 킹이다. 노 라이프 킹은 알고 있었다.

노 라이프 킹의 존재를 냄새 맡고, 세카이슈가 나타났다.

그리고, 메리 안의 노 라이프 킹이 마침내 깨어났을 때, 메리의 입으로 왕이 말했다.

이 세계가 나를 싫어한다.

세계는 나를 거부하고 있다. 세카이슈가 나를 배제하려고 한다.

—라고.

계기는 노 라이프 킹이다. 그저 거기에 있는 것만으로, 노 라이프 킹은 세카이슈를 불러들이고 만다. 그러니까, 노 라이프 킹은 제시나 메리 같은 자들 속에 몸을 숨기고 있었던 건가? 그러지 않으면 세카이슈가 나타나니까.

그러나, 렐릭은?

세카이슈는 렐릭을 노리는 것 같다.

렐릭이란 도대체 무엇인가?

그러고 보니, 오르타나 바로 남동에 있는 언덕이, 세카이슈의 산으로 변해버렸다.

그 언덕에는 뭐가 있었나?

열리지 않는 탑이다.

그리고, 풍조 황야의 왕관산.

왕관산은 세카이슈로 뒤덮여 있었다.

그 주변에 서식하는 가늘고 긴 거인들도 세카이슈에 붙잡혀버렸다.

노 라이프 킹.

렐릭.

열리지 않는 탑.

왕관.

거인들.

이 세계가 싫어한다.

세계가 거부한다.

세카이슈.

나는 몰랐다. 왕관산은 둘째치고, 노 라이프 킹이든, 렐릭이든, 열리지 않는 탑이든, 거인들이든, 다 인지를 초월한 것이다. 나 따위가 알 수 있을 리도 없었다.

인지를 초월했다. 이 세계에 어째서 그런 것이 있는 건지, 이해할 수 없다.

이 세계의 것이라고는 도저히 생각할 수 없다.

누군가가 말했었다.

그것은, 누구였던가? 생각나지 않지만, 여성이었던 것 같다.

렐릭이라는 것은, 현대의 기술로 만들어낼 수 없는, 그러면서도, 과거에 만들어진 것이 분명한 물건의 총칭이다, 라고.

요컨대, 어떻게 해도 만들어낼 수 없을 것 같은 것인데, 새롭지는 않은, 지금 여기에 있는 누군가가 만든 것은 아닌 것, 이라는 것이다.

이 세계의 것이라고는 생각할 수 없다.

이 세계의 것이 아니다.

언젠가, 나는—그렇다, 다룽갈이라는 이계의 우물촌에, 돌로 지은, 유리창이 있는 건물이 있었다.

건물 안에 인형이 안치되어 있었다.

빨간 드레스를 입고, 하얀 양말, 검은 구두를 신고, 금발에 빨간 리본을 단, 파란 눈의 인형이다.

우물촌 주민들은, 의자에 앉아 있는 그 인형을, 키누코, 라고 불렀다고 한다.

그 키누코 인형뿐만이 아니었다.

건물 안에는 그야말로 여러 가지 것들이 진열되어 있었다.

액자.

작고, 얇은 판 같은 기계.

그렇다, 기계다.

버튼이 잔뜩 달린 기계도 있었다.

정교한 안경과 유난히 작은 책.

캔.

유리제품이 아닌, 투명한 용기.

누군가가 그러한 것을 어딘가에서 발견하면, 그 건물 안에 진열한다.

이계다.

다른 세계에서 유래한 물건.

이 세계가 아닌, 다른 세계에서 만들어진 물건.

그것이 렐릭이다.

물건이란 무엇인가? 물체에 한정된 건가? 생물은 어떤가?

그럼—우리는?

우리는, 어딘가 다른 세계에서부터 그림갈로 왔다. 확실한 증거가 있는 것은 아니지만, 막연하게 그런 식으로 생각하고 있다. 어쩌면 그게 아니라, 이 세계의 어딘가 먼 곳에서 태어나, 어떤 과정을 거쳐 그림갈로 옮겨진 것뿐인가? 그게 아니라면, 세카이슈가 우리를 렐릭이라기보다는, 이물이라고 간주하지 않는 이유가, 뭔가 있는 건가?

아무튼, 렐릭은 이물이다.

노 라이프 킹도, 이물.

거인들도, 이물.

열리지 않는 탑은?

렐릭이다.

메리가 말했다.

아니야.

그것은, 메리가 아니다. 노 라이프 킹이다.

열리지 않는 탑은 렐릭이고, 즉, 이물이니까, 세카이슈가 몰려들었다.

노 라이프 킹은 세카이슈가 자기를 노린다는 것을 알고 있었다. 그래서, 말하자면, 인간의 거죽을 뒤집어쓰고 숨어 있었다. 그러나, 제시에서 메리로 옮겨갈 때 바깥으로 나와버렸다. 그 때문에 세카이슈에게 그 존재를 들켰다.

그렇다고 하면, 내가 계기를 만들었다는 말이 되지 않나?

내가 메리를 되살리려고 하지 않았다면, 노 라이프 킹은 제시 속에 머물러 있었을 것이다. 제시 랜드라고 하는 자급자족 집락을 만들고, 제시는 그런대로 만족한 것처럼 여겨졌다. 언젠가 노 라이프 킹으로서 부활하고, 복권을 하려는 계획은, 어쩌면 있었을지도 모른다. 그래도, 내가, 우리가, 그 움직임에 관여하는 일은 없지 않았을까?

"…세카이슈를, 어떻게든 한다—방법이 있는 건가? 쿠자크, 너의… 왕이, 세카이슈를…?"

"그거 말인데—."

쿠자크는 대답하려고 했으나, 입을 다물었다. 쿠자크는 목숨을 잃기 전부터 갖고 있던 대검을 등에 비스듬히 메고, 허리에도 다른 장검을 차고 있었다

그 장검을 뽑으면서, 쿠자크는 뛰어서 물러났다.

나는 한 발자국도 움직일 수 없었다. 마치 쿠자크가 아닌 것 같았다. 쿠자크는 굼뜨지는 않았지만, 몸이 큰 만큼 팔다리의 움직임이

느리게 보였다. 죽어서 다른 것이 된 쿠자크는 예전보다 두 배 정도 나 기민해진 것 같았다.

쿠자크가 마음만 먹었으면 나는 베였다.

간단히 두 동강이 났을 것이다.

쿠자크에게 그럴 마음은 없었다. 장검을 뽑은 것은, 베기 위해서 가 아니다.

방어를 위해서였다.

나는 전혀 눈치채지 못했으나, 누군가가 나와 쿠자크에게 몰래 다가온 것이다.

그리고, 단숨에 내 등 뒤에서 튀어나와 쿠자크에게 덤벼들었다.

"—아핫, 란타 군…! 오랜만."

"닥쳐, 이 짝퉁…!"

란타는 무명의 칼로 베려고 들고, 쿠자크는 몸을 피하고, 장검으로 맞받아치기도 했다. 란타는 진심인 건가? 아니면, 봐주려고 힘 조절을 하는 건가? 나는 알 수 없었다. 쿠자크는 여유가 있는 것 같았다. 팔다리의 길이와, 장검 정도라면 막대기처럼 가볍게 다룰 수 있는 근력을 잘 이용했고, 기이할 정도로 사정거리가 넓다. 란타가 아무리 육박하려고 해도, 쿠자크는 접근하게 두지 않는다.

"짝퉁이라니, 너무하네, 란타 군. 그건 아니라니까. 나, 진짜 쿠자크라고."

"어디가! 쿠자크냐! 웃기지 마, 망할 괴물이…!"

"나한테 못 이길 것 같다고 그렇게 화내지 마. 란타 군은 충분히 강해. 내가 너무 장난 아니게 센 것뿐이니까. 이래 봬도 그때부터 아수라장을 헤쳐왔고. 여기저기 다니면서 진짜 고생했다고."

"알게 뭐야, 얼간이! 죽는다…!"

"안 죽거든, 좀처럼은. 아, 그렇지. 란타 군도 어때? 우리랑 똑같아져 보지 않을래? 란타 군 성격이라면 나보다 강해질 거라고 생각해."

"뭐엇?! 헛소리하지 마! 누가…!"

"아이가 태어나."

나는 어째서 그런 말을 꺼낸 것일까?

딱 한 가지, 분명한 것이 있었다. 나는 말리고 싶었다. 말리려고 했다.

내가 간절히 바라면, 분명 쿠자크는 칼을 거뒀겠지. 하지만, 란타는 어떤가?

란타의 성격을 봐서는, 자기가 납득할 때까지는 한 걸음도 물러서지 않을 것이다.

"…읏, 바보…!"

란타는 옆으로 점프해서 내 쪽으로 얼굴을 향했다. 쿠자크는 이것을 파고들 허점으로 보고 공격에 착수하지는 않았다.

"뭐어어어어어어어어어어어어어어어어어어어!"

쿠자크는 외쳤다.

엄청나게 큰 목소리였다.

"거짓말, 아이라니, 누구… 어어어어어어어어어어어어어?! 설마, 어어어어어어어어어어엇—?! 하루히로랑 유메 씨의?!"

"그럴 리가 있냐? 당연히 나랑 유메 아이지, 죽는다…!"

"아, 역시? 그렇겠지. 하지만, 어어어어엇! 대단햇. 어어어엇. 세토라 씨랑 메리 씨에게도 알려야지, 그거. 어어어어엇. 진짜야?"

너무나도 소리를 지르며 떠들어댄 탓에, 새벽촌 주민들이 깨어나서 속속 모여들었다.

쿠자크는 태연히 장검도 대검도 버리고 두 손을 들고, 땅바닥에 무릎까지 꿇고 저항할 의사가 없다는 것을 나타냈다. 아마도 투항하는 것 같은 형태로 노 라이프 킹의 제안을 새벽촌 측에 전달하는 것은, 예정된 행동이었을 것이다. 어쩌면, 노 라이프 킹이나 세토라로부터 그렇게 하라고 지시를 받았는지도 모른다.

그렇다면 처음부터 그러면 좋았을 것을, 쿠자크는 굳이, 먼저 나와 1 대 1로 이야기하려고 했다.

쿠자크가 그렇게 하고 싶었던 것이다.

나를 죽여 쿠자크나 세토라처럼 만들고 싶다, 라는 것도, 지금의 쿠자크 나름대로 나를 생각해서 말한 것인지도 모른다.

쿠자크는 변해버렸다.

완전히 다른 것이지만, 그래도 역시 쿠자크인 것이겠지.

새벽들은, 만약을 위해 쿠자크를 구속하고 감시를 붙여놓고는, 장작불을 둘러싸고 이야기를 나눴다.

소우마가 출장을 나가지 않고 새벽촌에 있었기 때문에, 협의하면서 분규가 일어나지는 않았다.

소우마라는 남자는 적극적으로 모든 일을 진행하는 건 아니고, 자기주장을 강하게 밀어붙이는 것도 아니었다. 전투 때 말고는 타인을 위압하는 일이 거의 없었다. 나조차도 그에게는 내가 생각하는 바를 솔직하게 말할 수 있었다.

소우마 앞에서는 모두 마음대로 이야기하지만, 그러면서도 지리멸렬해지지는 않는다. 일가견 있는 자들이, 어느 정도 이것도 아니다 저것도 아니다 토론했을 때쯤에, 그가 스스럼없이 정리해버린다. 그가 중심에 있으면 풍파가 일어나지 않는다. 너무나 신기한 능력을 갖춘 인물이었다.

사실, 내가 처음 소우마를 본 것은 의용병이 되고 나서 얼마 되지 않은 시기였는데, 그로부터 세월이 지나고 그는 훨씬 원숙미가 늘어난 것처럼 보였다.

새벽촌 시대의 소우마에게는, 어딘가 아버지 같은 풍격까지 있었다.

"노 라이프 킹과 만나서 이야기하자. 만약 직접 만날 수 없다면, 애초에 믿을 수가 없고, 손을 잡을 일도 아무것도 없다. 여러분, 이것이 우리 답변이라는 걸로 정해도 될까?"

소우마의 말에, 나는, 그래도, 고개를 끄덕일 수가 없었다.

노 라이프 킹과 만난다.

그것은, 바꿔 말하면, 메리와 재회한다는 뜻이다.

그때의 나는 아직 각오가 되어 있지 않았다. 그렇기는 해도, 만날 수 있는 거라면, 만나지 않을 수는 없었다.

쿠자크는 옛날의 쿠자크와는 다른 것이고, 그래도 쿠자크이기도 하다.

메리는 어떨까?

나는 내 눈으로 확인해야만 한다.

5. 내 안에 있어

아라바키아 왕국력으로 세면, 661년, 9월 17일.

그날의 일을 나는 평생—나 같은 자에게는 어떤 인생도 보장되지 않을 테고, 내가 언젠가 사라질 때까지의 시간을, 인생, 생애, 라고 부를 수 있는 것인지, 나는 그것조차 모르지만—아무튼, 나에게 생각을 하고, 떠올리고, 뭔가를 느끼는 능력이 있는 동안에는, 결코 그날의 일을 잊지 못할 것이다.

새벽촌 측에서 노 라이프 킹에게 보내는 대답은 쿠자크에게 들려 보냈다. 노 라이프 킹이 뭐라고 말할까? 새벽들도 신경 쓰지 않은 것은 아니라고 생각하지만, 그 건에 대해서는 모두 그다지 언급하려고 하지 않았다.

아마도 좀 더 큰 관심사가 있었기 때문일 것이다.

그것을 위해 새벽들이 힘을 합쳐 지은 오두막에 남성진은 들어갈 수 없었다. 단 한 명의 예외가 있었다. 란타.

여성진, 특히 와일드 엔젤스의 멤버들은 그 건에 대하여 비판적이었지만, 란타는 개의치 않아 했고, 무엇보다 유메가 거절하지 않았다. 거절하지 않았다기보다, 내가 란타에게서 직접 들은 건데, 곁에 있어 달라고 유메가 부탁한 모양이다. 그 이야기를 란타에게서 듣고 나는 불안해서 견딜 수가 없어졌다.

광마법 사용자가 있으니 무슨 일이 있어도 괜찮을 거라고는 생각했다. 그래도, 아이를 낳는다는 것은 보통 일이 아니다.

확실히, 새벽들 중에서 출산 현장에 있어 봤던 사람은, 소우마의 동료인 엘프 리리야뿐이었을 것이다. 놀랍게도 엘프는 저출산화가 진행되고 있어서, 아주 드물게 아이가 태어난다고 한다. 출산하게 되면 그것은 종족 전체의 일대 이벤트였다. 리리야도 당연히 그 이벤트에 참가한 적이 있다. 어디까지나 의식 같은 것에 꼈던 것뿐으로, 모자에게 여러 가지 위험이 있다는 것은 상식으로서 숙지하긴 했으나, 출산의 절차 등은 자세히 알지 못한다.

참모격은 그 리리야였고, 사령탑은 아키라 씨의 아내 미호였다. 출산에 관여했다기보다, 방관자였던 리리야를 포함하여, 전원에게 있어서 처음인 경험이었던 것이다. 준비에 만전을 기했다고 생각해도, 과연 정말로 그 준비가 만전이라고 말할 수 있을지, 그 누구도 판단할 수 없었을 것이다.

나는 그날이 가까워질수록 두려움이라기보다 비관적으로 되어갔다.

출산의 실패에는 구체적으로 어떤 케이스가 있는 건가? 모르기 때문에 더욱 나쁜 일만 상상하게 되어버린다. 아무리 생각해도, 유메와도 아이와도 만날 수 없게 된다는 것이 최악의 패턴이다. 그런 일은 일어나지 않을 거라고 생각하려고 하면 할수록, 그렇게 되어버릴 것 같은 느낌이 들었다. 그런 일은 일어나지 않는다고 생각하는 쪽이 오히려 무리가 있는 것 아닐까? 틀림없이 그렇게 되어버릴 거야.

물론, 그런 일은 입 밖으로는 내지 않았고, 나는 변함없이 노동을 하고 있었다.

유메는, 크다고나 할까, 거대하게까지 느껴지는 배를 끌어안고, 직전까지 새벽촌 안을 걸어 다녔으니까, 때때로 얼굴을 마주했다. 과연 무시할 수는 없었다. 내가 상태를 물어보거나, 유메니까 괜찮을 거라고, 나 자신은 믿지도 않는 격려의 말을 우물거리며 하거나 하면, 그녀는 언제나 웃었다. 나는 불안을 넘어서 공포를 필사적으로 억누르고 숨기고 있다고 생각했으나, 란타에게는 들키고 말았다.

그것은 출산 이틀인가 사흘 전이었을 것이다.

"바아보."

란타가 꽤 세게 등을 때렸다.

"네가 움찔움찔하면 어떻게 하냐? 낳는 건 유메라고. 우리는 아무것도 할 수 없는 거고, 최소한 대범하게 굴어. 그보다, 부모는 나랑 유메지 네가 아니거든?"

유메가 은밀하게, 곁에 있어 달라고 란타에게 부탁했다는 것은, 겉으로 보이는 것보다 사실은 불안했던 것이겠지. 제일 침착했던 것은 어떤 의미에서는 란타였는지도 모른다. 그것은 상당히 의외였고, 내가 결국 녀석에게는 영원히 이길 수 없다고 생각하는 이유이기도 하다. 만약 내가 그 녀석 입장이었다면, 그런 식으로 행동하는 것은 절대로 불가능하다.

"아앗. 뭔가, 이상한지도?"

유메가 그런 말을 하며 오두막으로 들어간 것은, 9월 17일 오후였다.

나는 한동안 멀리서 오두막을 보고 있었으나, 다른 오두막을 짓는 작업으로 돌아갔다. 뭔가 몸을 움직이는 일을 했을 테지만, 틀림없이 마음은 다른 곳에 가 있었다. 유메가 있는 오두막 일대를, 나는 될 수 있는 대로 보지 않으려고 했다. 그래도, 란타가 오두막에서 나왔다거나, 다시 들어갔다거나, 안나 씨와 미모리가 나와서,

뭐랑 뭐가 필요하다거나 말하고, 타다와 킷카와가 여기저기로 뛰어다녔다거나, 그런 것들을 어렴풋이 기억하고 있는 걸 보면, 역시 빈번하게 상황을 살피고 있었던 것이겠지.

소우마와 아키라 씨가 둘이 서서 이야기를 하던 모습을, 어째서인지 분명하게 기억한다.

그리고, 한번, 렌지가 나에게 말을 걸었다.

"어때?"

그 렌지치고는 몹시 불명확하다거나 할까, 아마도 딱히 의미는 없는 물음이었을 것이다.

"어…."

내가, 응, 하고 대충 맞장구치자, 렌지는 "그런가" 라고 중얼거리는 것처럼 말하고, 어딘가로 가버렸다. 머리를 긁적이면서 걸어가는 렌지의 뒷모습이 인상에 남아 있다.

오두막 안에서 환성이 솟아난 것은, 어두워진 후였다.

그때, 나는 내 침상 가까이에 있었다. 땅바닥에 앉아, 무엇을 하고 있었지? 잘 기억나지 않지만, 너무 늦는다거나, 이제 틀린 것 아닐까? 라거나, 당연히 틀렸을 거야, 라거나, 그럴 것 같았다거나, 나는 알고 있었다거나, 나도 모르게 그런 생각을 해버렸고, 그래도, 내 아이도 아니고, 당연하지만, 낳는 것은 유메고, 틀렸다고 생각하는 건 잘못이다, 나는 지독한 놈이다, 어쩔 수 없는 놈이야, 라거나 뭐라거나, 그런 뜬금없는 생각을, 주절주절 머릿속에서 늘어놓기도 하고, 다시 반복해서 늘어놓기도 하고 있었지 않았을까?

그것이 기쁨의 목소리라는 것은 들은 순간에 알았으니까, 나는 눈을 감고 크게 숨을 내쉬었다.

논리적이지는 않지만, 나는 벌을 받는 것 같은 느낌이 들었다. 내가 저지른 짓을 생각하면, 대가를 치르지 않으면 이상하다. 그래서, 좋은 일 같은 건 일어날 리 없다. 그래도, 유메와 란타, 그 아이에게 천벌이 내리다니, 부당한 것도 정도가 있지. 아니, 부당하니까, 그게 제일. 나에게 있어서는 지독한 벌이기 때문에, 불행한 결과를 초래하는 것 아닐까? 하고, 나는 두려워했다. 물론, 그렇게 되길 바라지 않았다. 하지만, 어떻게 된 영문인지, 그렇게 되지 않기를 바라는 방향으로만 사태가 진행된다. 내가 뭔가 희망을 품으면, 그것은 이루어지지 않는다. 오히려 반대가 된다. 나는 아무것도 바라서는 안 된다. 그렇기는 해도, 내 가까이에 있는 사람들에게는 좋은 일이 생기기를 바란다. 그런 식으로, 내가 아닌, 다른 누군가의 행복을 바라는 것조차, 나 같은 자는 피해야 하는 것 아닐까?

잠시 후에 란타가 오두막에서 나왔다.

뭔가 외칠 거라고 생각했는데, 말이 없었다. 란타는 말없이 두 주먹을 불끈 치켜들었다. 목소리를 최대한 높여 외친 것은 그 녀석이 아니라, 오두막 밖의 새벽들이었다.

나는 그때도 침상 근처에 있었다. 몸에 힘이 들어가지 않아서, 움직일 수가 없었다.

오늘이 최후의 1일이었다면—이라고 생각했던 것을, 나는 명확하게 기억한다. 오늘로 끝이라면, 그것으로 좋아. 그 편이 좋아. 이것으로 끝나게 해줘. 지금 여기에서 죽고 싶다고까지, 간절하게 생각했다. 왜냐하면, 이제 더 이상의 일은 없다. 있을 수 있을 리가 없다. 괴로웠다. 나약한 나에게는 너무 괴로운 나날이었다. 그리고, 오늘이라는 날이 왔다. 이제 됐어. 여기에서 끝나게 해줘. 제발, 부탁이니까.

새벽들이 란타를 에워싸고 축복하고 있었다. 나도 란타와 유메, 그 아이의 탄생을 축하하고 싶었으나, 그럴 자격이 나에게 있는 걸까? 나 같은 것이 축하한다거나 하면, 축하는 고사하고 저주가 되어버리는 것 아닐까?

내가 생각해도 부끄럽지만, 이미 지나간 일이니까 고백하겠다.

나는 그때, 어떻게든 몸에 힘이 돌아오면, 일어나서 새벽촌을 떠나려고 생각했다.

어디 갈 곳이 있는 것은 아니었다. 없었다. 갈 곳 같은 게 있을 리도 없다. 나에게 있을 장소는 없다. 나는 동료들과 함께 있지 않는 편이 좋다.

정처 없이 서쪽이나 북쪽을 향해 가다가, 길에서 객사하자고, 요컨대, 자살하자고, 나는 생각했다. 끝내고 싶다고 바라기만 할 게 아니라, 제대로 끝내자.

이제 막 아이를 낳은 유메의 심정을 생각하면, 그런 일을 해서는 안 된다. 그건 그렇다. 알고는 있었지만, 어떻게든 나는 끝내고 싶었다. 이제 도저히 견딜 수가 없다. 지금이라면 스스로 막을 내릴 정도의 기력은 있다. 그러니까, 미안하지만, 좋은 장면에서 물러나게 해줘.

"하루히로!"

새벽들에게 둘러싸여 있던 란타가 굳이 내가 있는 곳으로 왔다.

나는 그때까지 고개를 숙이고 있었으나, 얼굴을 들고, 어, 인지, 응, 인지, 잘됐다, 인지, 유메는 어때? 인지, 뭔가 말했다고는 생각한다. 하지만, 기억나지 않는다.

"뭐냐? 음침한 놈이네, 너는 진짜. 하필이면 이럴 때까지."

"미안. 왠지… 그러네. 맥이 풀려서."

"헷. 너, 유메랑 나보다 완전 긴장했으니까."

"그럴지도."

"뭔가 좋지 않은 일이 일어나는 것 아닐까? 하고, 나쁜 쪽, 나쁜 쪽으로만 생각했지? 어차피 너니까."

"응…. 성격이니까."

"어쩔 수 없는 녀석이야. 똥이다. 똥 오브 똥이 바로 너다."

"…너무 다그치지 마. 자각은 있어."

"그러냐?"

란타는 내 옆에 앉았다. 왜 저리 가주지 않는 거냐고, 나는 생각했다. 새벽들은 좀 더 너와 유메, 너희의 아이를 축복해주고 싶어해. 그리고, 너희는 축복받을 만해. 나같은 것한테 상관할 때가 아니야.

"사내아이다. 뭐, 나는 그런 느낌이 들었었지만. 유메도 그렇게 말했었고. 그보다, 먼저 물어봐라, 좀. 그 정도는."

"…그런가. 그렇구나. 사내아이구나. 분명 강한 아이가 되겠지. 너와 유메의 아이니까."

"당—근이지. 당연히 누구보다도 강해지지."

"이름은… 너무 이른가? 이제 지을 건가?"

"아—니. 이미 지었어. 유메랑 둘이서 생각했거든. 남자 이름이랑, 그리고 여자일 경우도 일단. 여자애라면 요리로 하려고 했다. 의미는—모였다거나, 엮였다거나, 그런 느낌으로."

"…그리고?"

"루온. 폼 나지?"

"…루온."

"이건, 의미 같은 게 아니라, 어감으로. 란타. 유메. 루온. 딱이잖아. 왠지 이렇게… 연결된 것 같다고나 할까."

"연결된—."

"루온을 봐줘."

란타가 어깨동무를 했다.

나에게 란타가 그런 일을 하다니, 놀라지 않을 수가 없었다.

란타는 붙임성도 제법 있었고, 나 말고 다른 사람들과는 어깨동무하거나 껴안는 일도 종종 있었다. 하지만, 나에게는 기본적으로 하지 않았다.

란타와 나는 그런 관계가 아니었기 때문이다.

내가 기억하는 한에서는, 그것이 처음이었는지도 모른다.

그리고, 이것은 확실한 건데, 마지막이었다.

"루온을 보러 가자고."

란타는 내게 어깨동무를 한 채로 그렇게 말했다.

"잘 들어, 하루히로. 그 녀석은 나랑 유메 아들이다. 그래도 말이야, 우리만의 아이는 아닌 거야. 이건, 핏줄 문제가 아니야. 무슨 인과인지, 루온은 지금, 여기에서 태어났어. 어떤 의미… 어떤 의미에서는 말이다, 루온은, 네 아이이기도 한 거니까. 알겠냐? 그보다, 알아먹으라고. 그런 걸 나한테 말하게 하지 말고. 나랑 유메뿐만이 아니야. 루온은, 너도 포함해서 우리 모두가 지키는 거야. 그렇게 해서 우리는 연결되어 간다. 나도 그런 걸 내 아이에게 짊어지게 하고 싶지는 않지만. 이것만큼은 어쩔 수가 없어. 그러니까, 루온을 만나봐. 도망치지 마, 하루히로. 여기 있어. 오늘도, 내일도, 모레도, 우리랑, 여기에 있어. 우리는 네가 필요하고, 너에게는 우리가 필요해."

나는 고개를 끄덕였다. 그래도 좀처럼 결심이 서지 않아서, 결국 루온을 만난 것은 다음 날 아침이었다. 밤이 지나 곧바로 란타가 유메와 루온이 있는 오두막에서 나오기에, 나는 두 사람을 만나게 해 달라고 부탁했다.

"어. 들어가, 들어가."

란타는 어째서인지 같이 들어가려고 하지 않았다.

나는 혼자서 오두막에 들어갔다. 짚을 깔아놓은 침대 위에 유메는 누워 있었다. 아기는 유메의 팔을 베고 잠든 모양이었다.

"우오오, 하루 군."

유메는 웃고, 작은 목소리로 내 이름을 불렀다. 오두막 안에는 난로가 있어서 옅은 불빛이 있었다. 유메는 꽤 피곤해 보이는 모습에 졸린 것 같았지만, 해쓱하지는 않았다.

나는 침대 옆에서 무릎을 꿇었다.

아기는 작았다.

믿을 수 없을 정도로 작은 생물이었다.

이렇게 작은데도, 인간의 특징을 분명히 갖추고 있어, 그것이 또한, 나에게는 솔직히 왠지 기분 나빴다.

들어 올렸다가 떨어뜨리기만 해도 부서져 버릴 것 같은, 그런 나약한 생물이 유메와 란타의 아이라니, 너무나 신기했고, 너무나 무섭다.

이런 생물이 살아남을 수 있을 리가 없지 않은가?

나는 마음 깊은 곳에서 그렇게 생각했다. 이 가차 없고 혹독한 세계에, 딱 봐도 무력한 아기를 낳아놓은 것은, 너무나도 가혹한 일 아닐까? 만약 나에게 판단할 권리가 있다면, 그런 일은 절대로 하지 않는다. 시키지 않는다.

　"귀엽지? 응? 루온, 하루 군이야. 말해봤자 잠들었으니까 몰라. 아직 눈을 잘 뜨지 않고. 오…."

　유메가 간지럽히듯이 머리를 쓰다듬고 있노라니, 아기의 부은 것 같은 눈꺼풀이 아주 조금 밀려 올라갔다. 눈꺼풀 사이로 검은 눈동자가 보였다.

　"루온, 깼어? 깬 것 같네. 젖 먹이는 게 좋을까? 하루 군, 유메 있지, 루온한테 젖 먹여도 돼?"

　"엇, 아아, 그건… 물론, 응… 나, 저기… 고개, 돌리고 있을 테니까."

　"그래? 보는 건 거시기한가? 뭔가 이상한 느낌일까?"

　"그야 뭐…."

　나는 유메와 아기에게서 고개를 돌렸다. 두 사람이 뭘 하고 있는 건지 잘 몰랐고, 궁금한 것도 아니었다. 아무튼, 나는 그 자리에 있는 건 좀 아니라는 생각이 들었지만, 자리를 뜰 수도 없었다.

　말없이 있는 것도 어색해서, 나는 유메와 이야기했다. 라고나 할까, 유메 쪽에서 물어봐줘서, 나는 대답을 하기만 하면 되었다.

　그때 나는 무슨 이야기를 했었던가? 분명히, 비교적 진지하달까, 심각한 이야기를, 그러면서도 온화하게, 차분하게 나누었다.

　화제는 주로 시호루나 메리, 세토라, 쿠자크에 관해서였다. 네 명에게도 루온을 보여주고 싶다. 유메는 그렇게 바라고 있었다. 쿠자크에게는, 란타와 유메 사이에 아이가 생겼고 곧 태어난다고 전했으니까, 세토라와, 그리고 메리는 분명 알고 있을 것이다. 다들 틀림없이 보고 싶을 거라고, 유메는 믿어 의심치 않았다.

나는 반신반의랄까, 솔직히 잘 몰랐지만, 그러면 좋겠다고 생각했다.

루온을 만난다고 해서 뭔가가 변하는 건 없을지도 모른다. 아마도 상황이 크게 변하는 일은 없겠지. 그래도, 만나게 해주고 싶고, 만나야 한다고 생각했다.

우리가 이제부터 무엇을 어떻게 생각하고, 어떻게 하든, 루온을 만난 후에 그렇게 하는 게 좋다.

예를 들어, 우리가 지옥의 업화로 천지를 불태우려는 거라면, 그 결과로 루온이 어떻게 될지, 그것은 알아둬야 한다.

"하루 군, 루온, 안아볼래?"

유메가 그렇게 권했지만, 나는 거절했다. 단순히, 다루는 법을 몰라서 무서웠다는 이유도 있었다. 그보다 큰 이유는, 저 작고 무구한 생물을, 내 더러운 손으로 만지다니, 용서받을 수 있을 리가 없다는 생각이 있었다.

지금에 와서는 후회하고 있다.

나에게 아주 조금이라도 용기가 있었다면, 신생아인 루온을, 꼭 껴안을 수는 없어도, 안아 드는 흉내 정도는 냈을 것이다. 그랬다면, 틀림없이 나는 그 뒤에도 몇 번이고 루온을 안아줬을 것이다.

나는 한 번도 루온에게 접촉하지 않았고, 그것으로 좋아, 나는 옳았다고 확신했었으나, 잘못된 생각이 아니었을까?

무엇보다, 내가 옳았다면, 일이 이렇게 되지는 않았다.

나는 루온을 안아줬어야 했다.

안아주고 싶었으니까.

란타와 유메의 아이, 그 무게, 혹은 가벼움, 체온을, 느끼고 싶었다. 그것을 스스로에게 금지하는 것은, 상응한 벌이라는 감각이, 아마 나에게는 있었을 것이다.

만약, 루온에게 살짝이라도 닿아버리면, 사랑스러워서 견딜 수 없게 된다. 나는 그런 예감을 하고 있었던 것일 거다. 루온은 소중하고, 또 소중하게 여겨야만 하지만, 사랑해서는 안 된다. 나에게 사랑받는다면, 루온이 불행해진다. 나는 진심으로 그렇게 생각했다.

어리석은 놈이라고 비웃고 싶으면 비웃어도 좋다.

그것은 정당한 평가다.

나만큼 비웃기에 마땅한 자는 많지 않을 테니까.

루온이 태어나고 한 달도 채 지나지 않아 쿠자크가 모습을 나타냈다. 노 라이프 킹이 직접 만나서 이야기하고 싶다고 한다.

문제는, 특별한 수단을 강구하지 않으면, 노 라이프 킹은 세카이슈를 불러들이고만다는 것이다. 지상에서는 자유롭게 행동하는 것이 어렵다. 그래서, 노 라이프 킹 측과 새벽 측이 각각 인원을 정한 후에, 세카이슈가 들어오지 않는 원더 홀 안에서 대면하게 되었다.

노 라이프 킹 측은, 노 라이프 킹과 쿠자크, 세토라, 그리고 아키테클라라는 공자 네 명. 새벽 측은 회담할 장소 근처까지 10명 정도로 이동하여, 실제로 노 라이프 킹측과 만나는 것은 소우마와 아키라 씨, 그리고 상대방을 잘 알고 있다는 이유로 란타와 나, 우리 둘도 선택되었다.

회담의 절차는 비교적 원활하게 정해졌으나, 쿠자크를 루온과 만나게 할지에 관해서는 반대하는 새벽이 많아 논쟁이 일었다.

　카지코 이하 와일드 엔젤스가 반대파의 급선봉으로, 쿠자크가 루온을 납치해서 인질로 삼으려 들지도 모른다고, 꽤 열심히 주장했다. 토키즈도 와일드 엔젤스의 편을 들었고, 어떻게 된 영문인지 타이푼 록스 멤버들도 그에 동조했다.

　"그렇게까지 의심한다면, 내 목을 잘라도 좋아!"

　쿠자크는 새벽들 앞에서 고개를 조아리지는 않았으나, 땅바닥에 무릎을 꿇고 애원했다.

　"그래서 말이야, 머리만 란타 군과 유메 씨 아기와 만나게 해주면 되니까. 나, 실은 죽지 않으니까. 머리만 남아도. 살아 있는 머리. 이것이 진짜 생목이지. 아니, 아니, 농담이 아니라. 진짜로 말하는 거야, 나."

　"머리만이라니, 엄청 징그럽다!"

　란타가 쿠자크의 뒤통수를 손바닥으로 때렸다.

　"—아얏! 나, 죽지 않게는 되었지만, 아픔 같은 건 느끼거든?"

　"알게 뭐야, 얼간이. 그보다, 아프지도 않으면 때리는 보람이 없잖아!"

　"아니, 그야, 좀 약간, 나로서는 기쁨도 있다거나 하지만."

　"맞으면서 기뻐하다니, 변태냐!"

　"그게 아니라, 아, 아직 딴죽 걸어주는구나 싶은."

　"그러니까, 징그럽다고!"

　최종적으로는, 절대자의 한마디, 랄까, 유메의 한마디로 쿠자크에게 루온을 보여주기로 정해졌다.

만약을 대비하여, 나와 란타, 그리고 와일드 엔젤스의 카지코, 그리고 렌지와, 미모리, 안나 씨가 그 자리에 입회했다. 오두막 안에서 유메는 루온을 안고 침대에 걸터앉아 있었다. 쿠자크는 침대에는 다가가지 않았다. 모자와 꽤 거리를 두고 바닥에 앉았다. 기특하다고 해도 과장이 아닐 정도의 태도였다. 그런 쿠자크를 보고 유메는 웃었다.

　　"오랜만이여, 쿠자쿵. 왜 그래? 그렇게 경직을 차리고."

　　"그걸 말하려면, 그렇게 격식을 차리고, 지⋯."

　　란타가 정정해주자, 유메는 "그런가아?"라고 의젓하게, 역시 웃고 있었다.

　　"아니이—."

　　쿠자크는 할 말을 잃고 한동안 유메와 루온을 번갈아 보고 있었다. 갑자기 고개를 숙이더니 어깨를 떨기 시작했다.

　　"⋯이런. 나, 감동해버린 것 같아. 이렇게 된 후에, 이런 심정이 되는 거, 처음인지도. 아니⋯ 란타 군과 유메 씨의 아이라. 대단하네요. 아니, 진짜 대단해. 대단합니다. 란타 군이 아빠고 유메 씨가 엄마라. 이거, 그거네. 두 사람 다 오래 살아야겠네. 그리고, 세계가 평화로워지면 좋겠다. 다들 사이좋게 지내고. 싸우거나 하지 않고—."

　　쿠자크는 울지는 않았다. 울고 싶은데 눈물이 나오지 않는 것 같았다.

　　"믿어주지 않을지도 모르지만, 우리 왕은 그런 걸 바라는 거야. 꽤 어려운 것 같지만. 뭐라더라. 종족이라거나. 나라라거나. 역사라고나 할까, 경위랄까. 여러 가지가 있으니까. 전부 흘려버리고 즐겁게 지내자, 이런 식으로는, 도저히 안 되는 것 같거든. 나는 너무너무 신기한데. 왜 그럴까? 하고. 과거 같은 거에 집착하면 끝이 없고, 변하지 않는 거잖아? 그런 것, 그만하자는 이야기잖아. 응. 제로 베이스라는 거? 백지상태로 만들어서, 거기서부터 시작하자는. 그게 제일 좋다고 생각하거든. 그야, 그 아이는 그야말로 새하얀 거잖아. 다들, 이런 일이 있었다거나, 그때는 이랬었다거나, 친절하게 설명해주려고 할지도 모르지만, 그건 아이한테 그런 생각을 심어버리고, 색을 입히는 거잖아. 하지만, 그 아이는 본래 새것처럼 순수해. 누구랑도 사이좋게 지낼 수 있을 거야. 그런 세계가 되면 좋겠다. 나는 그렇게 생각해. 이거, 진짜로 생각하는 거야."

나는 쿠자크가 하는 말을 이해할 수 있었다.

이론으로서는 이해한다.

단, 어디까지나 그것은 이상론이다.

가능할 리가 없다. 무리다. 그렇게 생각할 수밖에 없었다.

쿠자크도, 변하기 전이었다면 그런 말은 하지 않았을 것이다. 틀림없이 말할 수 없었을 것이다. 노 라이프 킹과 쿠자크는, 어차피 우리 마음을 이해할 수 없는 것이다.

그렇다. 이것은 마음의, 감정의 문제다.

모든 것을 물에 흘려버리고, 모두가 손에 손을 잡으면, 적어도 서로 죽이지 않을 수 있다.

그런 일은 누가 말할 필요도 없이 알고 있다.

알고 있어도, 불가능한 건 불가능하다.

"쿠자쿵."

유메가 쿠자크에게 말했다.

"루온을 있지, 안아줘."

쿠자크는 망설이고 있었다.

일어서려다가 다시 앉았다.

지켜보던 우리는, 다소나마, 랄까, 그런대로 살기를 띠고 있었는 지도 모른다. 엄마인 유메가 말하니까, 그건 안 된다고 말릴 수도 없지만, 아무도 납득할 수 없었다. 아니, 란타만은 꼭 그렇지도 않은 것처럼 차분해 보였다.

"…고맙지만."

쿠자크는 몇 번인가 몸을 띄우다가는 다시 앉고 하다가 자기 자신에게 이르는 것처럼 말했다.

"안아주고 싶지만. 다음에 할게. 뭐랄까… 응, 평화가 오면? 이 것도 저것도 다 정리되고. 어느 정도의 신뢰 관계라는 거? 그런 게 되고 나서 하는 게 좋지 않을까 해서. 뭐더라. 나로서도, 격려가 되고? 꼭 이룩해야지 싶은, 그런 거. 그렇게 생각하면, 힘낼 수 있다 거나 하고. 응."

"그런 말 하는 동안에 쑥쑥 자라버린다."

란타가 야유하는 것처럼 말하자, 쿠자크는 "서둘러야겠다!" 라며 힘차게 대답했다.

"그렇게 시간을 끌 생각은 없어. 우리로서는. 할 수 있는 일은 쓱 싹 해치우고 싶고. 플랜대로 가면, 우리 모두 다시 시작할 수 있어. 지금은 역시, 위기라고 생각하지만 말이야. 반대로, 찬스이기도 한 거야—."

실제로 노 라이프 킹 측은 가급적 신속하게 일을 진행했다.

쿠자크는 결코 단독으로 움직이는 것이 아니었다. 많은 언데드들이 원더 홀과 지상에 배치되었고, 쿠자크가 뭔가 알리면, 그들이 순차적으로 그것을 전달했다.

그 네트워크의 구축을 노 라이프 킹에게 진언해서 실현시킨 것은 세토라인 모양이다. 그 덕분에 노 라이프 킹은 100킬로미터는 물론이고 300킬로미터 떨어진 곳에서 일어난 사건이나, 누군가가 알려준 정보를, 그날 중으로 입수할 수 있었다. 따라서, 쿠자크는 새벽 측의 의향을 자기들의 노 라이프 킹에게 전하러 돌아갈 필요가 없었다. 노 라이프 킹 측의 준비가 갖춰졌다고, 언데드의 사자로부터 쿠자크가 듣고, 그 내용을 새벽 측에게 고했다. 우리는 쿠자크와 함께 새벽촌을 출발했다.

원더 홀 안에 지중림(地中林)이라 불리는 지대가 있다.

확인된 것은 아니지만, 그 일대는 엘프들이 살던 그림자 숲 바로 아래에 위치한다고 한다.

지중림(땅속의 숲)이라고 할 정도니까, 나무들이 울창하다. 단, 지상에 있는 식물과는 별로 비슷하지 않고, 지상식물의 동료인지 아닌지도 정확하지 않다.

지중림의 나무는 줄기와 가지가 하얗고 흐릿하게 빛을 발하며, 가지에서 투명한 이파리라고나 할까, 솜털 같은 것이 나 있다. 의용병들은 그 나무를 지저수라거나 언더 트리라고 불렀다.

지저수의 사이즈는 제각각이다. 1미터나 2미터인 작은 나무도 있고, 10미터가 넘을 것 같은 큰 나무도 있다. 빨강과 파랑, 노란 열매 같은 것이 달린 지저수도 드물지는 않았다.

지중림은 그저 넓은 공간이다. 높이도 있지만 깊이도 꽤 된다. 지하수의 흐름, 지저의 강도 있고, 폭포도 있다.

다른 것보다 한 둘레 더 큰 지저수는 극대수라고 불렀다.

그것은 한 그루의 나무가 아니라, 몇 그루나 되는 지저수가 얽힌 상태로 성장하여 그토록 커진 모양이다. 극대수는 지중림 밑바닥에 서부터 천장까지 달하며, 더욱이 가지를 넓게 펼치고 있다. 줄기의 지름은 100미터 이상, 200미터 정도는 될 것이다.

회담은 극대수 아래에서 하게 되었다.

다른 동행자들과 헤어져, 소우마와 아키라 씨, 란타, 나, 그리고 쿠자크가 그곳으로 향하자, 노 라이프 킹과 세토라, 아키테클라는 이미 도착해서 우리를 기다리고 있었다.

세토라는 검은 기모노 같은, 그러나, 꽤 길이가 짧은 옷을 입고, 무릎까지 오는 부츠를 신었다. 단검 같은 것을 차고 있었으나, 눈에 띄는 무기는 그것뿐이었다. 나와 란타를 봐도 빙긋 웃지도 않는다. 그 점은 오히려 그녀답다고 말할 수 있겠다. 세토라는 오히려 소우마나 아키라 씨에게 흥미가 있는 모양으로, 거침없을 정도로 두 사람을 빤히 보고 있었다.

아키테클라와는 첫 대면이었다. 노 라이프 킹이 만들어낸 공자 중 한 명으로, 마술을 사용한다고는 들었는데, 여성이라는 것은 둘째치고, 몹시 작은 체격이랄까, 어린아이로밖에는 보이지 않는 용모였기 때문에 제법 놀랐다. 그녀는 상당히 머리가 긴 모양이다. 그 머리카락을 묶거나 땋거나 해서 날개를 펼친 새를 연상시키는 형태로 정리했다. 눈에 빨간 아이라인을 그렸고, 립스틱을 바르고, 이마와 뺨에 문양 같은 것을 그리기도 했다. 그녀의 복장은 세토라와 비슷했다. 그녀는 자기 다리로 서 있지 않았다. 금색인지 은색인지 구분이 안 가는 구형 물체에 앉아 있었다. 그 물체는 살짝 허공에 떠 있었다. 저것은 렐릭인가? 아니면, 그녀의 마술일까?

그리고, 노 라이프 킹은, 메리였다.

세토라나 아키테클라와는 대조적으로, 노 라이프 킹은 질질 끌릴 정도로 길이가 긴, 보라색과 남색, 주홍색으로 채색된 옷을 입었다. 머리는 꼼꼼하게 빗질을 한 것 같고, 곧게 쭉 뻗어 흘러내렸다. 왕은 왕관을 쓰고 있었다. 요란스럽지 않은, 그러기는커녕 얌전한, 머리 고리에 장식을 붙인 것뿐인 듯한, 하지만, 얼핏 봐도 정성 들여 만든 것임을 알 만한, 상당한 가치가 있어 보이는 왕관이었다.

메리는 자진해서 그런 차림을 하지 않는다.

내가 아는 그녀라면.

하지만, 나는 알았다.

저것은 메리다.

그녀는 배 앞에 두 손을 꼭 맞잡고 있었다. 어깨와 팔은 꽤 힘이 들어가 있다는 것을 알 수 있었다. 그녀는 살짝 미간에 주름을 잡고, 나에게 시선을 향하고 있었다. 빤히, 나만을 바라보고 있다.

메리라고, 나는 확신했다.

지금의 그녀는 메리다.

우리는 극대수 아래에서 마주 앉았다. 3 대 5였다. 이쪽에 있는 쿠자크를 세토라가 차갑게 노려보았다. 쿠자크는 "앗" 하고 목소리를 내더니, 새벽 측과 노 라이프 킹의 딱 중간까지 걸음을 옮기고는, 노 라이프 킹을 손으로 가리키며 살짝 허리를 숙였다.

"말할 필요도 없겠지만, 이쪽이, 우리 왕이야. …왕입니다. 뭐, 그렇지? 딱딱한 인사 같은 건 필요 없지 않을까? 라고, 나는 생각한다거나 하는데. …생각합니다만. 아마도요."

쿠자크가 소개하자, 노 라이프 킹은 눈을 내리깔고 턱을 약간 당겼다.

"나는 아키테클라다."

공자 아키테클라는 어린 소녀 같은 높은 목소리로 말했다.

"꽤 오래전부터 폐하를 모셨고, 모습을 감추신 동안에도 행차 준비를 하고 있었다. 폐하로부터 총 감찰역을 임명받았다."

"왕을 보좌하고 있다. 세토라다."

세토라가 퉁명스럽게 말하자, 쿠자크가 가슴을 폈다.

"참고로, 세토라 씨는 태정관이라는 게 되었고, 나는 대판관. 의미는 잘 모르지만, 멋있지요? 뭔가."

"소우마다."

"아키라라고 한다."

"란타다."

"…하루히로, 입니다."

우리도 차례로 이름을 댔다.

원더 홀 안이라서, 소우마는 렐릭인 갑주, 마개왜왕환을 걸치고 등에는 휘어진 외날의 장검을, 허리에 작은 검을 찼다. 소우마의 마갑주는 무수한 검은 금속판을 조합한 것 같은 모양인데, 손목에서부터 다리까지 덮는 데다가, 형태가 좌우 비대칭인 스커트까지 딸려 있는데도 그의 움직임을 방해하는 일이 일절 없다. 금속판 틈새로 오렌지색 빛이 흘러나와, 보기에도 신비로웠다. 소우마는 이목구비 그 자체보다도, 길게 찢어진 눈이 보는 자에게 아무튼 강한 인상을 준다. 그 당시의 미숙했던 나는 몰랐지만, 지금 와서 생각해보면, 그것은 깊은 슬픔을 아는 자의 눈동자였다.

아키라 씨는 갑옷 위에 붉은 윗옷을 입고, 한 쌍의 검과 방패를 들고 있었다. 묶은 머리와 길게 자란 수염은 3분의 1 정도가 하얗게 세서, 본인은 걸핏하면, 이제 늙었어, 나이를 먹었어, 라며 자학했으나, 몸놀림은 아직 한참 젊었다. 상당히 체격이 좋은 사람이었는데 그리 덩치가 커 보이지 않았던 것은 온화한 인상 탓일까? 단, 내가 처음 만났던 무렵에 비하면, 그 시기의 아키라 씨는 다소 여위었다. 많이 먹을 수 없게 되었다는 말을 슬쩍 흘린 기억도 있다. 식량이 항상 풍부했던 건 아니니까 오히려 좋다고까지 말했다. 늙는 것도 나쁜 일만은 아니라고. 의용병 사이에서는 전설적인 인물이라는 대우였는데, 아키라 씨는 인간미가 넘쳐흘렀다. 오해를 겁내지 않고 말하자면, 실력과 경험이 독보적인, 그러나 보통 아저씨였다. 본인도 그렇게 생각한 모양으로, 꾸밈이 없고 서글서글한 인물이었다.

"먼 길 오시느라 고생했소."

노 라이프 킹은 메리의 목소리로 그렇게 말하고 나서, 소우마, 아키라 씨, 란타, 그리고 나를 순서대로 쳐다봤다.

아니야.

나는 그렇게 느꼈다.

방금 전까지는 메리였는데, 지금은 아니다.

"아실 거라고 생각하나, 나는 과거에 오크나 회색 엘프, 고블린, 코볼트들과 동맹을 맺고 인간족의 왕국을 멸망시켰다. 이것은 내 본의는 아니었다고 말해봤자, 그대들이 믿기는 어렵겠지. 단, 나는 인간족의 이슈마르 왕국, 나난카 왕국, 그리고 아라바키아 왕국과도 교섭 테이블에 앉고자 했다. 엘프나 드워프와도. 그러나, 그들은 우리에게 아무것도 양보하지 않았고, 오로지 우리를 비방하고, 퇴거하라며, 불모의 땅에 처박혀 있으라고 요구할 뿐이었다. 그래서, 우리는 인간족을 몰아내고, 그들에게서 빼앗은 것을 나누기로 했다. 최종적으로는 내가 결단을 내렸다. 잘못이 있다면, 그 책임은 내가 져야 한다. 우리는 인간족을 학살하고, 토지를, 도시를, 온갖 부와 문화를 빼앗고, 천룡 산맥 북쪽에서, 이 그림갈에서, 쫓아냈다. 그것들은 전부 과거에 이 내가 저지른 일이다."

"나는―."

소우마는 가볍게 어깻짓을 했다.

"당신이 현재 매개체로 삼은, 이라는 표현은 맞는 건가?"

"매개체라고는 할 수 없다."

노 라이프 킹은 자기 가슴에 오른손 검지를 가만히 세웠다.

"나는 그녀 안에 있지만, 나는 그녀이며, 그녀가 나라고도 할 수 있다."

"나는, 그 여성을, 친했던 것은 아니지만, 안다. 그녀도 나를 알 것이다. 그녀가 아는 일은 당신도 안다. 그렇게 생각해도 되나?"

"대충은."

"그렇다면, 당신도 알고 있을 것이다. 우리는 인간이지만, 아라바키아 왕국과는 본래 아무런 인연도 없다. 다른 세계에서 온 것 아닐까? 라고, 나는 생각한다."

"애초에 그림갈에 인간족이라는 것은 존재하지 않았다. 적어도, 앞선 이들의 전승에 의하면, 인간족은 나중에 온 것으로 되어 있다."

"앞선 이들."

아키라 씨가 끼어들었다.

"그것은, 엘프나 드워프, 놈, 센토, 코볼트의 선조를 말하는 거로군. 외모가 너무 다르고, 갑자기는 믿기 힘들지만, 그들은 공통된 오래된 전설을 갖고 있다. 그 전설에 따르면, 그들은 동일한 선조에게서 갈라져 나온 모양이다."

노 라이프 킹은 고개를 끄덕여 보였다.

"북변에는 유각인이, 네히 사막에는 피라츠인이 있다. 그리고, 오크 족. 고블린 족. 이들 또한 인간족처럼 바깥에서 왔다고 여겨진다."

"당신은 어때?"

아키라 씨는 노 라이프 킹에게 물었다.

"당신은 언제 이 그림갈로 온 거지? 어디에서 온 건가? 당신은 그 대답을 갖고 있는 건가?"

"유감스럽게도, 기억나지 않는다."

노 라이프 킹은 어딘가 먼 곳을 보았다. 그 기억나지 않는다는, 오래전 옛날을 떠올리려고 했던 건지도 모른다.

"처음, 나에게는 사고나 기억이라는 것은 없었다. 그것들은 서서히 형태를 이루었다. 분명, 긴 시간에 걸쳐, 나는 나라는 것이 되었다. 기억나지 않는 시기의 나는 현재의 나와는 크게 달랐을 것이다. 내가 북변에 있었던 것은 틀림없다. 유각인이 나에 관한 일을 노래로 만들어 남겼다. 그러나, 그들은 시간을 말하지 않는다. 천 년 전의 일도, 백 년 전의 일도, 어제 일도, 그들이 노래하면, 그것은 그들에게 있어서 현재인 것이다. 그래서 유각인은 지금도 나를 벗으로 대우해준다. 다가올 세카이슈와의 싸움에도 그들은 달려 와줄

것을 약속해주었다."

"엄청 추웠어, 북변은⋯."

쿠자크가 온몸을 떨었다.

"둘러보면 사방이 끝없이 흰색뿐이라는 거? 은세계라고 하나? 예쁘긴 했지만. 이 몸이 아니었다면 동사하지 않았을까? 그렇게 엄청 추운데, 유각인 사람들, 용케 아무렇지 않게 지낼 수 있더라."

"너, 갔었어?"

란타가 묻자, 쿠자크는 "응" 이라고 가볍게 대답했다.

"네히 사막의 피라츠인에게는, 세토라 씨가 만나러 갔었고. 추운 거랑 더운 거, 어느 쪽이 낫냐는 이야기가 되어서, 더운 것보다는 추운 게 낫지 않을까 하고."

"멋대로 대모험을 하고 자빠졌네⋯."

"란타 군도 동료가 되면 북변이든 어디든 갈 수 있다거나 하거든? 그리고, 오래 살 수도 있지 않을까? 있잖아, 루온을 위해서도. 앞으로 계속 죽지 않을지도."

"되겠냐? 멍청앗!"

"어어, 어때서? 해보자. 시험 삼아 해봐. 해보고 나서 정하면 되잖아. 왕, 어떻슴까? 란타 군도 공자로 만들어 버린다는 거?"

"멋대로 일을 진행시키려 하지 맛!"

"그 이전의 문제다. 이야기의 맥을 끊지 마라."

세토라가 차갑게 꾸짖자, 쿠자크뿐만이 아니라 란타까지 목을 움츠렸다.

"그럼, 유각인과는 이미 손을 잡았다, 고?"

아키라 씨가 물었다.

노 라이프 킹을 대신하여 대답한 것은 세토라였다.

"유각인 모든 종족은 원래부터 왕의 맹우였다. 피라츠인과는, 내가 이야기를 했다. 더욱이, 유각인과 피라츠인의 주된 전력은, 이미 풍조 황야 근처까지 이동했다. 오크족의 디프 고군 대왕, 회색 엘프 투아르츠펠트 왕, 코볼트의 족장 아데모이, 센토 16씨족, 그리고, 잠보가 이끄는 포르간에게도 동의를 얻었다."

"잠보—포르간도 말이야?!"

란타가 안색이 바뀌었다. 나도 적잖이 놀랐다.

"세카이슈와의 싸움, 이라고, 아까 당신은 말했지."

소우마는, 노 라이프 킹이 긍정하자, 한번 숨을 내쉬었다.

"왜 우리에게까지 제안하는 거지? 그 싸움에, 우리가 필요한가?"

"꼭 필요하다."

노 라이프 킹은 이 이야기를 시작하고 나서 한 번도 나를 보지 않았다. 마치 나는 그 자리에 없는 것 같았다. 소외감을 느낀 것이 아니다. 지금의 노 라이프 킹은 메리가 아니다. 나는 단지, 그 생각을 새삼 한 것뿐이다.

"그대들이 이 싸움에 참여한다. 그 사실이 필요하다고, 나는 생각한다."

"흠…."

아키라 씨가 생각에 잠긴 얼굴로 수염을 매만졌다.

"과거에 오크나 고블린, 코볼트가, 언데드를 이끄는 당신과 함께 인간족의 왕국을 멸망시킨 것처럼… 말인가? 방법은 상상도 할 수 없지만, 힘을 합쳐 세카이슈를 일망타진하고, 그렇게 되찾은 그림갈을, 다 같이 나누자는 거로군."

"그렇게 순탄하게 되지는 않겠지만."

지금까지 희미한 웃음을 띠고 잠자코 있던 아키테클라가 끼어들었다.

"인간들을 그림갈에서 쫓아낸 뒤, 무슨 일이 일어났던가. 있을 법한 일인가? 폐하의 종자인 공자가 배신하고, 폐하 암살의 누명을 쓴 회색 엘프는 떠났다. 오크, 고블린, 코볼트도 자주독립을 목표로 했다. 모든 종족은 어디까지나 폐하를 믿었을 뿐으로, 서로가 신뢰했던 것은 아니었다. 폐하가 한번 나눈 약속을 파기하는 일은 없다. 그러나, 대개의 자들에게는, 신의보다도 중요한 것이 달리 있는 것이겠지. 어떤 의미에서는 폐하의 분신이라고도 할 수 있는 우리 공자조차도, 욕심내는 것, 바라는 것은 각각 다르다. 폐하를 대신하려는, 이룰 수 없는 꿈을 꾼 어리석은 공자조차 있으니 말이다."

"나도 낙관하지는 않는다."

노 라이프 킹은 아키테클라를 꾸짖지 않았다.

"배신이나 불화, 분단을 직접 겪었고, 한때는 나도 일개 은둔자로서 세계를 방랑하는 여생을 바랐다."

"당신은 죽지 않잖아?"

소우마가 천진할 정도로 신기하다는 듯이 고개를 갸웃거리며 눈을 깜빡였다.

"여생이라 부르기에는 지나치게 긴 것 아닌가?"

노 라이프 킹은 살짝 표정을 누그러뜨렸다.

메리의 웃음과는 다르다.

나는 그렇게 생각했다.

그렇게 믿고 싶었던 건가?

"나는 죽지 않는 것은 아니라고 생각한다. 적어도 불멸은 아닐 것이다. 나를 남김없이 지워버리면, 나는 소멸한다. 신이라 불리는 존재조차도, 분명 불멸이란 있을 수 없다. 나는 단지, 멸망당할 때까지 죽지 않는 것뿐이다."

아키라 씨가 어깨를 으쓱거렸다.

"늙어 죽는 일이 없다는 것만으로도 부럽기 짝이 없는데. 요즘 갑자기 생각해. 죽음은 둘째치고, 노화는 괴로워. 그런데, 저 세카이슈인지 뭔지를 어떻게 해서 해치우지?"

"세카이슈에는 뿌리가 있다. 장소는 알아냈다."

노 라이프 킹은 우리에게 그 오래된 전승을 들려주었다.

처음에는 하늘과 바다가 있을 뿐.

바다 너머에서 이름 없는 자가 나타나, 수천만의 씨앗을 바다에 뿌리고 갔다.

씨앗은 생명이 되어 피고, 그것들이 지고, 그 시체가 대륙이, 즉, 이 그림갈이 된다.

이름 없는 자가 돌아와 그림갈은 생명이 가득하게 되고, 앞선 사람들이 태어난다.

그러나, 하늘 위에서 원초의 용이 강림하여 이름 없는 자는 쫓겨나 버린다.

용은 잠들고, 이윽고 땅에 묻혀, 그림갈은 조용한 풍요로 가득 찬다.

그러나, 저 너머에서 두 명의 신이 나타나, 앞선 사람들을 말려들게 하고 싸우기 시작하자, 용의 안식은 박살 난다.

용은 침상에서 나와 두 신과 싸운다.

싸움이 끝나지 않자, 앞선 사람들을 가련하게 여긴 이름 없는 자가 천상 끝에서부터 붉은 별을 내려준다.

용이 붉은 별을 격추시켰으나, 그 파편은 지상에 뿌리를 내리고, 검은 종기가 된다.

두 신은 종기에 파묻혀 모습을 감추고, 용은 다시금 잠이 든다.

용은 힘을 소진했기 때문에, 침상에서 잠든 채로 그대로 죽어간다.

붉은 별이라는 것이 무엇을 가리키는 건지는 모른다. 하지만 검은 종기란, 말할 것도 없이 세카이슈를 말한다.

붉은 별은 용에 의해 격추당했다. 세카이슈가 붉은 별의 변한 모습이라면, 용과는 견원지간이랄까, 서로 받아들일 수 없는 사이일 것이다.

원더 홀은 용의 침상이라고 여겨지며, 고전대로라면, 무덤이기도 하다.

용의 무덤에 세카이슈는 다가가지 않는다.

세카이슈는 죽은 용을 아직까지 기피, 혹은 경원시한다.

"붉은 별의—."

노 라이프 킹은 오른손 검지로 하늘의 보이지 않는 상공을 가리키더니 천천히 아래로 내렸다.

"파편이 떨어진 땅에 세카이슈의 뿌리가 있다. 나는 일개 은둔자로서 그림갈을 방랑하면서 그것을 찾아다녔다."

"발견한 건가?"

소우마가 묻자, 노 라이프 킹은 고개를 끄덕였다.

"왕관산이다. 상세한 것은 나중에 설명할 것이나, 내 생각이라기보다, 여기 있는 세토라의 계획으로는, 이 땅에 전력을 결집시켜 세카이슈를 유인해두고, 그 틈에 내가 단숨에 뿌리를 끊는다."

즉, 노 라이프 킹 이외는 전원이 미끼가 되어 양동작전을 행한다.

세카이슈의 뿌리를 파괴하는 것은 노 라이프 킹 본인이라는 말이다.

"여러 가지로 생각했으나, 이것이 가장 효율적이다."

세토라는 담담히 말했다.

"만약 왕이 실패하면, 곧바로 전원 철수한다. 왕은 세카이슈에 흡수되어 봉인되거나, 멸망하거나. 그때는 그때다. 세카이슈와의 공존을 모색하거나, 다른 수를 생각한다. 왕이 멸망할 경우, 우리들 공자가 무사할 거라는 보장은 없지만."

"가볍게 말해버리네."

쿠자크는 불평을 하면서도 실실 웃고 있다. 이것은 그들의 존망에 관한 문제가 아닌가? 틀림없이 그럴 텐데, 그들에게는 그다지 절박함이 없었다. 그 탓인지, 나는 모든 것이 허튼소리처럼 느껴졌다.

무엇보다, 세카이슈는 그렇게까지 해서 근절해야 하는 것인가?

노 라이프 킹에게는 그럴 이유가 있는 것이겠지. 하지만, 우리에게 있어서는 어떤가?

원초의 용도, 두 신도, 붉은 별도, 검은 종기도, 말하자면 선주민들도, 이 그림갈조차도 우리에게는 어떻게 되든 상관없지 않은가?

그러고 보니, 옛날에 소우마의 동료인 시마가 나에게 이런 말을 속삭였다.

『우리는 원래 세계로 돌아갈 방법을 찾고 있어.』

원래 세계.

우리는 그림갈로 오기 전, 어딘가 다른 세계에 있었다.

만약 그 세계로 돌아갈 수 있다면, 거기에는 내 가족이나 친구가 있을지도 모른다. 나고 자란 거리가, 거기에는 있을지도 모른다. 진짜 고향이.

소우마는 애초에 노 라이프 킹 부활의 징후가 있다고 보고, 불사의 천령에 침입을 목적으로 새벽연대를 결성했다. 그래도, 노 라이프 킹이 되살아나면 곧바로 쓰러뜨린다거나, 그런 생각을 했던 것은 아닌 모양이다. 아무래도 소우마 일행에게는 다른, 진짜 목적이 있었다. 그것이 바로 원래 세계로 돌아가는 방법을 찾는 일이었다.

원래 세계로 돌아간다, 라는 말을 들어도, 별 볼일 없는 의용병으로서 매일매일 악전고투하던 무렵의 나에게는, 전혀 라고 해도 좋을 만큼 실감이 들지 않았었다.

하지만, 지금이라면 알 것 같은 느낌이다.

원래 세계로 돌아갈 수 있다면, 돌아가고 싶은가?

곧바로 고개를 끄덕일 수는 없다.

메리가, 쿠자크가, 세토라가 이렇게 되었는데, 모든 것을 다 내던지고 그림갈을 떠날 수 있는가?

그래도, 돌아갈 방법이 만약 있는 거라면, 알고 싶다.

최후의 보험 같은 것이다. 마침내 어떻게도 할 수 없게 되면, 원래 세계로 돌아가면 된다. 도망쳐버리면 된다.

"이것은, 조건이라는 건 아니지만."

소우마는 어떤가? 소우마 정도 되는 인간이라도, 도망갈 곳을 원했던 건가? 아니면, 뭔가 다른 동기가 있었던 것일까?

"우리는 원래 세계로 돌아갈 방법을 찾고 있다. 당신은 틀림없이 우리보다 그림갈을 잘 알고 있다. 뭔가 단서는 없나?"

"오르타나의 의용병들이 어디에서 온 건지, 나는 모른다."

노 라이프 킹은 고개를 저었다. 옆으로인지, 위아래인지, 애매한 각도였다.

"단, 그림갈에서 인간족이라 불리는 종족은 모두 같은 세계에서 온 것이겠지. 인간족의 문화에서는 그대들이 원래 있던 세계의 숨결을 느낄 수 있지 않은가?"

"예를 들면, 언어인가?"

아키라 씨가 팔짱을 끼며 말했다.

"글자도 처음부터 읽을 수 있었지. 우리보다 훨씬 전에 이 그림갈로 온… 말하자면 선배들이, 원래 세계에서 쓰던 언어를 그대로 사용했다."

"에너드 조지. 이시두아 자에문. 렌자브로."

노 라이프 킹이 몇 명의 인물명을 거론했다.

"다들 아라바키아 왕국의 건국기에 실재했던 앞선 사람들이다. 사실, 내가 기억하는 발음은 다소 다르다. 미나토 죠지. 이시도 우자에몬. 렌자브로우. 그들은 해 뜨는 곳, 혹은 일본이라는 토지가 바로 자신들의 고향이라고 이야기했던 모양이다."

"해 뜨는 곳… 일본…."

나뿐만이 아니다.

소우마도, 아키라 씨도, 란타도, 그 말을 반복해서 중얼거렸다.

그리운 울림이었다.

분명 우리는 그 단어를 알고 있었다. 하지만, 그것이 도대체 뭔지, 구체적으로 상상할 수는 없었다.

고향이라는 것은, 장소를 말하는 것이겠지.

대륙인가? 지역인가?

아니면, 나라인가?

"내가 아는 한에서는, 말이지만."

노 라이프 킹은 그렇게 전제하고 나서 말했다.

"그 해 뜨는 곳, 일본이라 불리는 세계로 돌아간 인간은 없는 모양이다. 그러나, 아무에게도, 아무 말도 고하지 않고, 어떠한 방법으로 해 뜨는 곳으로 돌아간 자가 있었다면, 그것은 파악할 수가 없다. 또한, 이리로 온 이상은, 그 세계와의 접점이 반드시 어딘가에 있다고 생각할 수 있겠지. 그 접점을 찾아내면, 그대들은 원래 세계로 돌아갈 수 있을지도 모른다. 그리고, 또 한 가지, 가능성이 있다고 하면—."

"렐릭인가?"

소우마가 앞서 말했다.

노 라이프 킹은 고개를 끄덕여 보였다.

"렐릭이란, 이계에서 유래된 창조물이다. 어쩌면, 나 또한 렐릭인지도 모른다. 확대해석인지도 모르나, 고전에서 말하는, 이름 없는 자, 원초의 용, 두 신, 붉은 별, 그 변한 모습인 검은 종기, 세카이슈, 이것들 전부가 렐릭이 아닐까? 나중에 나타난 렐릭이 먼저 있던 렐릭과 싸우고, 렐릭이 렐릭을 배제하려고 한다. 고전은, 그림 갈에서 렐릭들이 벌인 생존경쟁의 역사인지도 모른다."

"용. 신. 별. 세카이슈. 노 라이프 킹—."

아키라 씨는 한숨을 쉬고 수염으로 덮인 입술을 일그러뜨렸다.

"다들 렐릭이라고 치면… 이계에서 이계로 여행할 수 있는 렐릭 정도, 있어도 이상할 것 없겠지."

노 라이프 킹은 갑자기 눈썹을 찡그리고 생각에 깊이 잠긴 표정을 지었다.

"그러한 렐릭을 찾아 헤매는 자가 이미 있다고 해도 이상할 것은 없다. —나는 이 그림갈에서 생을 마칠 생각이나, 렐릭에는 특별한 관심을 갖고 있다. 마음껏 지상을 활보할 수 있게 되면, 그러한 렐릭을 찾아보는 것도 나쁘지 않겠지. 목적을 이룬 뒤라도 괜찮다면, 그대들에게 힘을 보탤 수가 있을 것이다."

소우마와 아키라 씨는 노 라이프 킹과 손을 잡을 생각인 것 같았다.

하지만, 생각해보면, 그리 많은 선택지가 우리에게 있던 것은 아니다.

많은 종족, 세력이 노 라이프 킹 밑으로 결집하려고 한다. 우리도 참가하게 된다면, 오크나 언데드, 포르간 등등 이런저런 인연이 있는 자들과, 어제의 적은 오늘의 친구라는 듯이, 일치단결해야 한다. 그런 일이 가능한 걸까? 그러나, 등을 돌리면, 우리는 소외자인 것이다.

우리가 처한 상황은, 안 그래도 압도적으로 불리했다. 소수정예라고 하면 듣기에는 그럴싸하지만, 정예가 모여 있어도 너무나 숫자가 적은 것이다.

예를 들어 오크는 인간에게 결코 뒤지지 않는 종족으로, 숫자는 우리보다 수천 배, 수만 배, 어쩌면 그 이상 있다. 만약 오크가 작정하고 우리에게 덤벼들면, 아무리 소우마나 아키라 씨, 렌지가 일기당천이라도 승산은 없다.

우리가 노 라이프 킹의 편을 들지 않고, 자주독립의 길을 지향하고, 더욱이 싸움을 피하려고 했다고 해도, 인간족과 오래 적대해온 오크가 너그럽게 봐줄까? 아무리 희망적으로 말해도 과한 기대는 할 수 없다.

이것이 만약 노 라이프 킹의 신하가 되라는 요구였다면, 반발할 새벽도 적지는 않겠지.

하지만, 그게 아니었다. 이 동맹은 일시적인 처치로, 왕관산의 세카이슈를 어떻게든 처치한 뒤에, 또 다른 방향성을 찾는다는 핑계도 된다. 우리가 살아남기 위해서는 일단 노 라이프 킹과 손을 잡는 것이, 최선인지 아닌지는 둘째치고, 차선 이상의 방법이었다.

구체적인 작전계획에 관해서는 세토라에게서 설명을 들었다. 소우마와 아키라 씨는 열심히, 란타는 대충 듣고 있던 모양인데, 나는 거의 정신이 딴 데 가 있었다.

나는 노 라이프 킹이 신경 쓰였다.

메리가.

정식 답변은 노 라이프 킹의 제안을 새벽촌에 갖고 돌아가, 앞으로도 우리와 동행할 쿠자크를 통해 전하기로 하고 회담은 끝났다.

노 라이프 킹이 그제야 나에게 눈길을 향했다.

"그녀가 자네와 이야기하고 싶은 모양이다."

메리가 아니다.

노 라이프 킹의 눈길이었다.

"어떻게 할지는 자네에게 맡기겠다. 그녀도 강요할 생각은 없다."

나는 뜸 들이지 않고 바로 고개를 끄덕였다.

소우마와 아키라 씨, 란타뿐만이 아니라, 쿠자크와 세토라, 아키테클라도, 나와 노 라이프 킹에게서 떨어졌다. 우리를 둘만 있게 해주었다.

아니, 둘은 아닌가? 아니면, 둘뿐인 건가? 지금 극대수 아래에 있는 것은 나와 메리뿐일까? 나는 그녀를 메리라고 느끼고 있었지만, 그렇다고 단언까지는 할 수 없었다.

그래서, 나는 눈을 치켜뜨고 그녀를 쳐다볼 뿐, 입을 다물고 있었다.

할 말을 찾을 수 없는 것인지, 그녀도 좀처럼 입을 열려고 하지 않았다.

그녀가 전혀 말하려고 하지 않아서, 역시 메리라고 나는 확신했다.

"안녕."

입 밖에 내고 나서, 이 무슨 얼빠진 인사냐고 후회했다.

메리는 눈을 내리깔고 살짝 목을 울렸다.

아주 약간 웃은 모양이었다.

"…하루. 나—."

"응."

"어떻게 말해야 좋을지."

"그런가. 응. …그러네."

"훨씬 전부터, 아마도, 알고 있었어. 그래도, 말할 수 없어서. 전부 다 이해한 것도, 아니었고."

"그럴 거라고… 생각해. 이런 표현은 좀 그렇지만. 이해를 초월한 문제라고나 할까."

"그러네."

"따지고 보면, 내—."

"말하지 마."

메리는 고개를 가로저었다.

조금 전에 눈을 내리깐 이후로 그녀는 나와 시선을 마주치려고 하지 않는다.

"하루 탓이 아니야. 그건, 아니야. 이것은, 내 문제야. 쿠자크와 세토라를 저렇게 만든 것은, 나이고. 내가 그에게 부탁했어. 그는 내 바람을 이루어준 것뿐이야. 이렇게 된 것이… 전부, 잘못이고, 그때, 그대로… 그걸로 끝내는 편이 좋았을까 하고, 생각해. 몇 번이나, 생각했어. 모르겠어. 전하고 싶었던 것을, 전하지 못한 채였고. 그게 끝이 아니라서 다행인지도 몰라. 그런 식으로도, 생각해. 그 뒤에도, 멋진 일이… 소중한 시간이, 많이 있었으니까. 그런 건 필요 없었다고 부정하는 건, 나는 못 하겠어. 분명히, 이미 죽은 내가 되살아난 순간, 언젠가 이렇게 될 것은 정해져 있었어. 그에게는 그가 걸어온 긴 길이 있고, 그렇게 하지 않으면 안 될, 그렇게 하는 수밖에 없는 일이, 있으니까. 그에게 거역할 수 없다거나, 그런 것과는 다르게… 지금의 나는, 그를 이해하니까. 그래도. 그는, 내—우리 일은, 도저히 이해할 수 없어. 그는, 우리와는, 너무나도 다른 존재니까. 이해하려고 하고 있어. 이해하고 싶어해. 하지만, 이해할 수 없어. 그것도, 그는 알아. 그와 우리는, 서로를 이해할 수 없으니까… 그래서 더욱, 그는 우리를 원하는 거야. 그는, 혼자뿐이니. 정말로 외톨이니까. 그 같은 이는, 그밖에 없으니까."

"메리는… 그를, 동정하는 거야?"

"동정. 그런지도 몰라. 그는 내 안에 있고, 내가 그의 안에 있다고도 말할 수 있어. 동정… 나와 그를 분명히 구분하는 것은, 솔직히, 어려워."

"지금은, 메리지?"

"그렇다고 생각해."

"지금은, 메리지."

"그래."

"메리야."

"응. 그는, 없어. 내 안의, 깊은, 아주 깊은… 밑바닥까지, 가라앉아 있어. 얼굴을 내밀지조차 않아."

"그는… 듣고 있어?"

"하루에게는 거짓말하고 싶지 않아. 들릴 거라고 생각해. 마음만 먹으면, 그는 당장 나올 수 있어."

"그가 나오면, 메리는―."

"내 안의, 깊은… 바닥에 가라앉는 거야. 나뿐만이 아니야. 몇 명인가 있어."

"그, 사람들과―이야기할 수 있어?"

"처음에는, 쥐."

메리는 목소리를 낮추고, 빠른 말투로 말했다.

"한 마리의 쥐였어. 래트 킹(쥐의 왕). 그의 스페어였어. 그는 래트 킹에게 자기 자신을 나눠주고 만일에 대비했어. 공자 이시두아로로가 그를 배신하고 렐릭을 써서 그의 본체를 봉인했어. 또 한 명의 그라고도 말할 수 있는 래트 킹은 궁지에서 벗어났어. 래트 킹은 디하 거트라는 오크 안으로 들어갔어. 그 다음은 이츠나가. 숨겨진

촌락에서 태어나고 자랐지만, 어릴 때 엄마와 함께 추방당했어. 그리고, 의용병 출신 마법사 야스마. 위저드(마도사) 사라이에게 가르침을 받고, 마법의 가장 깊은 단계를 깨달아가려던 참에, 목숨을 잃었어. 아게하. 그녀도 의용병 출신으로, 타카야라는 연인이 있었어. 제시 스미스는 의용병 생활에 익숙해질 수 없어서, 혼자서 여행하던 도중에 죽어버렸어. 마지막이, 나. 나로 마지막이 될지는 모르지만. 제시는 기억이 망가져서 어딘가에 숨어 있어."

거기까지 이야기를 마치고는, 메리는 크게 한숨을 내쉬었다.

"…그는 방해하지 않았어. 나는 그의 비밀을 하루에게 가르쳐줬는데도. 그는 너그러워. 단, 착하다는 것과는, 다를지도 몰라. 그는 용서하고, 받아들이고, 인정해. 그렇게 하면, 누구와도 친구가 될 수 있는 것 아닐지 기대하고 있어. 그 세카이슈와도, 공존할 수는 없을까 생각하는 것 같아. 제시 때, 그는 왕관산에 세카이슈의 뿌리가 있다는 것을 밝혀냈어. 세카이슈와 대화하려고 하다가, 실패했어."

"대화할 수 있을 만한 상대라고는 생각되지 않는데…."

"그래. 그가 지성을 가지면, 세카이슈는 습격해왔어. 그가 만든 언데드는 원래는 세카이슈를 막는 방패였어. 세카이슈는 언데드를 피해. 그가 그런 것으로 언데드를 만들었으니까. 지금도 렐릭에 봉인되어 있는 그의 본체는, 요츠이의 지팡이라는 렐릭을 갖고 있어. 이 지팡이에 막대한 힘을 주입하면, 세카이슈를 쳐낼 수가 있어. 그는 그림갈에서 살아가기 위해서 세카이슈와 계속 싸워온 것이 아니야. 될 수 있으면 싸움을 회피하고 싶어서, 그 방법을 찾고 있었어. 그래도 결국, 그와 세카이슈와는 도저히 서로 받아들일 수 없었어."

"그래서, 이제야 결판을 내리려고 한다—."

"응. 이제 그것밖에 없다고, 각오를 한 거야. 그는 본래 엄청난 힘을 갖고 있어. 그것을 세카이슈에게 쏟아부을 생각이야. 그는 이길 거라고 생각해."

"그렇게 되면… 그에게는 두려울 것이 없어진다."

"그가 무서워?"

"…무섭지 않다, 고는 말할 수 없겠어."

"하루답네."

메리는 미소지었다.

그리고, 그제야 내 눈을 봐주었다.

"그가 그때가 되면 어떻게 할지, 사실은 나도 몰라. 어쩌면, 그 본인도 모르는지도 몰라."

메리는 두 손을 자기 가슴에 꼭 붙였다.

뭔가 거기에서 튀어나오고 싶어 하는 것을, 억누르려고 하는 것처럼.

"하지만, 그는 내 안에 있어."

"…메리? 그건… 무슨—."

"다행히, 그는 내 안에 있어."

메리는 그 말을 분명히 되풀이했다.

"내가, 그에게 실수는 저지르지 않게 할 거야."

"메리…가?"

"그를 믿지 않아도 돼."

메리는 고개를 저어 보였다.

"하루. 나를 믿어. 그는 잘못을 저지르지 않아. 세카이슈를 멸망시키면, 그는 소우마 일행에게 힘을 빌려줄 거야. 렐릭을 조사할 거야. 그는 렐릭에 관해서는 더욱 알고 싶을 테니까. 렐릭에는, 가능성이 있어."

"가능성—."

"나를 믿어줘, 하루."

메리는 가슴을 누르고 있던 두 손을 내 쪽으로 뻗었다.

나는 망설이지 않았다.

그녀의 손을 잡았다.

틀림없다.

메리의 손이었다.

"부탁이야."

그녀가 말했다.

"믿어."

나는 그렇게 대답했다.

"메리."

얼굴을 마주 보고 그녀의 이름을 부르는 것이, 이것이 마지막이라고는 생각하지 않았다.

그것이 마지막이 되지 않기를, 아직도 간절히 바라고 있다.

새벽촌으로 돌아와 얼마 지나지 않아, 결론은 나왔다.

우리는 노 라이프 킹에게 가담하기로 했다.

이의를 제기하는 자도 있었으나, 노 라이프 킹 측과 전면적으로 적대하는 것은 이득이 아니라는 것은 명백했다. 새벽촌의 장소는 노 라이프 킹에게 알려졌고, 이쪽의 전력도 파악하고 있다. 그러한 정보는 다른 종족에게도 공유되었을 거라고 생각해야 한다. 적대시 한다면, 새벽촌을 버릴 각오가 필요할 것이다. 여차하면 처음부터 다시 시작하는 것까지 감수한다고 해도, 우선은 노 라이프 킹과 손을 잡고, 여기까지 일궈낸 새벽촌을 유지하면서 다음 전개를 생각하는 것이 현실적이다.

우리의 정식 대답은 쿠자크의 지령을 통해 노 라이프 킹에게 전달되었다.

노 라이프 킹 밑에 모인 동맹군은, A력 662년 8월 8일 새벽까지 위치에 배치되고, 일출과 함께 사방팔방에서부터 왕관산을 공격한다.

검은 종기, 세카이슈는, 원초의 용에게 격추당했다는 붉은 별이 변한 모습이다.

원초의 용은 아무래도 붉은 별을 완전히 잠재우는 데는 실패한 것 같다.

그래서, 이번에야말로 우리가 별을 격멸한다는 의미를 담아, 이 작전을 별 떨구기라고 명명했다.

닥쳐올 별 떨구기를 향해, 우리는 계획을 세우고 준비를 진행했다.

그러는 와중에 귀중한 정보가 노 라이프 킹으로부터 전해졌다. 렐릭을 어떤 방법으로 포장하면 세카이슈로부터 지킬 수 있다는 것이다.

노 라이프 킹이 만든 언데드 중에 몸이 짐승 털로 뒤덮인 자가 있다. 그 짐승 가죽을 무두질한 것으로 렐릭을 잘 싸서 밀봉하면, 세카이슈는 알아차리지 못한다고 한다.

밀봉하려면 그냥 꿰매는 것만으로는 부족하고, 밀랍으로 굳혀야 한다. 그래서, 한번 개봉하면 끝이다. 기본적으로는, 밀봉 상태의 렐릭을 왕관산까지 운반하고, 별 떨구기가 시작되면 개봉하기로 했다.

새벽들 중에 누가 별 떨구기에 참가할 건가. 누구는 참가하지 않는가. 이 점에 관해서는 개개인이 판단하기로 했다.

단, 예외가 한 명 있었다.

두 사람, 이라고 말해야 할까? 본인이 의사표시를 하기도 전에, 유메와, 그리고 당연히 아직 한 살도 되지 않은 루온도 불참이 정해졌다.

유메와 루온, 모자 두 명을 새벽촌에 남기고 나머지 전원이 나갈 수도 없었다. 루온에게서 떨어지고 싶어 하지 않는 자는 꽤 있었기 때문에 다소 논쟁이 일었으나, 옥신각신한 끝에, 와일드 엔젤스의 카지코, 마코, 아즈사, 코코노, 야에, 이 다섯 명이 모자의 호위 겸 육아 도우미역을 맡기로 했다.

오로지 새벽촌에서의 노동에만 전념하던 나도, 별 떨구기가 정해지고 나서는 몇 번인가 원더 홀에 출장을 나갔다.

너무 심하게 감이 무뎌진 게 틀림없다고 우려했었고, 실제로 그랬다.

　그나마 제일 나았던 무렵까지 돌아가는 것은 무리 아닐까? 라고 진심으로 고민했으나, 내가 기력이 없든 어떻든 그날은 다가왔다.

　별 떨구기 참가조인 새벽들은 적야 전초기지 근처의 출구까지 원더 홀을 이동하고, 거기서부터 삼삼오오 왕관산에 가까운 지정된 장소로 향하기로 했다. 우리가 출발하기 전에 쿠자크는 노 라이프 킹에게로 돌아가려고 새벽촌을 떠났다. 딱히 작별인사 같은 일은 하지 않았던 것 같다. 분명히, 또 보자, 그래, 라는, 간단한 인사뿐이었다.

　출발을 며칠 후에 앞두고 나는 거의 잠을 자지 못했다. 침상에서 누웠다가 잠이 달아나버려, 일어나서 앉아 있었다. 적어도 몸을 쉬게 하려고 옆으로 누웠다가, 다시 일어난다. 그런 일을 반복했다.

　새벽촌은 다들 잠들어 조용했다. 밤에 우는 새나 벌레, 짐승 소리가 들렸다. 누군가 밤 순찰을 돌고 있어, 때때로 그 기척이 느껴졌다.

　어둠 속에서 누군가가 가까이 왔다. 처음에는 야간 순찰 중인 새벽이라고 생각했다. 그게 아니라는 것은 금방 알았다. 말을 걸어왔기 때문이다.

　"하루 군. 안 자고 있어?"

　"…유메."

　"있잖아, 그리로 가도, 돼?"

　"그건… 물론이야."

　나는 땅바닥에 앉아 오른쪽 무릎을 세우고 있었다. 유메는 내 옆에 앉았다. 그녀한테서는 굉장히 달콤한 냄새가 났다. 감미롭다기보다, 빛나는 생명의 눈부신 향기였다. 나는 가슴이 꽉 조여들었고, 란타가 부러워졌다. 새벽촌을 꼭 지켜야 한다고도 생각했다. 유메와 루온이 살아갈 장소를, 어떻게든 사수해야 한다.

그러기 위해서는 세카이슈를 근절하는 것이 꼭 필요한 일이지만.

상황을 보면 노 라이프 킹에게 가담하는 수밖에 없다. 머리로는 이해하고 있었다. 하지만, 본인이 렐릭일 수도 있다는 노 라이프 킹과 달리, 렐릭을 갖고 다니지만 않으면 우리는 세카이슈에게 쫓기지 않는다. 렐릭을 포기하면, 조용히 숨어 살 수 있는 것 아닐까?

한편으로, 노 라이프 킹은 메리 안에 있다.

렐릭에는 가능성이 있다고, 메리는 말했다.

소우마네도 렐릭에 희망을 걸고 있다.

나는, 무엇을 버리면, 무엇을 지킬 수 있는 걸까?

하지만, 뭔가를 버리면, 분명 뭔가를 지킬 수 없게 되는 것이다.

나는 뭔가를 버리고 싶은 것일까?

아니면, 사실은 아무것도 버리고 싶지 않은 건가?

뭐든 다 지킬 수 있다면, 그보다 좋은 일은 없다.

그런 힘이, 나에게 있다면.

내가 너무나도 무력하다는 것은, 나 자신이 누구보다도 잘 알고 있다.

"하루 군, 이건 있잖아, 어쩌면, 유메의 꿈인지도 모르지만."

유메는 그렇게 말하며 웃었다.

"복잡하네. 쬐금, 유메도 자신이 없어져서."

"유메의… 꿈? 아아… 꿈을 꿨다는 뜻?"

"그게, 분명치 않아서. 메리가, 만나러 와준 거야."

"…메리가?"

"응. 루온 얼굴을 보러 왔다고, 메리가, 말했어."

"어, 그래서… 메리, 혼자서?"

"혼자였어. 살금살금, 오두막에 들어왔어. 그때 있잖아, 유메, 루온이랑 자고 있었거든. 눈을 떠보니까, 메리가 있었어. 하지만, 왠지 이상하지?"

"…어. 그러네."

"역시 꿈이었을까나? 하지만 있지, 유메, 메리랑 이야기했는걸? 축하한다고 말해줬어. 나중에 크면 또 보게 해주라, 라고. 보게 해주라, 라고 말하진 않았겠지? 메리니까? 그래서 있지, 언제든지 좋아, 라고, 유메, 말했거든. 여기서 같이 있으면 좋겠다고. 유메도 그게 어렵다는 건 알지만. 동료잖아. 친구니까, 라고, 말해줘야지. 안 그럼 메리, 외롭잖아? 유메는, 진짜 그렇게 생각하고."

"응….."

"언젠가 돌아올 수 있을 것 같으면 말이야. 힘들겠지만. 유메는 있지, 돌아올 수 있다는 마음이 안 들면 안 된다고 생각하는 걸까? 다들 그건 무리라고 말해도. 아니야, 그렇지 않아, 돌아올 수 있다고, 유메는 생각하기로 했거든. 메리도, 세토랑도, 쿠자쿵도, 시호루도 있지, 꼭 돌아올 거잖아. 유메는 지금 루온을 돌보느라 벅차지만. 번번이 못하지만…?"

"변변히…?"

"응, 그거. 루온도 기운 넘치고, 유메, 루온에게 많이 휘둘리느라고, 다른 일은 변변히 못 하지만, 적어도 있잖아, 다들 돌아올 거고,

돌아온다고 생각하기로 했어. 유메, 이 정도밖에 못 해서 미안해."

"충분해."

되찾는다.

나는 그렇게 생각하기로 했다.

모든 것을 다, 되찾는다.

가능성은 있다. 그렇게 메리는 말했다. 나는 눈을 피해서는 안 된다.

렐릭이다. 나 같은 보잘것없는 인간 입장에서 보면, 너무나도 스케일이 커서, 몸이 움츠려지는 정도가 아니라 아예 주저앉아버릴 것 같은 이야기다. 그래도, 열쇠가 렐릭이라면, 어떻게 해서든 그 단서를 잡아야만 한다.

『다행히, 그는 내 안에 있어.』

메리는 그렇게까지 말했다. 다행이라니, 나는 도저히 그렇게 생각할 수 없지만, 분명히 메리에게는 엄청난 힘을 숨긴 렐릭이 깃들어 있는 것이다.

우선, 세카이슈를 근절하여 노 라이프 킹의 자유를 확보한다.

그 후에 메리의 협력을 받아, 노 라이프 킹을 설득하거나, 이용하거나 해서, 가능하면 손을 잡아도 좋다.

그리고, 렐릭을 찾는다. 렐릭의 힘으로 모든 것을 다 되찾는 것이다.

며칠 후 우리는 새벽촌을 출발하여 먼지 황야에서 원더 홀로 들어갔다. 렐릭의 포장, 밀봉작업은 이미 끝났다.

나는 아키라 씨한테서 언데드의 짐승 가죽으로 포장된 렐릭을 하나 건네받았다.

"파탈시스. 치명의 단검이라 불린다. 같은 모양의 렐릭이 몇 개인가 존재했으니까, 효과는 알고 있다. 찔린 생물을 확실하게 죽음에 이르게 한다. 단, 한 번뿐이다. 사용하면 산산이 부서진다. 너에게 맡기겠다. 세카이슈를, 밤을 휘감은 자라고 했던가? 그놈을 죽일 수 있을지 아닐지는 모르지만, 시험해볼 가치는 있겠지."

"…왜 나에게?"

"나는 손끝이 야무지지 못해서. 단검은 잘 다루지 못해. 도적인 네가 갖고 있는 게 유효하게 활용할 수 있을 것 같다."

새벽 중에 도적은 적었고, 단검을 다루는 자는 나 정도였다. 아키라 씨는 본인이 말한 것처럼, 단순히 실용성의 이유로 파탈시스를 나에게 맡긴 건가? 나는 모른다. 하지만, 딱 한 번뿐이라고는 해도, 일격필살의 무기를 갖고 있다는 것만으로도 꽤 든든했다. 내가 나약한 인간이고, 진작 마음이 꺾였다는 것은, 새벽촌 주민이라면 누구나 알고 있었으니까, 그것은 아키라 씨 나름의 배려였을지도 모른다.

새벽들은 적야 전초 기지 출구로 원더 홀을 나가서 대열을 나눴다.

나는 란타와 둘이서 동쪽으로 갔다. 풍조 황야에서부터 천룡 산맥 산기슭으로 나눠서 들어가, 더욱 동쪽으로 걸어갔다.

왕관산 바로 남쪽에 도착한 것은, 7월 30일경이었다고 생각한다.

거기서부터 산기슭을 내려가 풍조 황야를 똑바로 80킬로미터 북상하면, 왕관산이다.

풍조 황야는 평평하고, 80킬로미터 길이라면 이틀이나 사흘, 서두르면 만 하루면 어떻게든 답파할 수 있다.

우리는 산기슭에서 며칠인가 휴식을 취했다.

빈둥거렸던 것은 아니다.

계곡의 강에서 낚시를 했다.

사냥을 하기도 했다.

천룡 산맥에는 용이 서식한다. 란타가 용을 찾자는 말을 꺼내서, 산을 오르기도 했다. 우리는 용을 발견했던가? 용을 찾아다닌 것은 틀림없다. 하지만, 용을 본 기억은 없으니까, 분명 발견하지 못한 것이겠지.

산기슭을 내려가 다시금 풍조 황야에 들어선 것은, 8월 6일이었다.

8월 8일 심야, 지정된 장소에는 토키즈가 먼저 도착해 있었고, 나와 란타는 그들과 합류했다. 곧바로 팀 렌지도 왔다. 와도라는, 버서커즈(휴전시대) 출신 신관도 렌지와 동행했다.

이 12명은 후위대로, 토키즈의 타다, 안나 씨, 팀 렌지의 꼬마, 그리고 와도. 총인원의 3분의 1에 해당하는 4명이 신관이었다.

소우마 파티 인조인간 젬마이를 포함한 여섯 명과, 아키라 씨네 여섯 명, 타이푼 록스 여섯 명, 총 18명은 전위대다. 이미 후위대보다도 왕관산에 가까운 장소에 도착했을 것이다.

전위대도 소우마의 동료인 시마는 샤먼이라 치료를 할 수 있고, 아키라 씨의 맹우인 고흐는 마법사 출신 신관이며, 록스의 츠가도 신관이다. 아키라 씨, 케무리는 성기사라서, 신관만큼은 아니어도 다소의 상처라면 치료할 수 있다.

세토라가 짠 작전에 따르면, 왕관산 남쪽에는 새벽들이, 북쪽에는 언데드, 유각인, 피라츠인, 센토, 코볼트의 연합부대, 서쪽에는 오크의 군세, 동쪽에는 포르간과 회색 엘프가 각각 포진한다. 동이 트자마자 진군을 개시. 세카이슈가 즉각 반격해올 것이 예상되므로, 각 부대는 이것을 배제하고, 물리치면서, 가능한 한 전진한다. 그리고, 시기가 도래하면, 노 라이프 킹이 세카이슈의 뿌리를 친다.

해뜨기를 기다리는 우리는 모두 말수가 적었고, 친한 동료들끼리 이따금씩 작은 목소리로 뭔가 이야기하는 정도였다. 언제나 시끄러운 토키즈의 안나 씨나 킷카와조차 거의 아무 말도 하지 않았다.

"이럴 때는 말이야…."

내 옆에서 땅바닥에 앉아 있던 란타가 중얼거린 것은 분명히 기억난다.

"쓸데없는 말은 하지 않는 게 제일 좋거든. 굳이 스스로 플래그를 세울 필요는 없지. 다들 잘 알고 있는 거다."

농담을 하려던 건지도 모른다. 란타는 낮게 웃었다. 나는 웃어줄까 생각도 했지만, 도저히 웃는 법이 생각나지 않았다.

이윽고 동쪽 하늘이 하얘졌다.

우리의 전방 2, 3백 미터 되는 곳에 사람의 실루엣이 몇 개나 확인되었다.

누군가가 이쪽을 향하여 손을 흔들었다. 킷카와가 펄쩍 뛰며 손을 흔들어 화답했다.

왕관산은 검었다.

오로지 검정이었다.

저 산은, 어느 각도에서 봐도 왕관과 비슷하다고 해서 왕관산이라 불리던 것이다.

그러나, 변해버린 왕관산은, 거대한 밥공기를 뒤집어놓은 것처럼, 새까만 것이 볼록 솟아 있을 뿐이었다.

멀리서 봐도 알 수 있었다. 저것은 세카이슈가 뭉친 것 이외의 아무것도 아니다. 세카이슈는 왕관산을 뒤덮어버린 것뿐만이 아니었다. 거기서부터 사방팔방으로 펼쳐졌다.

우리가 있는 장소 일대에는, 몇 줄기의 검은 물줄기가, 흐르는 것도 아니고 땅 위를 기어 다니는 것뿐이다. 여기에 오는 동안에도 세카이슈를 밟지 않으려고 조심하면, 대개의 경우는 피할 수 있었다. 발에 세카이슈가 닿으면, 돌아가거나, 뛰어넘거나 해서 앞으로 나갈 수 있었다. 하지만, 어쩌면 우리는 그저 운이 좋았던 것뿐인지도 모른다.

밝아지면 밝아질수록, 우리는 세카이슈가 넓게 퍼지는 방식에 전율했다.

사방을 둘러봤을 때 검은 부분과 검지 않은 부분 중, 어느 쪽 면적이 더 넓은가 하면, 틀림없이 검은 부분이었다.

우리는 깨달았다.

검은 종기, 검은 종양은, 야금야금 지상을 먹어치우려는 것이다.

그냥 내버려 두면, 당장은 아닐지도 모르지만, 시간은 그런대로 걸릴지도 모르지만, 이 검은 종양은 그림갈을 온통 뒤덮어버리지 않을까?

렐릭을 지니고 있지 않으면, 세카이슈가 습격해오는 일은 없을지도 모른다. 그렇다고 해도, 세카이슈가 만연한 그림갈에서 우리는 살아갈 수 있을까? 숨은 쉴 수 있다고 해도, 사람은 그것만으로는 생존할 수 없다. 물을 마시고, 뭔가 먹어야 한다. 세카이슈로 뒤덮인 그림갈에서, 그런 것을 확보할 수 있을까? 우리는 세카이슈 위에서 잠들고 일어날 수 있을까?

원하든 원하지 않든 상관없이, 우리는 그림갈에서 이 검은 종양을 제거해야만 하는 것 아닐까? 노 라이프 킹의 목적을 도외시한다고 해도, 사실상 우리에게는 그것 이외에는 길이 없는지도 모른다.

"어차피 하는 수밖에 없는 거야."

안경 낀 타다가 워 해머를 휘두르면서 말했다.

"남은 건 하는 것뿐이다."

"파이트 팔발 충전입니다요─!"

안나 씨가 토키즈 멤버들의 등을 순서대로 두드렸다.

"넵, 하지만, 여덟 발이라니, 어중간하지 않아?"

킷카와가 딴죽을 걸자, 안나 씨는 곧바로 "백발입니다요!" 라고 고쳐 말했다.

이누이는 조용히 안대를 풀었다. 나는 잘 모르지만, 그 나름대로 뭔가 기약하는 바가 있었던 것이겠지.

나는 미모리에게 포옹당했다. 나는 아무것도 응해줄 수 없지만, 가만히 있었다.

아다치가 렌지에게 뭔가 귓속말을 했다. 렌지는 고개를 끄덕이더니, 아다치의 뒷머리를 한번 잡았다가 금방 다시 놓았다. 렌지가 저런 일을 하는 것은 상당히 드문 일이다. 아다치는 평균보다 훨씬 냉정한 남자지만, 딱 봐도 동요하고 있었다. 그 모습을 목격하고 론이 웃었다. 꼬마도 미소지었다.

나는 와도라는 신관은 잘 몰랐으나, 버서커즈에서는 힐러(치료사)로 한껏 혹사당해서 별로 좋은 추억이 없다는 말을, 언제였는지 누군가에게서 들었다. 성격이 나쁘기 때문 아닐까? 라고 뒷말을 했던 것 같은 기억도 있다. 내가 말할 입장은 아니지만, 해쓱한 볼과 퀭한 눈이 척 보기에도 음침해 보이고, 뭔가 삐딱해 보이는 부분도 분명히 있었다. 그래도, 이때의 와도는, 타다나 안나 씨, 꼬마에게 자기 쪽에서 먼저 말을 걸고, 전투 중의 치료에 관해서 의논을 하고 있었다. 혹사당했다는 것이 사실이라면, 혹사당할 만큼 능력은 있었다는 것이겠지.

별 떨구기 직전, 나는 란타와 의논을 했었던가?

우리는 어깨를 나란히 하고 왕관산을 응시하고 있었다.

분명 뭔가 이야기했다고 생각하는데, 신기하게도 전혀 기억에 없다.

"날이 밝는다…!"

전위대 쪽에서 목소리가 들렸다.

소우마의 목소리였다.

별 떨구기가 시작된 것이다.

나는 아키라 씨한테서 건네받은 파탈시스를 언데드의 짐승 가죽으로 포장한 채로 등에 차고 있었다. 딱 한 번만 쓸 수 있는 무기라서, 쓸 때까지는 포장을 풀 생각은 없었다.

전위대에는 소우마를 비롯하여 렐릭을 애용하는 새벽이 몇 명이나 있었다. 그러나, 후위대에서 렐릭을 갖고 있는 것은 나밖에 없었다. 내가 렐릭을 포장해두면, 세카이슈는 전위대에 유인될 것이다. 전위대는 힘들지만, 후위대는 전위대를 서포트하는 일에만 전념할 수 있다. 전위대와 후위대의 배치에는 그런 의도도 있었다.

하늘은 제법 밝았다.

그런데도, 지표면은 어둡다. 아니, 어두운 것이 아니라, 세카이슈 때문에 검은 것이다.

동쪽 지평선에 빛이 생겨났다.

일출이다.

세카이슈가 움직이기 시작한 것은 그때였다. 지표면의 검은 부분이 일제히 꿈틀거리기 시작하더니, 땅 울림 같은 무거운 소리가, 울린다기보다는 사방에서 솟아올랐다. NNNNNNNNNNNNNNNN NNNNNNNNNNNNNNNNNNNNNNNN─이라는 그 중저음에 겁을 먹지 않는 자는, 어딘가 이상한 것이다. 나는 물론, 무서웠다. NN NNNNNNNNNNNNNNNNNNNNNNNNNNNNNNNNNNNNN NNNNNNNNNNNNNNNNNNNNNNNNNNNNNNNNNNNNNN NNN─정신이 들고 보니, 나는 세카이슈의 물결과 중저음에 압도당해 우두커니 서 있었다. 란타가 호통쳤다. 란타는 칼을 빼들고 있었다. 란타는 바로 옆에 있는데도, 무슨 말을 하는 건지 나는 알아들을 수가 없었다. NNNNNNNNNNNNNNNNNNNNNNNNNNNNN NNNNNNNNNNNNNNNNNNNNNNNNNNNNNNNNNNNNN NNNNNNNNNNNNNNNNNNNNNNNNNNNNNNNNNNNNN NNNNNNNNNNNNNNNNNNNN─이래서는 안 된다고, 당연히 생각했다. 벌써 세카이슈는 전위대한테 쏟아지고 있었다. NNNNNN NNNNNNNNNNNNNNNNNNNNNNNNNNNNN전위대는 검은 파도에 집어 삼켜질 뻔하여, 누군가가 검을 휘두르고, 마법을 발동시켜, 그것들을 쳐냈다NNNNNNNNNNNNNNNNNNNNNNNNNNNNNNNNN NNNNNNNNN쳐내도, 되밀어도, 세카이슈는 잇달아 전위대를 향해 달려든다NNNNNNNNNNNNNNNNNNN우리 후위대와 전위대 사이에는, 어느샌가 세카이슈의 탁류가 가로막고 있었다NNNNNNNN

NNNNNNNNNNNN렌지가, 론이, 타다가, 킷카와가, 이누이가, 미모리가, 그리고 란타가, 그 탁류에 돌입했다NNNNNNNNNNNNNNN나는 무기를 손에 들고는 있었다NNNNNNNNNNNNNNNNNNNNNNNN하지만, 대거를 뽑은 기억이 나에게는 없었다NNNNNNNNNNNNNNNNNNNNNNNNN나는 내 의지로 대거를 뽑은 것이 아니라, 아마도 공포에 휩싸여 몸이 멋대로 움직였을 것이다NNNNNNNNNNNNNNNNN방어본능 같은 것 말고는 작동하지 않는 상태였다는 사실에 나는 충격을 받았고, 부끄러워지기도 했다NNNNNNNNNNNNNNNNNNN부끄러워 하고 있을 때가 아니다NNNNNNNNNNNNNNNNN나도 렌지네를, 란타를 따르지 않으면NNNNNNNNNNN늦게나마, 나는 란타를 쫓아갔다NNNNNNNNNNNNNNNN란타는 빨라서 도저히 따라잡을 수가 없다NNNNNNNNNNNNNNNN킷카와가 제일 후미였으니까, 나는 우선 킷카와를 제쳤다NNNNNNNNNNN렌지와 론은 세카이슈의 탁류를 베어 터뜨리려고 했다. 보통 검으로는, 제아무리 명검이라 해도 세카이슈를 절단하는 것은 우선 불가능하다. 렌지가 든 이슈 도그란의 외날 검이나, 론의 특대 고기 써는 식칼 검조차 세카이슈에게는 어림도 없다고나 할까, 효과가 없는 것 같다NNNNNNNNNNN싹둑 벨 수는 없어도, 힘으로 날려버리는 거라면 가능하다. 그리고, 그 분야에서는, 도대체 어떤 분야인지는 모르겠지만, 렌지나 론보다도 타다가 제1인자다.

타다가 워 해머를 휘두르자, 검은 것이 날아 주위에 흩뿌려졌다.

나는 그것을 피하는 것도 벅찼으나, 킷카와는 날아온 검은 것을 어찌어찌 방패로 막고, 검으로 쳐냈다.

미모리도 양손의 검을 힘껏 휘둘러 검은 것을 밀어낸다.

물론, 렌지와 론도 지지 않는다.

란타는 어떻게 하고 있을까? 녀석은 칼을 휘두르지 않고, 검은 것 밑을 빠져나가고, 때로는 발로 차서 날리며 앞으로 앞으로 전진하려고 했다.

이누이는 모르겠다. 어느샌가 없어졌다가 갑자기 나타나 엉뚱한 짓을 저지르는 것이 그 기묘한 남자의 진면목이다.

"오케이—올 라잇—가자 가자 고—고—입니다요옷—…!"

안나 씨의 성원이 예의 중저음을 찢어발겼다.

세카이슈의 탁류를 돌파하는 것은 도저히 불가능하다.

한때는 그렇게 생각했다.

그러나, 우리 후위대는 착실하게 전진하고 있었다.

전위대가 보이기 시작했다.

그들은 역시 다르다.

차원이 달랐다.

아키라 씨, 그의 아내 미호, 드워프 전사 브란켄, 엘프 궁수 타로, 고흐, 카요, 그리고 케무리, 시마, 핑고, 또 타이푼 록스의 신관 츠가 등은, 밀집대형을 짜고 수비를 굳히는 모양이다. 그렇기는 해도, 미호와, 신관이지만 마법도 쓸 수 있는 고흐는, 지면을 파열시킬 듯한 마법을 때때로 터뜨려 세카이슈를 성대하게 날려버렸다. 상당히 강력한 마법처럼 보이기도 하는데, 아마도 미호와 고흐에게는 저 정도는 아무것도 아닐 것이다. 두 사람이 더 엄청난 마법을 쓰는 장면을 나는 과거에 본 적이 있다. 두 사람은 틀림없이 힘 조절을 하고 있었다. 힘을 아껴두어 장기전에 대비하는 것이다. 아키라 씨나, 자기 몸보다도 큰 도끼를 든 브란켄, 고흐의 아내이며 호쾌한 대검잡이 카요가 굳이 앞으로 나서지 않는 것도 분명 같은 이유에서일 것이다.

아키라 씨네와 달리, 신관 츠가를 제외한 타이푼 록스는 마구 날뛰고 있었다. 키가 작은데도 희한하게 파워풀한, 소용돌이 헤어의 록, 대머리 거한 전사 카지타, 안경을 낀, 지나치게 가벼운 차림인, 비쩍 마른 암흑전사 모유기, 야성적인 풍모의 칼잡이 크로우, 뭔가 알 수 없는 수수께끼 같은 남자 사카나미는, 체격도 전투방식도 제각각이다. 각자 자기 좋을 대로 움직이는 것처럼 보이면서도, 아무도 튀지 않고, 고립하는 일이 없다. 그들은 또한, 선회하는 것처럼, 서로 위치를 바꿨다. 록이 있던 곳에 다음 순간에는 카지타가 있고, 카지타가 이동하면 거기에 모유기가 들어가고, 모유기와 크로우가 서로 자리를 바꾸고, 갑자기 사카나미가 끼어들더니, 크로우는 자연스럽게 흘러가는 것처럼 자리를 쓱 양보하고—그런 모양새다.

오랫동안 함께 해나가다 보면, 역할이 명확해지고, 공통 이해가 깊어져서, 융통성을 발휘하기 쉬워진다. 그렇기는 해도, 타이푼 록스처럼 할 수 있는 사람들은 좀처럼 없을 것이다.

그들은 아무리 생각해도 결속력은 있지만, 통제되고 있는 것처럼은 전혀 보이지 않는다. 아마도, 보기보다도 재주가 좋아 보이는 카지타나, 유유자적한 크로우가, 간격이나 구멍을 잘 메울 만한 역할을 실수 없이 해내고 있는 것 같다. 하지만, 집단을 위해서 개인을 억누르는, 제한을 두는 일은 하지 않는다. 균형이 잡혔다. 그러나, 일부러 균형을 잡으려고 하다가 결과적으로 완성된 형태는 아닌 것 같다. 기적적으로 서로 잘 맞물린 것이다. 신관인 츠가는 진형에 들어가지 않았지만, 차례가 되면 언제든지 저 안으로 뛰어들겠지. 저

여섯 명은 강하다. 한 명 한 명도 걸출하지만, 여섯 명이 모인 상태가 두말 할 필요 없이 최강이다.

사실, 걸출하다는 말이 싸구려처럼 느껴질 정도로, 소우마, 리리야, 인조인간 젠마이는, 레벨이 한두 단계는 달랐다.

젠마이는 무시무시한 가면을 썼고, 피부를 일절 노출하지 않았으나, 머리는 하나였고, 몸통에서 각각 팔과 다리가 두 개씩 나 있다. 팔이 다소 지나치게 길지만, 몸 형태는, 뭐, 인간이다. 덩치는 있다. 어깨는 넓고, 가슴은 두껍다. 팔과 허벅지는, 기분이 나쁠 정도로 불룩하다. 하지만, 극한까지 단련하면 저런 몸에 가까운 인간도 없지는 않을 것이다. 단, 아무리 저 정도로 근육이 울끈불끈해져도, 저런 곡예는 무리다. 인조인간 젠마이와 비슷한 인간이 있다 해도, 젠마이랑 똑같은 일은 절대로 할 수 없을 것이다.

젠마이는 세카이슈를 찢어발기고, 찢고는 내던질 뿐이었다.

가느다란 대롱 상태거나, 큰 뱀 정도 되거나, 통나무처럼 두껍기도 한, 대부분은 꽤 긴, 어디에서부터 어디까지 이어져 있는 건지도 불명인 세카이슈를, 젠마이는 진짜로 덥석 붙잡아서, 말 그대로 찢어버리는 것이다.

검으로도, 게다가 숙련된 검사조차 잘라낼 수 없는 세카이슈를, 어떻게 젠마이는 저렇게 맨손으로 뜯어버릴 수 있는 걸까?

세카이슈를 찢는 것만으로도 놀랄 일인데, 젠마이가 그것을 내던지면, 엄청나게 멀리 날아간다. 비거리가 장난 아니다. 인간이 할 수 있는 일이 아니다. 젠마이는 사령술을 배웠다는 핑고가 만든 인조인간으로, 인간은 아니니까, 인간이 할 수 있는 일이 아니어도 이상할 것 없나? 아니, 이상한 것은 이상하다. 나는 저 인조인간이 무서웠다. 사실, 인조인간보다 엘프 쪽이 어떤 의미에서는 내 이해를 넘어섰다.

리리야라는 여성은, 엘프의 유서 깊은 명문가 출신으로, 태어나면서부터 소드 댄서(검무사)였다고 한다.

엘프는 선주민들의 후예로, 우리 인간과는 비슷하면서도 다른 종족이다. 그렇기는 해도, 엘프는 상당히 인간과 닮았다. 같은 선주민의 후예인 드워프, 놈, 센토, 코볼트는, 기껏해야 인간의 친척이라고 할 정도지만, 엘프라면 인간의 형제라고 말해도 그리 위화감이 들지 않는다. 하지만, 닮은 것은 외모뿐인 건가?

리리야는 달린다기보다 날아다니는 것 같았다. 작게라도 발을 붙일 만한 장소만 있다면, 엘프는 그 위에 설 수 있는 것 아닐까? 발디딜 곳과 발 디딜 곳 사이가 아무리 떨어져 있어도 엘프는 한달음에 이동해버린다. 실제로 그런 건 아닌지도 모르지만, 리리야의 몸놀림을 보고 있노라면, 그렇게 생각하지 않을 수가 없었다.

구체적으로 리리야가 무엇을 하고 있는지는 확실치 않았다. 세카이슈를 상대로 요란하게, 화려하게 춤을 추는 것처럼 보이기도 했으나, 그런 무의미한 일을 할 리가 없다. 그녀가 검을 들고 있는 것은 틀림없지만, 그 검을 그녀가 어떻게 사용하고 있는 건지, 나는 전혀 알 수가 없었다.

분명한 것은, 리리야가 회전하거나, 선회하거나 하면, 그 움직임에 맞춰서 세카이슈가 밀려 올라가거나, 휘말려 올라가거나 한다는 것이다.

젬마이처럼 내던지는 것은 아닌 것 같고, 가냘픈 리리야가 아무려면 그런 일이 가능하지는 않겠지만, 분명히 뭔가가 일어나고 있었다.

아니야, 그게 아니다.

리리야가 그 뭔가를 일으키는 것이다.

상대가 세카이슈라서 저 정도로 끝난 거다. 예를 들어 내가 리리야와 맞섰다면, 속수무책으로 순식간에 죽임당했겠지. 리리야와 호각으로 싸울 수 있는 자가 지상에 얼마나 있을까? 얼마나 높은 곳에 도달하면, 리리야의 검술을 검의 기술로서 인식할 수 있는 것일까?

젠마이도 리리야도, 방향성과 종별 차이는 있지만, 나에게 있어서는 다른 차원이었다.

그러나, 소우마의 경우는 차원을 초월했다. 초차원이라고 말해야 할지도 모른다.

소우마는 마개왜왕환을 입었다. 저 렐릭, 저 갑주가 내뿜는 주황색의 불꽃 같은 빛이 그에게 어떤 힘을 주는 것이겠지. 그것은 쉽게 추측할 수 있다.

소우마는 그저 칼을 휙 휘두른 것만으로, 언덕만 한 세카이슈 덩어리를 채 썰어서 날려버렸다.

소우마가 앞으로 내디디며 칼을 들어 올리면, 대지가 찢어졌다.

덧붙여, 세카이슈가 베여 날아갔다.

소우마의 칼이 한번 지나간 공간은 비명 같은 소리를 발했다.

거기에 세카이슈가 있으면, 순식간에 절단되었다.

세카이슈에게 있어서 소우마는 최대의 위협이었다.

소우마네 전위대는, 일출과 함께 별 떨구기가 시작되었을 때보다도 약간 더 왕관산에 가까이 접근해 있었다. 세카이슈는 왕관산에서부터 무한히 솟아나오는 것 같아서, 이 일대는 검은 것으로 뒤덮여가고 있었다. 우리는 검은 바닷속에 있는 것이나 마찬가지였다. 우리가 검은 바다에 빠져버리지 않는 것은 소우마 덕분이었다. 젠마이와 리리야가 아무리 다른 차원의 움직임으로 큰 활약을 보여도, 소우마가 없었으면 우리는 검은 파도에 저항하지 못하고, 늦든 빠르든 검은 바다에 빠져 죽었을 것이다.

그때의 나는 냉정 침착과는 거리가 멀었으니 분명하게는 말할 수는 없지만, 소우마는—소우마만은, 세카이슈를 밀어낼 뿐만 아니라, 이 표현이 적당하다면, 죽일 수가 있었다.

분명하게 확인한 것은 아니지만, 소우마의 칼은, 세카이슈를 베거나, 쳐내거나 한 것뿐만이 아니었다고 생각한다.

소우마의 칼에 베인 세카이슈는, 쓱 쪼그라들더니, 빈 껍질 같은 것이 되어 산산이 부서졌다는 기억이, 나에게는 있다.

소우마만은, 세카이슈의 숫자를 줄일 수가 있었다.

어쩌면, 아무리 소우마라고 해도, 저 렐릭, 마개왜왕환이 없었다면, 세카이슈에게 치명적인 타격을 주는 것까지는 불가능했을지도 모른다. 어쩌면 렐릭 덕분이었던 건지도 모르지만, 내가 생각하기에, 소우마는 세카이슈를 죽였고, 분명 그 때문에 세카이슈는 집중적으로 소우마를 노렸다. 검은 파도가 어느 방향에서도 소우마를 향해, 물러서지도 끊이지도 않고 밀어닥쳤다.

그래도, 아니, 그러기에 더욱, 인가?

소우마는 물러서지 않았다. 항상 전위대 최선두에 있었고, 거침없이 돌진하지는 않았지만, 조금씩, 조금씩, 왕관산을 향하여 계속 전진했다. 세카이슈를 끌어당겨, 모을 수 있을 만큼 모아서, 서서히 착실하게 깎아낸다.

애초에 별 떨구기 작전에서 우리의 임무는 미끼가 되는 것이었다.

소우마는 그 역할을 완벽하게 해냈다.

다른 전위대, 후위대는 소우마를 지원하기만 하면 되었다.

나는 거의 아무것도 하지 않은 채로 아키라 씨네를 쫓아갔다. 이 것은 의외로 간단하지 않을까? 원활히 진행되지 않을까? 라고, 나답지도 않게 생각했다. 그런 생각이 머리 한구석을 스칠 때는, 대개 좋지 않은 일이 일어난다.

"윽……."

신관복 차림의 키 작은 예술가 같은 풍모의 고흐가 갑자기 쓰러졌다.

"허니—!"

고흐와는 대조적인, 당당한 체구를 가진 여전사 카요가 안색이 바뀌어 외쳤다.

엘프인 궁수 타로가 활에 화살을 끼우고 허공을 향했다.

"감히 아버지를…!"

타로는 뭘 쏘려는 것일까? 나도 그것을 발견했다. 금색 몸통 갑주를 걸치고, 왕관을 쓰고, 지팡이를 들었다. 그놈은 하늘을 날았다. 우리 상공에 있다. 둥둥 떠 있다. 인간이 아니다. 인간보다는 약간 몸이 작다. 무엇보다, 그놈은 밤을 휘감은 것처럼, 새카맣다.

"밤을 휘감은—."

그때까지 나는 세 명의 밤을 휘감은 자를 내 눈으로 확인했었다. 저것은 그중 하나다. 밤을 휘감은 자는 지팡이 끝을 이쪽으로 향하고 있었다. 내 쪽으로, 라는 의미가 아니다. 지팡이 끝에서 벼락 같은 빛이 튀어나왔다. 타로가 사출한 화살은 밤을 휘감은 자에게 명중하는 코스를 날아갔으나, 빛에 닿자 순식간에 사라졌다. 빛은 그대로 직진했다. 타로가 곧바로 뒤로 공중제비를 돌아 빛을 피하지 않았다면, 그의 양아버지인 고흐와 같은 꼴을 당했을 것이다.

"새크라멘토(빛의 기적)…!"

다행히 고흐는 즉사를 면한 모양으로, 타이푼 록스의 신관 츠가가 광마법으로 회복시켰다. 그러나 밤을 휘감은 자는 연속으로 빛을 쏘아댔다.

"못 견디겠네…!"

아키라 씨가 뛰어다니며 방패로 빛을 막아냈다. 아키라 씨의 방패는 저 빛의 위력을 감당해낼 수 있는 모양이다. 드워프인 브란켄은 큰 도끼로, 여전사 카요도 대검으로, 그리고 소우마의 동료인 성기사 케무리도 길고 큰 검으로 빛을 막아 도로 쳐냈다. 무기와 빛이 충돌할 때마다 소소한 폭발이 일어났는데, 저 사람들은 아무렇지 않은 건가?

"아 · 누우 · 파 · 두 · 하 · 이나 · 쿠 · 스우 · 리 · 샤…!"

미호가 지팡이로 엘리멘탈 문자 같은 것을 그리고 마법을 발동시키자, 밤을 휘감은 자가 있는 주변의 기류가 격렬하게 흐트러졌다. 그냥 바람이 아니다. 공기 중의 수분이 얼어붙어 소용돌이치고 있다. 말하자면, 빙설 회오리바람이다. 우리가 있는 지상까지 눈이 내렸다.

밤을 휘감은 자는 빙설 회오리바람의 중심에 있다. 라고나 할까, 거기서부터 움직일 수 없는 모양이다. 밤을 휘감은 자는 지팡이에서 빛을 쏟아내지도 못하고 있었다.

미호의 마법이 효과가 있었다.

"미안하다…!"

츠가의 새크라멘토로 복귀한 고흐가, 일어서서 지팡이로 엘리멘탈 문자 같은 것을 그렸다.

"퀴·라·봐·도라·시네·안·탈·뷔스·나…!"

고흐의 머리 위에 불덩어리가 출현했다. 고오 고오 엄청난 소리를 내며, 그 불덩어리는 순식간에 커졌다. 고흐 본인보다도 커지자, 불덩어리는 급상승했다.

불덩어리가 밤을 휘감은 자를 직격했다. 빙설 회오리바람도 휘말려, 우리 위에서 대폭발이 일어났다. 엄청난 폭음이 들렸고, 어마어마한 열, 충격이었으니까, 나는 반사적으로 엉거주춤한 자세로 두 팔로 머리를 감쌌다.

"아니, 안 돼…!"

아키라 씨가 외쳤다. 그 직후, 벼락 같은 그 빛이 쏟아져 내렸다. 너무 빨랐다. 아키라 씨네는 방패며 무기로 막아내고 있겠지만, 나는 엉거주춤한 자세 그대로 패닉 상태에 빠져 있었다. 만약 빛이 나를 노렸었다면 정통으로 맞았겠지. 빛은 아키라 씨네를 공격했다. 그래서, 나는 살았다.

"멍 때리고 있지 말라고…!"

란타에게 혼난 기억이 있다. 나는 란타가 옆에 있다는 사실조차 몰랐기 때문에, 매우 놀랐다.

"아다치…!"

렌지의 목소리가 들렸다. 검은 테 안경을 낀 마법사 아다치가 꼬마와 함께 아키라 씨네 전위대 한복판으로 파고들었다. 나는 아다치가 면도칼에 가까운 작은 칼을 자기 왼쪽 손목에 대고 있는 것을 보았다. 아다치가 손목을 쓱 베자, 힘차게 피가 흘러나왔다. 아다치는 왼쪽 팔을 높이 올리고 빠른 말투로 뭔가 말했다. 붉은 대륙에서 습득했다는, 블러드 스펠(피의 마법)이다. 거의 무색이지만, 잘 보면 살짝 붉은 빛이 도는 투명한 벽이 지면에서부터 솟아올라, 아키라 씨네를 감쌌다. 그것은 돔 형태 같기도 하고, 원통형 같기도 했다. 란타가 소매를 잡아당겨서, 나도 그 투명 벽 속으로 들어갔다. 하늘에서 쏟아져 내리는 벼락 같은 빛은, 투명 벽을 돌파하지 못했다.

"고맙군. 한숨 돌렸다."

아키라 씨가 웃자, 브란켄과 카요도 웃었다. 미호도. 아까 한 번 죽을 뻔했던 고흐는, 블러드 스펠이 흥미진진한 모양이다. 타로는 상공에 있는 밤을 휘감은 자를 계속 노려보고 있다.

"어떻게 해?"

드레드 헤어의 성기사 케무리가 묻자, 아키라 씨는 어깻짓을 해 보였다.

"고흐와 카요의 합체 마법으로 쓰러뜨릴 수 없으면, 우리가 쓸 수 있는 방법은 없지. 소우마한테 맡기고 싶지만, 아무려면 날아오라고 부탁할 수는 없고."

"그야."

케무리는, 어휴, 라는 듯이 고개를 저었다. 왜 이 사람들은 차분할 수 있는 것일까? 이런 상황은 몇 번이나 겪어왔고, 헤쳐나왔었다는 듯이.

실제로 그런지도 모른다.

확실히, 세카이슈는 통상의 무기나 마법으로는 상처입힐 수 없다. 밤을 휘감은 자는, 일격에 고흐에게 빈사의 중상을 입혔다. 그래도, 어떻게든 대처할 수는 있었다. 게다가, 우리에게는 소우마라는 비장의 패가 있었다. 상황은 힘겹고, 단숨에 뒤집을 수는 없겠지만, 최소한, 최악의 지경까지 몰리지는 않았다. 이 정도라면, 나도 경험이 없지는 않다. 생각해보면, 그때는 아직 우리에게 여유가 있었던 것이다.

"하지만, 그리 오래는 버티지 못합니다."

아다치는 원래 혈색이 좋은 편은 아니었지만, 그런 것치고도 안면이 창백해져서 몸을 약간 떨고 있었다.

"어이…!"

란타가 서쪽으로 칼끝을 향했다.

그 방향을 보자, 세카이슈가 검게 검게 물결치고 있었다. 왕관산 주변은 지금은 온 천지가 그런 상황이었으나, 특히 더 세카이슈가 물결치는 모양이 심상치 않다. 2, 3미터, 아니, 좀 더 높게. 검은 세카이슈가 물결쳤고, 군데군데 4미터나 그 이상의 높이까지 도달했다. 그 가장 높은 부분에, 놈이 있었다.

빛나는 방패와 검을 들었다.

밤을 휘감은 자다.

지팡이에서 빛을 쏟아내는 밤을 휘감은 자에 더해서, 저 밤을 휘감은 자까지 왔다.

"저 검과 방패는, 시노하라의 것이로군."

아키라 씨가 말했다.

"어."

고흐가 고개를 끄덕였다.

"비헤더(단두검)와 가디언(수호의 방패). 시노하라 것이 틀림없어."

눈에 익었다고는 나도 생각했었다. 오르타나에서 저 밤을 휘감은 자와 조우했을 때, 검과 방패는 틀림없이 렐릭이라고 확신했고, 시노하라가 머릿속에 떠올랐다. 시노하라는 렐릭 검과 방패를 갖고 있었고, 그것들은 분명히 밤을 휘감은 자가 갖고 있는 것과 비슷했기 때문이다.

그러나, 나는 그 이상 깊게는 생각하지 않았었다.

생각하고 싶지 않았던 것인지도 모른다.

시노하라는 잘 모르는 사람이었다. 매우 친절하고, 신세 진 적도 있고, 신뢰할 수 있는 선배라고 생각했었는데, 진 모기스의 편을 드는 것처럼 보이기도 했다. 아무래도 수상했으나, 그렇기는 해도 알게 된 지 오래되었다. 함께 싸워왔다. 저것이 시노하라라고 생각하고 싶지 않았던 건지도 모른다.

한편으로, 나는 아마도, 알고 있었다.

시노하라의 검과 방패를 들었다. 저 밤을 휘감은 자 안에는 인간이, 분명 이미 살아있지는 않겠지만, 인간이었던 것이 있다.

시노하라다.

세카이슈가 시노하라를 흡수했다.

그리고, 밤을 휘감은 자가 되었다.

"…저, 저 잠깐 좀, 다녀오겠습니다."

좀 더 달리 말할 수도 있었지 않을까? 지금 생각해보면, 허세를 부릴 필요까지는 없다고 해도, 나는 좀 더 명확하게 의사표시를 해야 했다고 생각한다. 분명, 아키라 씨네도, 란타조차도, 내가 무슨 말을 하려는 건지, 뭘 할 작정인지, 금방은 이해하지 못하지 않았을까?

"—아앗?!"

소리를 지른 것은 란타였다. 그것은 틀림없다.

"엇, 잠, 잠깐—."

그렇게 나를 말리려고 했던 것은 누구였던가? 분명, 여성이었던 것 같은 느낌이다. 그렇다면, 미호나 카요, 혹은 시마였던가? 꼬마는 아닐 것이다. 그녀가 언어를 명료하게 발음하는 일은 좀처럼 없었다.

나는 블러드 스펠이 만들어낸 투명 벽에서 나갔다.

왜 나는 밀려드는 세카이슈의 파도에 삼켜지지 않았을까?

솔직히 모르겠지만, 그때의 나에게는 길이 보였다.

나에게는 하고자 하는 일이 있었다.

그것을 위해 어떻게 하면 좋은지, 나는 알고 있었다.

나는 자타공인하는 평범한 인간이지만, 때때로, 정말로 아주 드물기는 해도, 집중력이 극도로 높아져서, 뭐든지 잘되는 때가 있었다. 존에 들어선다—라고 말하면 좋을까? 나는, 같은 일을 꾸준히 반복하는 것이 그리 힘들지 않다. 평범함을 자각하고 있다는 사실도, 아마 어느 정도는 관계가 있다. 한번보다는 두 번, 두 번보다는 열 번, 열 번보다도 백 번을 하는 편이 능숙해지겠지. 반복하면, 못하는 자 나름대로 몸이 기억한다. 머리를 쓰지 않아도, 최소한의 일은 할 수 있게 된다. 그 습관이랄까, 행동 양식이, 의외로, 극도의 집중상태를 실현하기 위한 열쇠가 된 것 같은 느낌도 든다. 그렇긴 해도, 나는 그 열쇠가 어디 있는지 몰랐고, 문의 열쇠 구멍은 고사하고, 문조차도 보이지 않았다. 문득 정신이 들고 보니 손안에 열쇠가 있었고, 보이지 않는 문의 열쇠 구멍에 넣고 있다. 열쇠를 돌리려는 생각도 별로 하지 않고 그냥 돌리자, 문이 열리고, 나는 그 너머에 있다. 그런 상태였다.

나는 세카이슈의 파도를 뛰어넘는다기보다, 그 검은 흐름에 거스르지 않고 올라타, 다른 검은 파도에 발을 걸치고, 그 파도에 밀려 올라가서, 또 다른 검은 파도를 발판으로 삼고, 다가온 또 다른 검은 파도에 뛰어올라 탔다. 도적으로서의 필수 기술이라고 해도 좋을 스텔스(은폐)가 내게는 특기랄까, 적성에 맞았다. 극단적으로 말하자면, 아무것도 아닌 내가, 그냥 그대로 있으면 된다. 세카이슈의 검은 파도에서 검은 파도로 건너가는 사이에도 나는 스텔스를 유지했다. 상대는 인간이나 짐승이 아니다. 스텔스가 유효한지 아닌지. 그런 일은 생각하지도 않았다.

거의 제대로 생각도 하지 않고, 나는 밤을 휘감은 자, 전 시노하라의 등 뒤에 서 있었다.

내 등에는 언데드 짐승 가죽으로 포장한 렐릭이 매달려 있었다.

그 포장을 푼 순간, 세카이슈는, 그리고 밤을 휘감은 자, 전 시노하라도, 내 존재를 알아차리게 된다.

지금은 아직, 들키지 않았다. 나는 아무도 아니다.

그러니까, 충분히 접근해야 한다.

긴장하지는 않았다. 순서는 틀리지 않았다. 잘 될 거라고 생각했으나, 설령 잘 안 된다고 해도 그게 어떻다는 건가? 나는 아무도 아니다. 무에 가까운 존재다. 아무것도 할 수 없었다, 무엇 하나 이룰 수 없다고 해도, 무에 가까운 자에서 무가 된다는 것뿐이다.

밤을 휘감은 자, 전 시노하라의 새카만 등까지, 앞으로 50센티미터.

나는 짐승 가죽 포장을 가슴 앞쪽으로 돌리고, 왼손에 든 대거로 단숨에 그것을 찢었다.

전 시노하라가 돌아보려고 했다.

나는 오른손으로 파탈시스(치명의 단검)를 거꾸로 쥐었다. 그리고, 찢어진 짐승 가죽 포장에서 꺼내자마자, 전 시노하라의 목덜미 부근을 찔렀다.

분명 0.1초, 아니, 0.01초라도 늦었다면, 전 시노하라는 비헤더(단두검)로 내 목을 날리거나, 가디언(수호의 방패)으로 때려, 나를 날려버렸을 것이다.

나는 아무런 감촉도 느끼지 못했다.

굳이 말하자면, 물에 검을 찔러넣었을 때 같은, 그 정도의 저항은 과연 있었는지도 모른다.

파탈시스는 전 시노하라를 휘감은 세카이슈를 어렵지 않게 뚫었다. 이 렐릭 검신은 30센티미터도 되지 않았으나, 칼자루의 챙까지, 순식간에, 제대로 박혔다.

더 이상은 박히지 않는 부분까지 박히자마자, 파탈시스는 흔적도 없이 사라졌다.

아무리 둔한 나여도 그때만큼은 동요했다.

"엇…." 목소리를 낸 것 같은 기억도 있다.

내 인식으로는, 파탈시스가 사라지기 전이 아니라, 사라진 뒤에,

그것이 일어났다.

검디검은 세카이슈가 흰색에 가까운 잿빛이 되었다. 전 시노하라가 두르고 있던 세카이슈뿐만이 아니다. 전 시노하라가 타고 있던 것, 그 일대에 모여 꿈틀대고, 탁류처럼 흐르던 세카이슈가, 어느 정도의 숫자, 랄까, 양이라고 할까, 그것은 전혀 구분할 수 없지만, 아마도, 사방 10미터, 좀 더 될까? 사방 15미터나 20미터 안에 존재했던 세카이슈가, 거의 순식간에 하얀 잿빛이 되었다.

나도 그 세카이슈 위에 서 있었다. 그때까지 세카이슈는 바위와도 모래와도 진흙과도 다르지만, 밟고 서도 나름대로 안정감이 있었다. 그런데, 희멀건 잿빛이 되더니, 분명하게 위태로워졌다.

추락한다.

나는 그렇게 생각했다.

무너진다.

그렇게도 생각했다.

실제로, 희멀건 잿빛이 된 세카이슈는, 오랜 비바람을 맞고 완전히 말라버린 뼈처럼 약했다. 그것은 내 발밑에서 먼지가 되었다.

당연히 나는 가라앉았다. 내가 가라앉으면 가라앉을수록, 잿빛 세카이슈는 부서지고, 무너져내렸다.

나는 잿빛 세카이슈에 범벅이 되어, 혹은 잿빛 세카이슈 속을, 이라고 말해야 할지도 모르지만, 5미터 정도 낙하하는 꼴이 되었다.

뼈라면 가루가 되어도 눈에 들어가거나 기침이 나거나 하겠지만, 잿빛 세카이슈는 그렇지는 않았다. 세카이슈의 검정을 색이라고 불러야 할까? 색이 없으니까 그 검정인 게 아닐까? 아무튼, 검정이라는 색을 잃은 세카이슈는, 외부에서 주는 약간의 자극에도 약하고 견디지 못하는 모양으로, 잘게, 점점 더 잘게 부서져 버려, 최종적으로는 입자 같은 것조차 남지 않는 모양이었다.

추락한 지점은 풍조 황야의 메마른 풀밭이었다.

나는 어떻게든 충격을 완화하려고 착지와 동시에 굴렀다.

시노하라는 그러지 못했다. 그는 죽었기 때문이다.

엎어진 채로 나에게 엉덩이를 향하고 있는 시노하라를 안아 일으켜줄 마음은 들지 않았다. 부패하지는 않았지만, 그는 그저 기이하게 하얗다. 잿빛 세카이슈는 가루가 되어 지표면에 쌓이는 일도 없이 사라져버린다. 내 바로 옆에서 시노하라가 죽어 있고, 그 바로 가까이에 비헤더와 가디언이 나뒹굴었다.

"하루히로…!"

란타가 부를 때까지 나는 멍하니 있었다. 그렇기는 해도, 아마 몇 초 정도였겠지. 나는 대거를 집어넣고 시노하라가 남긴 비헤더와 가디언을 주워 동료들이 있는 곳으로 가려고 했다. 벼락 같은 빛이 날아와서, 반사적으로 가디언으로 막았다.

"누가…!"

나는 동료 중 누군가에게 비헤더와 가디언을 건넸다. 최종적으로는 성기사 케무리가 사용하게 되었을 것이다.

전 시노하라를 쓰러뜨렸지만, 밤을 휘감은 자는 아직 더 있었다. 또 하나의 밤을 휘감은 자는 하늘에서 벼락을 내던진다. 그리고, 내가 알고 있는 것만으로도, 또 다른 밤을 휘감은 자가 하나 더 있다. 그 밤을 휘감은 자는 렌지가 입었던 아라가팔드를 입었다. 그 내용물은 어쩌면 진 모기스인지도 모른다. 진 모기스도 렐릭을 갖고 있던 것이다.

우리를 에워싼 투명 벽이 꽤 낮아졌다. 블러드 스펠을 사용한 아다치가 비틀거리며 쓰러지려고 해서 꼬마가 부축했다.

"아다치, 이제 됐어…!"

렌지가 소리쳤다.

투명 벽이 안개처럼 흩어지자, 상공의 밤을 휘감은 자가 강하했다. 더 가까운 거리에서, 방패와 무기로 몸을 지킬 수 없는 자를 저격할 셈인가? 방금 전까지는 15미터 정도의 고도를 유지했는데, 7, 8미터까지 내려왔다.

위험한데, 라고 생각했던 기억이 있다. 그런 것치고는 절박함은 느끼지 않았다. 파탈시스로 전 시노하라를 물리쳤다. 시노하라는 이미 죽었던 거니까, 그럴듯하게 표현하자면, 내 손으로 편안한 잠에 들게 했다. 임무를 하나 마친 것 같은 감각이 어딘가에 있었던 것일까? 더 이상의 일은 할 수 없다는 듯이 느낀 것 같다.

"―건곤일척…!"

이때도 결국 소우마였다. 그러나, 아무리 소우마라고 해도, 7미터나 8미터 높이까지 뛰어올라 밤을 휘감은 자를 벨 수는 없다. 소우마는 점프하지 않았다. 지상에서 칼을 휘둘렀다. 비스듬히 올려쳤다.

"이예아아아아아아앗…!"

소우마의 검술은 힘차다기보다는 유려하다. 하지만, 그때는 달랐다. 어마어마하게 무게가 나가는 물체를 들어 올렸다가, 그대로 내던지는 것처럼 칼을 휘둘렀다. 그것은 혼신의 힘을 쥐어 짜낸 것이다. 나에게는, 소우마의 칼이 몇 배나 늘어난 것처럼 보였다. 그 늘어난 칼이 밤을 휘감은 자를 포착한 것이 아니다. 결코 그렇지는 않았지만, 늘어난 칼에서, 더욱 뭔가 공기를 일그러뜨리는 것이 발사된 것 같았다. 그것이 밤을 휘감은 자에게 명중한 건가? 그렇게밖에는 생각할 수 없다.

밤을 휘감은 자는 지팡이에서 벼락을 쏟아내려고 했다. 그 직전이었다. 밤을 휘감은 자가 착용한 금색 갑옷도, 왕관도, 그리고 지팡이도, 두 쪽이 났다. 터지는 소리가 나고, 밤을 휘감은 자는 머리에서부터 가랑이까지 동강 났다. 절단되었다기보다는, 저항하기 힘든 힘으로 좌우에서 잡아당겨 억지로 찢어발긴 것 같았다.

"우헥….."

란타가 희한한 소리를 발했다. 구역질 난다고 말하고 싶은 듯했다.

나는 물론, 저런 일도 가능한 건가? 하고 놀랐지만, 왠지 납득하기도 했다. 소우마도 한 사람의 인간이라는 사실은 변함없다. 그래도, 인간은 절대로 할 수 없는 일을 해낸다. 왜냐하면, 그는 영웅이기 때문이다. 영웅이란 그런 것이다.

영웅을 직접 눈으로 봄으로써, 우리 같은 평범한 이들은 분투하게 된다. 용기를 얻고, 아무리 생각해도 불가능하게만 여겨지는 일도 어쩌면 이뤄낼 수 있지 않을까 하고 꿈을 꾼다. 우리는 깃발을 흔들며 나아가는 영웅을 따라가면 된다. 평범하기 짝이 없는 우리도 그 정도는 할 수 있다. 걸어가는 그 앞에 미래가 있을지도 모른다고, 믿고 싶다. 나도 모르게 믿고 싶어진다. 영웅이 우리에게 믿게 해준다.

소우마는 칼을 천천히 흔들고 나서, 그 칼끝으로 왕관산을 가리켰다. 그리고 걷기 시작한 것이 아니다. 소우마는 이미 왕관산을 향하여 걸어가고 있었다.

밤을 휘감은 자를 두 명 쓰러뜨렸다고 해서 세카이슈가 밀려오지 않게 되었냐 하면, 그렇지는 않았다. 밤을 휘감은 자가 없어진 것뿐이고, 나머지는 아무것도 변하지 않았다. 우리는 여전히 세카이슈의 검디검은 파도에 노출되어 있었다. 선두에 선 소우마가 칼을 휘두르면, 세카이슈는 날아간다. 이 무렵에는 비헤더와 가디언을 손에 넣은 케무리도 세카이슈에게 유효한 타격을 줄 수 있게 되었다. 그렇기는 해도, 세카이슈를 쳐내거나, 밀어내거나 하는 일밖에는, 다른 새벽들은 할 수 없었다. 쉽사리 전진할 수 있는 건 아니었으나, 우리의 발걸음은 무겁지 않았고, 가속하려고 했다.

그 이름의 유래인 왕관과는 조금도 닮지 않은, 새카맣고 거대한 밥공기를 엎어놓은 것 같은 왕관산의 모양이 변하기 시작해도, 새벽들은 걸음을 멈추지 않았다.

"거인이…?!"

란타는 왠지 가슴이 뛰는 것처럼 보이기까지 했다.

엎어놓은 검고 거대한 밥공기에서 가시가 몇 개나 튀어나왔다. 가시라고 해도, 잘 보니 바늘도 아니고 단순한 막대기도 아니었다. 꽤 가늘고 길지만, 사람 같은 형태였다.

가늘고 긴 거인이었다. 풍조 황야에는 예로부터 저 거인이 서식하며, 특히 왕관산 일대에서 자주 목격되었었다. 오르타나로 향하는 도중에 나는 세카이슈에게 붙잡힌 가늘고 긴 거인을 봤었다. 저것은 세카이슈에게 흡수된 가늘고 긴 거인들의 변한 모습인 건가? 가늘고 긴 거인 버전 밤을 휘감은 자, 혹은, 검은 종기에 감염된 가늘고 긴 거인, 이라고 말해야 할까?

검고 가늘고 긴 거인은 전부 몇 명이 있었지? 7, 8명인가? 10명? 아니, 좀 더 인가? 검고 가늘고 긴 거인들은 왕관산에서 생겨나 밖으로 나오는 것 같았다. 그저 그렇게 표현을 한 것이 아니다. 실제로 왕관산에서부터 내려왔다. 이쪽으로 다가오는 검고 가늘고 긴 거인은 둘인가? 셋인가? 그 정도였다. 다른 검고 가늘고 긴 거인들은, 북과 서, 동을 향하고 있는 것 같았다.

저것을 상대해야 하는 건가? 아무리 소우마라도, 적이 저 정도로 크면 과연 힘들지 않을까? 그렇게 생각하고 겁을 먹은 것은, 어쩌면 나 혼자뿐이었는지도 모른다.

새벽들은 계속 전진했다. 소우마에 이르러서는, 검고 가늘고 긴 거인을 향하여 달려가려고 했다. 새벽들이 함성을 질렀다. 검고 가늘고 긴 거인이 튀어나와 겁을 먹기는커녕, 새벽들의 사기는 한층 더 높아졌다.

이길 수 있을지도 몰라. 그렇게 생각한 것을 기억한다.

나 개인으로서는, 이길 수 있을 것 같은 느낌은 아직 들지 않았다. 그래도, 내 감각 같은 것은 믿을 수 없다. 승부를 결정하는 것은 내가 아니다. 나 말고 새벽들이, 이것은 이길 수 있는 흐름이라고 인식하는 거라면, 그게 맞는 거겠지. 나 같은 인간은, 어차피 최후의 최후까지 승리를 확신할 수 없다. 이것은 보험 같은 것이다. 나는 실패하는 일도 많다. 실패가 너무 많아서, 실패했을 때를 대비해서 마음의 준비를 해두고 싶은 것이다.

"뭔가 있다…!"

그렇게 말한 것은 누구였던가? 내 기억으로는, 렌지였다. 렌지가 무엇을 가리키며 말한 건지 나도 금방 알았다.

우리는 다가오는 검고 가늘고 긴 거인을 보고 있었고, 왕관산이 시야에 들어왔다. 그 왕관산 정상에, 뭔가가 떠 있었다. 계속 거기에 떠 있었던 것은 아닐 것이다. 그랬다면 좀 더 전에 알아차렸을 것이다. 날아온 건가? 그것은 파랗게 빛나는 구체였다. 크기는, 글쎄, 새처럼 작지는 않았다. 그렇기는 해도, 예를 들어 검고 가늘고 긴 거인 같은 사이즈는 아니다. 왕관산과 비교하면, 콩알만 한 것이었다.

"노 라이프 킹인가…!"

아키라 씨가 외쳤다. 그에게는 보였던 것일까? 확실하게 보이지는 않아도, 알았던 것이겠지.

파랗게 빛나는 구체가 강하한다. 새카만 왕관산에서부터 큰 뱀 같은 검은 세카이슈가 고개를 치켜들었다. 그 검은 큰 뱀에는 머리가 몇 개나, 몇십 개나 있고, 파랗게 빛나는 구체에게 덤벼들려고 하는 것 같았다. 실제로 잇달아 덤벼들었으나, 파랗게 빛나는 구체에 닿자마자 검은 큰 뱀의 머리는 사라져버렸다.

우리는 미끼였다. 새벽들도, 북에서부터 왕관산으로 진군하고 있을 언데드, 유각인, 피라츠인, 센토, 코볼트 연합부대도, 서에서 공격해올 오크 군세도, 동에 위치했을 포르간과 회색 엘프들도, 다 어디까지나 미끼에 불과하고, 덫에 뿌려진 먹이 같은 것이었다.

끝장을 내는 것은 노 라이프 킹이다.

그 정도가 아니다. 이것이 끝이라고도 노 라이프 킹은 생각하지 않았던 것 같다. 노 라이프 킹은 그 뒤를 보고 있었다. 노 라이프 킹에게 있어서는, 그 뒤가 진짜 중요했다. 그리고, 우리에게도 그것은 마찬가지였다.

이것으로 끝이라면, 최선을 다해야 할 의미는 없다. 최선을 다해 끝낼 필요가 어디에 있단 말인가? 끝이 아니다. 시작인 것이다.

다행히 새벽들은 아직 아무도 잃지 않았다. 우리는 잃지 말아야 했고, 다른 종족도 손실은 최소한인 편이 좋다. 우리는 여기서부터 시작하는 것이다.

고전에 따르면, 세카이슈는 오래전부터 그림갈에 존재했다. 두 신의 장절한 싸움을 막기 위해서, 이름 없는 자인지 뭔지가 붉은 별을 내려보냈다. 원초의 용이 붉은 별을 격추시키고, 그 파편이 세카이슈가 되었다. 렐릭. 전부 렐릭인건가? 오래된 렐릭이 새로운 렐릭을 배제하려고 한다. 생존경쟁이었던 것인가?

그래도, 지성이 있고 상호이해가 가능하다면, 싸움을 피하는 방법을 찾고, 줄여나가다가, 없앨 수 있을지도 모른다. 노 라이프 킹은 그것을 하려고 했다.

이것이 끝이라면, 경쟁상대를 격멸하는 수밖에 없는, 옛 시대의 종언이다. 결말을 지은 노 라이프 킹 밑으로 우리는 모여, 서로 기탄없이 이야기를 나누고, 다음 시대를 어떻게 구축해갈 것인지 의논한다. 새로운 시대를 불러오기 위한 의식이, 지금 시작되려는 것이다.

파랗게 빛나는 구체는, 덤벼드는 수많은 세카이슈의 촉수를 소멸시키면서 눈 깜짝할 사이에 새카만 왕관산으로 돌입해갔다.

폿—이라는, 입속에서 모았던 공기를 뱉어낼 때 같은 소리가 났다.

가벼운 느낌의 소리였지만, 그 소리는 상당히 넓은 범위에 울려퍼졌다.

그리고, 빛나는 구체의 돌입점을 중심으로, 파란 빛이 동심원 상태로 퍼졌다.

빛은 우리를 뛰어넘어, 어디까지고 어디까지고 확대해갔다.

파란 빛의 영향인 걸까? 세카이슈가 색을 잃고 흰색에 가까운 잿빛이 되었다.

재다.

세카이슈가 재가 되어 흩날리다가, 사라져간다.

검고 가늘고 긴 거인은 세카이슈가 벗겨지고, 무너지는 것처럼 차례로 쓰러져버렸다.

왕관산은 이제 검지 않았다. 순식간에 재에 휩싸였고, 그 재가 사라져버려도, 그 왕관을 닮은 산의 모양과는 달랐다. 세카이슈에 의해 봉우리가 깎이고 짓눌린 것이겠지. 지금 왕관산은 약간 비틀리고 동그란 산일 뿐이다. 하지만 아무튼, 세카이슈가 전부 사라졌다. 적어도 왕관산 부근의 세카이슈는 이제 흔적도 없었다.

그때였다. 동그래진 왕관산 안에서, 파란 빛기둥이 솟아올랐다. 그 기둥은 높았다. 엄청나게 높았다. 하늘까지 도달해서, 끝이 보이지 않았다. 파란 빛의 기둥은 처음에는 한 가닥의 세로줄처럼 가늘었다. 그것이 점점 두꺼워졌다. 어떤 곳에서, 둥, 둥—하는 소리가 연속적으로 울렸다. 그 소리의 발생원이 왕관산 내부라는 것은 알았다. 진동도 느껴졌다. 무슨 소리인지는 불명이었다. 단지 뭔가가 일어나고 있었다. 노 라이프 킹이 뭔가 하고 있다. 분명 왕관산 안에, 산 밑이나, 좀 더 깊은 곳에, 세카이슈의 뿌리가 있겠지. 세카이슈의 뿌리란 어떤 것일까? 우리는 평생 알 수 없을지도 모르지만, 확실히 그것은 있었다. 노 라이프 킹은 그 세카이슈의 뿌리를 치려는 것이다. 이것은 그 과정이다. 나는 그 정도밖에는 추측할 수 없었다.

나는 우두커니 서서 왕관산에서 피어오르는 푸른 빛기둥을 바라보고 있었다. 나뿐만이 아니다. 모두가 그랬다.

세카이슈는 사라져가고 있었다. 이미 사라졌다. 우리는 보고 있는 것밖에는 할 수 없었다. 달리 해야 할 일은 없었다. 아무것도 없었다.

파란 빛기둥은, 왕관산보다도 커지는 일은 없었다. 높이는 접어두고, 크기는 왕관산 자체보다 꽤 작았다. 빛은 계속 늘어났다. 직시하면 눈이 부셨다. 눈이 멀지는 않을 것 같지만, 눈을 가늘게 뜨지 않으면 계속 보고 있는 것이 힘들 정도였다.

빛의 강도가 변하지 않게 되고, 마침내 약해지기 시작할 때까지, 나는 얼마나 그 파란 빛기둥을 바라보고 있었던 것일까? 긴 시간이라고는 느끼지 않았고, 눈 깜짝할 사이였다고도 생각하지 않았다. 하지만, 한번 약해지기 시작하자, 순식간에 파란 빛기둥은 하나의 선이 되고, 거짓말처럼 보이지 않게 되었다.

"…끝난 건가?"

누군가가 말했다기보다, 같은 말을 몇 명이 거의 동시에 입에 올렸다. 나도 생각했다. 이것으로 끝인 건가? 정말로 정리된 건가? 노 라이프 킹이 세카이슈의 뿌리를 근절한 건가? 세카이슈는 멸망한 건가? 우리는 그 답을 갖고 있지 않았으니까, 기다리는 수밖에 없을 것 같았다. 조만간 노 라이프 킹이 왕관산 안에서 나와서, 해냈다고 선언한다. 나뿐만이 아니라 모두, 왠지 그런 광경을 상상했던 것 아닐까 생각한다.

노 라이프 킹 같은 것이, 하지만, 그것은 빛나는 구체도 아무것도 아니고, 멀리에서 본, 하늘을 나는 새 같은, 점으로밖에 보이지 않는 것일 뿐이었지만, 아무래도 노 라이프 킹이라고 여겨지는 것이, 왕관산 산정상에서 튀어나왔다. 그것은 수직으로 급상승하더니, 왕관산 상공, 수십 미터나 백 미터 정도에서 정지했다.

"앗" 이라거나, "저것은—" 이라거나, "노 라이프 킹인가?" 라거나, 여러 가지 말들이 오갔다. 나는 "메리" 라고, 나도 모르게 그녀의 이름을 불렀다. 어리석은지도 모르나, 그때, 나는 생각한 것이다. 이걸로 또 메리를 만날 수 있다고. 노 라이프 킹이 메리 안에 있다. 그 사실 자체는 변하지 않는다. 노 라이프 킹에게는 노 라이프 킹의 의지며 속셈이며 그런 것이 있고, 메리를 자유롭게 해줄지 아닐지는 모른다. 애초에, 그것이 가능한 것인지조차 정확하지 않은 것이다. 그래도, 메리와 이야기하는 것 정도는 할 수 있겠지. 원더홀의 극대수 밑에서 만났을 때, 나는 그녀를 껴안아주지 않았다. 그 사실을 후회했다. 내 바람도 섞여 있을지도 모르지만, 그녀는 꼭 안아주길 원했던 것 아닐까? 다음에 만나서 그녀와 이야기할 수 있다면, 나는 반드시 그렇게 할 생각이었다. 그녀가 어떻게 하든, 나는 곁에 있겠다. 같이 있겠다. 그녀는 바라지 않고, 거부할지도 모른다. 그래도 좋다. 내가 어떻게 하고 싶은지가 중요하다. 그 말을 전하자. 설령 어떤 결말이 기다리고 있든, 이 목숨이 다할 때까지, 나는 그녀 곁에 있고 싶다. 그 정도밖에 나는 할 수 없으니까, 적어도 그렇게 하고 싶은 것이다. 메리, 제발, 같이 있게 해줘.

나는 왕관산을 향하여 달려가려고 했다. 그 왕관산이, 왕관의 모양과는 너무나 달라져서 왕관산이라고는 부를 수 없는, 과거 왕관산이었던 산이, 갑자기 분화라도 한 건가? 나는 외치고, 쳐 올려지는 것 같은 충격에 자세가 무너졌다. 무시무시한 소리가 울려 퍼졌지만, 눈에 들어온 광경 쪽이 훨씬 처참했다. 과거 왕관산이었던 산이 파열하고, 커다란 바위와 이것저것이 튀었다. 연기인가? 분진인가? 그런 것이 솟아오르고, 노 라이프 킹이, 메리가, 보이지 않게 되었다. 과거 왕관산이었던 산은, 눈 깜짝할 사이에 산조차 아니게 되어버렸다. 상당수의, 엄청난 양의 산의 파편이 날아왔다. 온다고 생각했을 때는 주먹 크기라도, 가까이 닥쳐왔을 때 그것은 거대한 바위였고, 그런 것을 맞으면 즉사를 면치 못할 테니 나는 도망 다니는 수밖에 없었다. 우왕좌왕하면서도, 과거 왕관산이 있던 곳에서부터 수백 미터 정도가 아닌, 수천 미터 높이로 뭉게뭉게 소용돌이를 말고 피어오르는, 뭔가 대지를 엉망진창으로 만들기 위해 하늘에서 내려온 떼구름 같은, 연기인지, 분진인지, 그런 것들 안에, 뭔가가 있다는 걸―뭔가, 라고 밖에 말할 수 없지만, 틀림없이, 뭔가의 존재를, 나는 느꼈다. 내가 아니라 그 누구라도, 예를 들면 거기에 아직 한 살도 채 안 된 루온이 있었다면 그도 느꼈을 것이 틀림없다. 그렇게 생각할 정도로, 그 존재감―존재함으로 인해 미치는 영향, 그저 존재하는 것만으로 여러 가지 것들을, 온갖 것들을, 결정적으로 왜곡하고, 비틀어버리고, 억지로 변화를 재촉하는, 강제하는 것 같은 힘은, 압도적이라는 표현으로는 지나치게 가벼울 정도로, 그야말로 압도적이었다.

"하루히로…!"

란타가 불렀다. 그래도 나는 란타를 보지 않았다. 날아오는 거대한 암석에는 간신히 최소한의 주의를 기울이고 있었지만, 그보다도 떼구름 속의 존재에게서 눈을 뗄 수가 없었다.

떼구름을 몇 줄기의 빛이 찢었다. 떼구름 속에서 뭔가가 빛을 발하는 것 같았다. 그 발광체가 떼구름을 뜨겁게 달군 건가? 뜨거웠다. 나는 열기를 느꼈다. 피부가 화끈거리는 뜨거움이었다. 눈이 건조했다. 안구가 아팠다. 빛이 부풀어 떼구름을 날려버리려고 했다. 마치 태양을 정면으로 보고 있는 것 같았다. 태양은 아득히 저편에 있고, 지상에서 올려다보면 작았다. 하지만, 그것은 아니다. 바로 옆은 아니지만, 뛰어서 도달할 수 있는 거리다.

도대체 뭔가? 저것은.

빛이다.

빛 그 자체다.

이제 바위는 날아오지 않았다. 떼구름은 걷히려고 했다. 빛이다. 빛이, 빛나고 있었다. 저것은, 보지 않는 게 좋다. 실명한다. 무섭다. 그런데도, 보게 되어버린다. 눈동자가 녹아서 없어져도 좋아. 이 감정은 무엇인가? 나는 무릎을 꿇고 싶었다. 머리를 조아리지는 않는다. 빛을 보고 있고 싶으니까. 그 빛을 우러러보고, 나는, 어떻게 하고 싶은 걸까? 모르겠다. 하지만, 나는 무릎을 꿇고 허리를 굽혔다.

"바보, 뭐 하는 거야? 하루히로, 너 인마⋯!"

란타가 어깨를 움켜잡아 거칠게 일으켜 세웠다. 뭐 하는 거냐고? 모르겠다. 나는 알 수 없었다. 단지, 이 빛은 지나치게 강렬해서, 나를 데우고, 달구고, 끓이려고 했다. 그것은 매우 무서운 일이지만, 그렇게 된다면 나는 빠져나갈 수 있지 않을까? 이 빛에 몸도 마음도 맡겨버리면, 이제 방황하지 않아도 돼. 괴로워할 일은 없어진다.

"나는 알아, 저 녀석은 루미아리스다! 너는 신관도, 성기사도 아니잖아!"

"…루미아리스."

무슨 말을 하는 거야? 란타. 내 코와 네 코가 맞닿을 것 같잖아. 그렇게 얼굴을 들이밀고, 뭘 고함치는 거야? 란타. 나는 알아? 루미아리스? 뭐야? 그게. 어떻게 된 일인데? 루미아리스. 저게? 광명신 루미아리스…?

대륙의—그림갈의 평온을 깨버린 것은, 하늘과 바다 저편에서 흘러온 두 명의 신들이었다고 한다. 너무나 시끄러워서, 침상에서 잠들었던 원초의 용이 눈을 떴다. 두 신은 선주민을 거느리고 격렬하게 싸웠다. 용은 두 신을 치려고 싸움에 끼어들었다. 승자는 두 신 중 어느 한쪽인가? 아니면 원초의 용인가? 그게 아니었다. 이름 없는 자가 천상 끝에서부터 붉은 별을 내린 것이다. 원초의 용이 붉은 별을 격추시키고, 그 파편은 검은 종기가 되었다. 두 신은 검은 종기, 즉, 세카이슈에 묻혀 모습이 사라지고, 힘을 소진한 원초의 용은 다시금 잠이 들고, 그대로 죽었다.

다룽갈에 남아 있는 석판과 점토판에는, 광명신 루미아리스와 암흑신 스컬헬의 싸움이 그려져 있었다. 오랜 옛날, 다룽갈의 주민들이 광명신과 암흑신, 어느 한쪽에 가담하여 싸운 것처럼, 이 그림갈에서도 선주민들이 두 개의 진영으로 갈라져 싸웠다. 어떠한 이유로 두 신은 다룽갈에서부터 그림갈로 전장을 옮긴 것이다.

그러나, 그림갈에서의 두 신의 싸움도 이윽고 종식했다.

아니, 끝난 것이 아니었던가?

두 신은 다룽갈에서 떠났다. 그래서 다룽갈에는 루미아리스의 은

혜도, 스컬헬의 힘도 미치지 않았다. 다룽갈에서는 광마법도, 암흑마법도 쓸 수 없었다.

그림갈에는 신앙이 남아 있었다. 광마법 사용자들이 있고, 암흑기사들도 있다.

어디까지나 두 신은, 세카이슈에 묻혀 모습이 사라졌을 뿐이었다.

세카이슈가 두 신을 봉인했던 것이다.

"빛이여…! 루미아리스의 가호 아래에…!"

높이, 낭랑하게, 노래하는 것 같은 목소리였다. 보니, 아키라 씨가 검 끝으로 공중에 열심히 육망성을 그리고 있었다. 그의 두 눈은 황홀히 빛났다. 두 눈에서 빛이 흘러넘쳤다.

"빛이여! 루미아리스여! 빛이여…!"

드레드 헤어의 성기사 케무리도, 내가 시노하라에게서 빼앗은 비헤더를 들고, 가디언을 움직여, 역시 육망성을 표시하고 있었다. 그의 눈도 빛나고 있었다.

"오오…! 오오, 빛이여! 빛! 빛이 있으라! 루미아리스여…!"

고흐도 눈을 빛내며 지팡이를 흔들고 있었다. 그는 전 마법사지만, 신관복을 입었다. 광명신 루미아리스에 귀의하여 신관이 된 것이다.

"아아! 빛! 빛! 빛…!"

타다도, 저것은 안경이 빛나는 것이 아니다. 그의 눈이 빛나고 있었다.

"빛! 빛입니다요! 루미아리스…! 빛…!"

안나 씨도.

"빛이 있으라! 루미아리스의 가호 아래에…!"

타이푼 록스의 신관 츠가도.

"루미아리스여…! 빛이여…!"

전 버서커즈의 신관 와도는 무릎을 꿇고 손가락으로 이마에 육망성을 마구 그려댔다.

"뭐야…?! 어이—."

렌지가 짖는 것처럼 말했다. 꼬마에게 말을 걸려고 했던 것이겠지. 꼬마도 상태가 이상했다. 빛, 빛, 하고 부르짖지는 않았지만, 그녀의 두 눈은 빛나고 있었다.

명백하게 이상했으나, 믿을 수가 없었다.

하필이면 그녀가, 그런 짓을 하다니.

꼬마는 전투용 지팡이를 들고 있었다. 그것으로 렌지의 이마를 찌른 것이다.

렌지는 완전히 불시의 기습을 당한 것이겠지. 그 렌지가, 힘이 빠진 것처럼 쓰러질 뻔했다. 간신히 버티고 서긴 했으나, 꼬마는 더욱이, 이번에는 렌지의 안면을 지팡이로 몇 번이나 연속으로 구타했다. 그러는 동안에도 꼬마는 입을 움직이고 있었다. 뭔가 말하고 있었는지도 모르지만, 나는 알아들을 수 없었다. 그녀의 눈은 빛을 뿜어내고 있었다. 그리고, 나에게는 그녀가 눈물을 흘리는 것처럼 보였다.

"꼬마…! 그만해…!"

끼어들려던 아다치를, 꼬마는 지팡이를 한 번 휘둘러 때려눕혔다.

"웃—뭐야? 이거…."

론은 망연자실한 듯했다.

"빛이여…!"

성기사 케무리가 비혜더로 그의 동료인 네크로맨서 핑고의 목을 쳤다. 핑고의 인조인간 젠마이는 그냥 시체 인형이 되어버렸다.

"이것은—."

소우마는 그에게 덤벼든 아키라 씨의 공격을 칼로 튕겨냈다. 소우마의 실력이라면 즉각 반격할 수도 있었을 것이다. 하지만, 상대는 아키라 씨였다.

"빛이여…! 루미아리스여…!"

그 아키라 씨는 용서 없이, 숨도 쉬지 않고 검을 휘둘렀다. 소우마는 오로지 방어만 했다.

"—아키라 씨! 그만해…! 왜, 이런…!"

"비이잊…!"

타다가 워 해머로 킷카와의 머리를 때려 부쉈다. 우두커니 서 있던 미모리에게, 안나 씨가 달려들었다. 안나 씨는, 키가 작은 그녀에게는 상당히 높은 곳에 있는 미모리의 얼굴을 향하여 두 손을 찔렀다.

"플레임."

"앗….'

안나 씨의 두 손이 쏘아낸 맹렬한 빛을 받고 미모리는 휘청거렸다.

"루미아리—스…!"

곧바로 타다가 워 해머를 한번 휘둘러 미모리를 날려버렸다.

"어어어이…!"

이누이가 괴상한 목소리를 발하며 타다를 뒤에서 결박하려고 했다. 타다는 쉽사리 이누이를 떨쳐내고는, 워 해머를 날렸다.

"비이이잊! 빛이다아아…! 크하하핫!"

"빛이여!"

고흐가 지팡이를 높이 휘둘렀다. 마침 그의 아내, 여전사 카요와, 양아들인 엘프 타로가 고흐에게 달려가려고 했다.

"달링!" "아버지…!"

"저지먼트…!"

고흐가 소환하여 작렬시킨 빛에 나는 눈이 멀었다. 시야가 새하얗게 되어 아무것도 보이지 않았으나, 고흐나 아키라 씨, 안나 씨, 타다, 츠가, 와도가 빛을 칭송하며 루미아리스의 이름을 연호하는 목소리와, 새벽들의 비명, 하지 마, 그만해―라며 신관과 성기사를 말리는 목소리, 부탁이니까―라며 애원하는 목소리, 어째서냐고 비분강개하는 목소리는 들렸다.

"틀렸다! 위험해! 위험하다고, 아아아아앗…!"

란타가 고함친다. 나는 나도 모르게 몸을 웅크리고 있었고, 내가 눈을 감고 있다는 사실을 깨달았다. 눈을 떠보니 흐릿하긴 하지만 보이게 되었다. 하지만, 나는 금방 다시 눈을 감았다. 보이지 않아도 돼. 아무것도 보고 싶지 않아. 가라앉아. 의식을 땅밑으로 가라앉혀. 나는 스텔스를 하려고 했다. 물론, 그런 일을 할 때가 아니다. 나도 알고 있었다. 하지만, 어떻게 하면 좋다는 건가? 지금 이러고 있는 동안에도 동료가 동료에게 상처 입고 있다. 죽임당하려고 한다. 분명 죽었다. 내가 뭘 할 수 있다는 거야? 어떻게도 할 수 없잖아.

"하루, 하루히로, 하루히롯! 하루히로, 부탁이야…!"

란타가 내 등을 덮쳤다. 마치 업어달라고 조르는 아이 같았다. 뭐야? 도대체 뭐야? 이 판국에, 너는. 정말로 뭐냐고, 도대체.

"온다, 놈이 와. 알아, 나는 알아. 틀렸어. 나는 거역할 수 없어, 나는 따르지 않으면 안 돼. 나는 너를 죽인다, 닥치는 대로 다 죽인다, 놈에게 복종하는 자 이외는 죽인다, 그 죽음을 놈에게 바친다. 나는 그렇게 한다, 그렇게 하는 수밖에 없어, 나는 알아, 알아버렸다고, 놈이! 놈이 와, 놈이 온다, 놈이 놈이 놈이이이…!"

무슨 말을 하는 거야? 왜 내 귓가에서 그렇게 꽥꽥 소리 지르는 거야? 제대로 알아들을 수가 없어. 놈? 놈이란 게 뭔데? 뭘 말하는 거야? 란타는 내 오른쪽 귀에 거의 입을 갖다 대고 있다. 나는 란타를 본다. 이제 보인다. 뚜렷하게 보인다. 란타는 울고 있었다. 울고 있잖아, 란타. 왜 그래? 그 눈물이, 투명하지 않아. 검다. 새카맣다. 란타는 검은 눈물을 흘리고 있다. 검은 눈물은, 뺨을 타고 흘러내리는 것뿐만이 아니었다. 란타의 두 눈을 검게 물들인다. 란타는 내 목에 두 팔을 감고 있다. 왠지 정말로 업은 것 같은 자세가 되었다. 란타는 나에게 매달리는 건지도 모른다.

"도와줘, 하루히로, 너뿐이야, 기댈 건, 너밖에, 나를, 부탁이야, 지금 이 틈에 하루히로, 죽여, 나를 죽여, 놈이 오기 전에 나를, 놈이 나를 지배하기 전에, 내가 놈에게 완전히 지배당해버리기 전에, 그렇게 되면 나는 너를 죽일 거야, 너뿐만이 아니야, 다들 죽인다, 모두 다 나는 죽여, 유메도, 루온도, 나는 죽일 거야, 놈의, 놈, 놈의, 스, 스, 스컬, 아, 안 돼, 안 된다, 놈의 이름을 말하면 나는, 그러니까 부탁이야 하루히로, 나를 죽여줘, 빨리 지금 당장 나를 죽여

…!"

할 수 있을 리가 없지 않은가. 그런 일. 죽일 수 있을 리가 없지 않은가. 너를 죽이다니, 그런. 란타. 못 해. 죽일 수 없어. 나는 못 해. 너를 죽이고 싶지 않아. 왜냐하면, 유메는 어떻게 해? 루온은? 아. 아, 그렇구나. 그런 거야. 유메와 루온 때문이다. 나 같은 것보다, 란타는 유메와 루온을 죽여버릴 것 같은 자기가 되고 싶지 않은 거다. 그렇게 될 수는 없다. 그래도, 란타는 거부할 수 없다. 란타는 암흑기사다. 암흑기사로서 저질러온 수많은 살육, 그 전부를 암흑신 스컬헬에게 바쳤다. 란타는 암흑기사로서 바이스(악덕)를 쌓아왔다. 스컬헬을 따르고, 섬기는 일을, 되풀이하고 또 되풀이하며 맹세했다. 대신에 스컬헬에게서 힘을 받았다. 이제 와서 도로 물릴 수는 없다. 그러고 싶어도, 그럴 수 없다. 광명신 루미아리스에게서 가호를, 은총을 받아온 신관, 성기사들과 마찬가지로.

세카이슈는 두 신을 봉인했었다.

광명신 루미아리스와 암흑신 스컬헬을.

루미아리스뿐만이 아니다.

스컬헬도 있다.

놈이 온다.

루미아리스의 뒤를 이어, 스컬헬도 이제부터 나온다.

지상에 나타난다. 그렇게 되어버리면.

나는 웅크리고 있었고, 란타를 업은 것 같은 자세였을 것이다. 그런데도 다음 순간에는, 내가 아니라, 란타가 웅크리고 있었다. 마침 나와 란타가 뒤바뀐 것 같은 형태였다. 나는 란타를 뒤에서 결박하고 왼팔로 눈을 가렸다. 내 왼손은 란타의 오른쪽 귀 부근을 누르고 있었다. 오른손에는 대거가 쥐어져 있다. 대거 날 끝은 아직 란타에게 닿지는 않았다.

"미안"이라고, 나는 말했다.

"내가 할 말이다, 바보."

란타는 그렇게 대답하고, 헷, 하고 웃었다.

나는 대거로 란타의 목을 단숨에 찢었다. 그리고, 곧바로 란타의 몸속을, 급소를 노려, 될 수 있는 대로 빨리, 한시라도 빨리 죽음에 이르도록, 잽싸게 찔렀다. 이제 죽었다고 느끼고 나서도, 만약을 위해 몇 번이나 찔렀다.

움직이지 않는 란타를 놔주고 일어서자, 과거 왕관산이었던 장소에 빛과 어둠이 뒤엉켜 있었다.

빛은 위고, 어둠은 아래였다.

아마도 세카이슈, 루미아리스, 스컬헬, 이런 식으로 겹쳐진 것이겠지.

세카이슈가 사라지고, 먼저 루미아리스가 나왔다.

그리고, 스컬헬이 루미아리스를 밀어 올리며 지상에 모습을 드러냈다.

루미아리스는 빛이고 스컬헬은 어둠이라는 것밖에, 나는 알 수 없었다. 그들에게는 형태가 없는 건가? 아니면, 나는, 나 같은 자는, 나 따위는, 지각할 수 없는 건가?

그런 일은 이제 나에게는 아무런 상관이 없었다.

죽이거나 죽임당하는 새벽들에게조차 나는 관심을 두지 않았다.

왜냐하면, 나는 란타를 죽였다.

란타가 바란 일이었고, 나도 분명 그렇게 하는 것이 옳다고나 할

까, 아무튼 그렇게 하는 수밖에 없다고 생각했다. 어쩔 수 없었다.

그래도, 나는 란타를 죽인 것이다.

나는 왕관산이었던 장소에서 등을 돌렸다.

걸었던가? 뛰었던가? 모르겠다.

아무튼, 나는 그 자리를 벗어났다.

나는 도망쳤다.

도망친 것이다.

새벽촌으로 가려고 했다. 그러나, 새벽촌은 멀다. 너무 멀다. 게 다가 새벽촌에는 유메와 루온을 호위하고 돌봐주기 위해 와일드 엔 젤스가 남아 있었다. 카지코의 오른팔이며 참모역인 아즈사는 성기 사였고, 코코노는 신관, 야에는 암흑기사다. 밤이 되고 달이 뜨면, 생각하고 싶지는 않았지만, 생각해버렸다. 새벽촌에서는 아무 일도 일어나지 않는다. 그런 일이 가능할까? 불가능하지 않을까? 붉지 않은 달도 내 그런 생각을 부추겼다. 그림갈의 달은 붉었는데. 나는 언제였던가, 달이 붉다는 건 이상하다고 느꼈다. 역시, 달이 붉을 리가 없었던 건가? 밤하늘에 떠 있는 초승달은 아무리 봐도 붉지 않았다. 노란빛이 도는 은색이었다. 세카이슈가 사라지고, 왕관산 이었던 장소에서 빛과 어둠이 소용돌이치게 되고, 그림갈은 변해버 렸다. 완전히 변했다.

나는 풍조 황야를 계속 걸었다. 바람이 불었다. 바람 소리만은 끊 이지 않았다. 나는 왕관산 쪽을 돌아보지 않았다. 그 빛과 어둠을 보고 싶지는 않았다. 움직이는 것이 보이지 않았다. 적극적으로 찾 으려고 하지 않았던 탓인지도 모르지만, 마치 나를 제외한 모든 생 물이 절멸한 것 같았다. 나는 발을 멈추지 않았다. 허기와 갈증은 느끼지 않았다. 피곤함도 잘 몰랐다. 다리는 무거웠지만, 통증은 없 었다.

밝아져도 어두워져도, 나는 그저 걸었다. 아무것도 생각하지 않 았다는 것은 아니다. 생각하지 않기는커녕, 나는 끊임없이 뭔가를 생각하고 있었고, 여러 가지 일을 떠올렸다. 특히 후회되는 일은 끝도 없이 떠올랐다. 그러나, 후회는 내 마음에 아무런 손톱자국도 남기지 않았고, 어떤 추억도 나를 기쁘게는 해주지 않았다. 그것들은 거기에 있을 뿐이었다. 나는 그것들에 닿지는 못하고, 잠자코 바라볼 뿐이었다.

밤의 숲을 빠져나가자, 달빛 아래 열리지 않는 탑이 우뚝 서 있었다. 열리지 않는 탑이 있는 언덕 옆에는 오르타나의 잔해가 숨죽인 채 누워 있었다. 언덕에 흩어져 있는 묘비들이 달빛을 받아 하얗게 빛났다.

정신이 들고 보니, 나는 언덕을 어슬렁거리며 마나토와 모구조의 무덤을 찾고 있었다. 당연히 나는 두 사람의 무덤이 있는 장소를 기억하고 있을 터인데도, 도저히 거기에 도달할 수 없었다. 모든 묘비가 똑같아 보였다. 모든 묘비가, 대개 망자의 이름이 새겨져 있을 테지만, 내가 확인한 바로는, 대부분은 바래서 읽을 수 없거나, 뭔가가 새겨져 있었다고는 도저히 생각할 수 없는 상태였다거나, 간혹 읽을 수 있는 것이 있다고 해도 모르는 이름이었다거나 했다. 달이 떠 있다고는 해도, 밤이니까, 어둠 탓일까? 혹은 그게 아니라, 어쩌면 여기는, 내가 아는 언덕이 아닌지도 모른다. 언덕 위의 탑은 열리지 않는 탑이 아니다. 언덕 옆에 있는 폐허도 오르타나가 아니다. 어느샌가 나는, 어딘가 다른 이계로 흘러 들어와버린 건지도 모른다.

그렇다면 좋을 텐데, 라고는 손톱만큼도 생각하지 않았다. 왕관산이었던 장소에서 벌어진 사건이 현실이라면, 내가 지금 어디에 있든 상관없다. 내가 무엇을 하고 있든 아무런 의미도 없다.

나는 메리를 되살렸다. 그 결과, 노 라이프 킹이 부활하여 세카이슈를 멸망시켰다. 덕분에 광명신 루미아리스와 암흑신 스컬헬이 풀려났다. 그리고, 나는 이 손으로 란타를 죽였다.

모두 죽어버렸다.

내 탓이다.

어째서 나는 도망친 건가? 그 자리에 머물러 있으면, 광명신 루미아리스의 신도나 암흑신 스컬헬의 종복이, 틀림없이 나를 죽였을 것이다. 그때는 뭐가 뭔지 잘 몰랐으니까, 정신없이 도망친 것일까? 그저 오로지 죽고 싶지 않았던 건가?

아니면, 괴로워해야 한다고, 나는 생각한 건가? 더, 더, 어디까지든, 끝없이, 괴로워하지 않으면. 계속 괴로워하는 것이 이런 나에게는 어울린다.

그렇게 생각하고 나는 도망친 것인지도 모른다.

실제로, 간단히 죽임당해 편해진다는 건, 부당하다는 생각이 든다. 용서받지 못할 거라고 생각한다.

누가 나를 용서하지 않는 건가? 그 누군가는 신이 아니다. 그것만큼은 틀림없다.

신은 똥 덩어리다. 루미아리스도, 스컬헬도, 망할 똥이다. 신 같은 건, 엿이나 먹어라.

그럼, 나 자신인가? 확실히 나는, 나를 용서할 수 없다.

나는 누군가의 묘비에 등을 기대고 땅바닥에 앉았다. 유메와, 루온을 생각했다. 두 사람이 무사하면 좋겠지만, 살아 있을 거라고는 도저히 생각할 수 없었다. 나는 사죄하고 싶었다. 란타를 죽여버렸다. 유메와 루온에게는 사죄해야만 한다. 하지만, 두 사람은 분명 살아 있지 않겠지. 되풀이하고, 또 되풀이하며, 나는 그 생각을 했다. 왜 눈물이 나오지 않는 걸까? 왜 나는, 땅바닥을 기며, 오열하며, 미안합니다, 미안합니다—라고, 울부짖지 않는 건가?

해가 뜨기 시작했다. 완전히 밝아지면, 마나토와 모구조의 무덤을 찾아보자. 멍하니 그런 생각을 했다. 찾아서 어떻게 할 건가? 모르겠다. 애초에 나는 정말로 찾을 생각인 건가?

일단, 나는 일어서기로 했다. 아직 일어서지는 않았다.

언덕 위의 열리지 않는 탑이 파열했다. 탑의 높이는 50미터 정도 될까? 그 전체가 아니다. 위쪽이다. 꼭대기에서부터 5미터, 좀 더일까? 10미터 정도에 걸쳐, 우수수 부서지더니, 폭발했다.

"앗……."

나는 얼빠진 소리를 냈다. 놀라기는 했으나, 놀라자빠질 정도는 아니었다. 나는 일어서려고 했었으니까, 일어섰다. 탑의 파편뿐만이 아니다. 분명히 파편이 아닌 것 같은 것이 날아갔다. 저것은 사람 아닐까? 얼핏 보고 나는 생각했다.

파편이나 인간 같은 것은, 각각 포물선을 그리며 낙하했다. 내가 있는 쪽에는, 자잘한 파편이 날아왔을 뿐이었다.

탑의 부서진 부분에서, 뭔가가 수직으로 상승했다. 나는 그것도 사람이라고 생각했다. 아마도, 여성이다. 나체인가? 아니, 몸 반 정도는 검고, 나머지 반은 아무것도 걸치지 않은 것 같다. 나는 언덕 중간에 있었고, 탑은 언덕 위에 있고, 그녀는 탑보다 훨씬 위에 있다. 물론, 얼굴 같은 건 알 수 없다.

"시호루…?"

하지만, 나는 그렇게 생각했다. 저것은 시호루 아닐까?

시호루는 진 모기스에게 납치당한 끝에, 열리지 않는 탑에 갇혀 있거나, 아무래도 기억을 빼앗기고 조종당하고 있는 것 같았다. 시호루가 열리지 않는 탑 안에 있었다고 해도 이상할 것 없다. 그런 논리랄까, 추론이 토대가 되었음이 틀림없지만, 직감적으로 그것은 시호루라고 생각했다. 시호루다. 시호루가 있어.

나는 란타를 죽였다. 별 떨구기에 참가한 전위대와 후위대 새벽들은 아무도 무사하지 못할 것이다. 새벽촌도 절망적이다. 하지만, 아직 시호루가 있다. 나는 그때까지 그녀를 잊고 있었던 것일까? 솔직히, 어떻게도 말할 수 없지만, 희망을 품지는 않았다. 시호루가 있다, 라고 생각한 순간, 내 안에 희망의 불이 켜졌다. 작은, 아주 작은 불씨라도, 꺼져버리지 않도록 지키며 키우면, 언젠가는 커다란 불꽃이 될지도 모른다.

그녀의 이름을 다시 한번, 이번에는 큰 목소리로 외치려고 했다.

그러자마자 그녀는 가버렸다. 동쪽이었다. 엄청난 속도로 날아가서, 눈 깜짝할 사이에 보이지 않게 되었다.

나는 맥없이 주저앉았다. 그것은 시호루가 아니었다. 시호루일 리가 없어, 라고도 생각했다. 무엇보다, 이상하잖아. 탄식의 산 공략전 때, 그녀는 하늘을 나는 원반 같은 렐릭을 타고 나타났다. 방금 전에는 그녀뿐이었다. 맨몸으로 날아갔다. 그것이 그녀라면 말이다. 그녀가 아니다. 아무려면, 인간이 그런 식으로 날아갈 수 있단 말인가? 그렇다면, 그것은 무엇이었을까? 알게 뭐냐. 알 수 있을 리가 없다.

탑 부근에서 뭔가 소리가 들렸다. 나는 또 일어섰다. 이제 만사가 다 어찌 되든 상관없었지만, 어찌 되든 상관없기에, 가만히 있을 이유도 없었다. 나는 언덕을 올라갔다.

"빛이여…! 루미아리스의…! 가호 아래에…!"

"암흑이여…! 악덕의 주! 스컬헬…!"

탑 바로 옆에서, 싸우고 있다. 여성과 남성이다. 여성 쪽은 신관복을 입었고, 남성은 거무스름한 갑옷을 입고 검을 들었다. 여성은 맨손인 것 같다. 남성이 검으로 베려고 덤벼들자, 여성은 뒤로 펄쩍 뛰어 피했다.

"플레임…!"

곧바로 여성이 빛을 쏘아냈다. 남성은 빛에 밀려났으나, 아랑곳하지 않고 여성 쪽으로 거리를 좁혔다.

오른쪽으로, 아니다. 왼쪽이다. 암흑기사의 미씽인가? 여성은 몸을 뒤로 젖혔다. 베인 모양이다. 마치 이때다 싶은 것처럼, 남성은 거침없이 검을 휘둘렀다.

"빛이여…! 새크라멘토(빛의 기적)…!"

여성은 빛에 휩싸였다. 광마법. 온갖 부상을 순식간에 치료해버린다. 더욱이 여성은 또 다른 광마법을 사용했다.

"루미아리스여…! 서클릿(은혜의 광진)…!"

여성의 발밑이다. 직경 2미터 정도의 빛 원진이 출현했다. 여성뿐만이 아니라, 남성도 원진 위에 있다.

"끄으아…!"

남성이 움츠러들었다. 여성은 남성에게 덤벼들어 밀어 넘어뜨리고, 때렸다. 위에 올라타고, 남성의 안면을 마구 때렸다.

"빛이여…! 루미아리스! 루미아리스! 루미아리스를 위해! 빛이여…!"

여성의 두 눈에서는 빛이, 남성의 두 눈에서는 어둠이 솟아 나왔다. 나는 여성이 이오이고, 남성이 그 동료인 고미라는 것을 알아차렸다.

이오네는, 우리와 함께 파라노에서부터 그림갈로 돌아왔다. 기억을 빼앗기고, 열리지 않는 탑 주인의 편에 서는 것을 택했다. 열리지 않는 탑에 있었다. 이오는 신관이고, 고미는 암흑기사였다. 저두 사람도, 루미아리스와 스컬헬의 영향에서 벗어나지 못한 것이었다.

분명히, 이오의 동료 중에 타스케테였던가 하는 도적도 있었을 텐데, 그는 어떻게 된 것일까? 시호루. 아까 그것은 시호루였던 걸까? 열리지 않는 탑의 주인은? 그리고, 히요무. 그렇다. 히요무는 어떻게 되었나?

"빛이여…! 루미아리스! 바칩니다…! 이 더러운 암흑의 종복을 …!"

이오는 때리는 것을 멈추고, 두 손으로 고미의 머리를 앞뒤로 흔들기도 하고, 비틀기도 했다. 나는 묘비에 숨어 그 모습을 지켜보고 있었다. 무의식중에 그렇게 했다.

이오의 방식은 난폭했다. 저런 짓을 하면 그녀의 손도 성치는 못할 텐데. 그래도, 그렇구나, 서클릿, 저 광마법은, 빛의 원진 위에 있는 자의 상처를 서서히 치유한다. 그녀의 손의 피부가 까지거나, 뼈가 부러져도, 치료해버리는 것이다. 고미는 어떤가? 루미아리스와 적대하는 스컬헬의 종복, 암흑기사에게는, 광마법이 그 효과를 발휘하지 않는 건지도 모른다.

소름 끼치는 소리가 났다. 고미의 목뼈가 부러진 것이겠지. 그러자, 이오는 일어나서, 고미의 머리를 밟았다.

"빛이여…! 빛! 루미아리스…! 아아, 빛이여…!"

이오는 감개무량한 것처럼 광명신 루미아리스를 칭송하면서, 발꿈치로 내리찍는 것처럼, 몇 번이나, 몇 번이나 암흑기사의 머리를 짓밟았다. 빛의 원진은 이미 사라졌고 암흑기사는 미동도 하지 않았다. 그래도 이오는 멈추지 않았다.

"감사드립니다…!"

뭐가 계기였을까? 알 수 없지만, 이오는 갑자기 하늘을 우러르며 육망성을 그리는 동작을 하고는 암흑기사의 처형을 마쳤다.

이오는 이윽고 콧노래를 부르면서 암흑기사의 사체에서 떨어졌다. 뭐가 그렇게 즐거운 걸까? 스킵 스텝을 밟는다. 나는 분노 같은 것을 느꼈다. 화를 낼 입장은 아니지만, 아무리 그래도 너무하잖아. 저 암흑기사는 이오의 동료였다. 이오 님 부대인지 뭔지, 그렇게 불릴 정도로, 이오 파티의 관계성은 비틀리긴 했지만, 그래도 쌓아온 역사라거나, 유대감이라거나, 남들이 보는 것만으로는 알 수 없는, 그들에게 있어서는 소중한 것이, 분명 여러 가지가 있었던 것 아닌가? 그것을, 저런 식으로 파괴하다니, 이상하다.

파괴당하다니, 잘못된 거다.

이오가 파괴한 것이 아니다.

신이다. 루미아리스와 스컬헬에 의해, 파괴당한 것이다.

란타는 이렇게 될 것을 알고 있었다. 그래서, 나에게 죽여달라고 했다. 그 녀석은 그 녀석이 아닌 다른 것이 되고 싶지는 않았다. 참을 수 없었던 것이다. 신이든 뭐든, 그런 일은 하게 두지 않는다. 그것이 그 녀석의 의지였다. 그 녀석의 각오로, 그 녀석의 삶의 방식으로, 죽는 방식으로, 그 녀석은 그 녀석의 인생을 관철했다. 그 때문에 나를 이용한 것은, 정말 참을 수 없는 일이었지만. 마지막까지 너라는 녀석은. 그런 짓을 하게 만들지 마. 나 같은 것한테.

그래도, 그러기에 더욱, 나는 그 녀석이라는 인간을 좋아하지는 않지만, 우리 사이에는 쌓아온 것이 확실하게 있었고, 다른 누군가가 그 녀석을 죽일 바에야, 차라리 내가 하는 게 좋다, 내가 하는 수밖에 없다고, 생각했다.

신이든 뭐든, 그 녀석이 바라지 않는 것으로 그 녀석을 변하게 만들도록 두지는 않겠다.

저런 식으로 변해버리는 란타라니, 나는 절대로 보고 싶지 않다.

이오가 머리를 엉망진창으로 만든 암흑기사가, 벌떡 일어났다.

암흑기사의 머리는 원형을 유지하지 못했다. 거기서 뭔가 검은 것이 똬리를 틀고 있었다. 아마도 그것은, 암흑기사의 두 눈에서 뿜어져 나왔던 어둠과 같은 것이었다. 어둠이 파손된 부분을 메우려고 하는 건가? 그 부위를 어둠이 수리하려고 하는 것처럼도 보였다.

"우에우에우에우에우에! 우에우에우에에에에에에에!"

암흑기사가 목소리 같은 것을 발했다.

이오가 돌아본다. 좌우의 눈뿐만이 아니다. 그녀의 콧구멍에서도, 입에서도, 빛이 흘러나왔다.

"더러운…! 암흑의 종복…!"

"아우우아앗! 에우우우앗! 오오에우우웃…!"

암흑기사가 신관을 향하여 휙 달려들었다. 나는 묘비 그늘로 쏙 들어갔다. 몸을 움츠리고, 눈을 감고, 귀를 막았다.

루미아리스의 신도와 스컬헬의 종복이, 신앙을 갖지 않은 자들을 휘말리게 하고, 서로 죽이고, 아무도 살아남지 못한다. 나는 그런 식으로 생각했었다. 아니다. 그게 아니었다.

광명신 루미아리스의 빛은 치유의 힘을 초래한다. 암흑신 스컬헬의 어둠도, 어떤 방법에 의해서인지, 암흑기사를 회복시켜버렸다.

결국, 루미아리스를 믿는 자도, 스컬헬을 섬기는 자도, 서로 죽이고, 죽임당하고, 죽어도, 되살아난다. 루미아리스와 스컬헬이 계속 싸우는 한은, 두 신을 따르는 자들은 끝없이 계속 싸워야만 한다.

두 사람은 서로 죽이면서 언덕을 내려갔다. 두 사람의 목소리가, 베거나, 구타하거나, 부러뜨리거나 하는 소리가, 전혀 들리지 않게 될 때까지, 나는 오로지 가만히 있었다.

태양은 중천 가까이에 있었다. 두 사람은 숲속으로 사라진 것 같았다. 돌아오지 않을까? 하고 움찔거리면서, 나는 열리지 않는 탑 주위를 걸었다. 출입구는 찾을 수 없었다. 들어가서 어떻게 하겠다는 목표가 있었던 것도 아니다. 나는 열리지 않는 탑에 들어가려고 했던 것일까? 그것조차 확실치 않다.

원래 있던 장소로 돌아와, 나는 생각다운 생각도 없이, 그저 다시 한 바퀴 돌려고 했다. 그 도중이었다. 탑에서부터 15미터 정도 떨어진 곳에서 뭔가가 움직였다. 첫 바퀴 때는 눈치채지 못했다. 조금 언덕을 내려가면 그 부근에서부터 묘비들이 놓여 있다. 묘비와 묘비 사이다. 그것이 무엇인가? 얼핏 본 것만으로는 알 수 없었다. 작지는 않다. 오히려, 상당히 크다. 길다고 말해야 할까? 그러나, 폭도 있다. 납작하지는 않다. 두께가 있었다. 꼬물꼬물 몸을 뒤틀고 있다. 기어가는 것일까? 그 움직임은 완만했다. 다리. 다리가 두 개 있는 건가? 아무래도, 그것은 기어가고 있는 모양이다.

사람, 인가?

팔 같은 것은 없다. 적어도, 완전한 형태로는. 혹시나, 팔은 뜯겨 나가 버린 건가? 나체는 아닌 것 같다. 그것은 뭔가를 몸에 걸쳤다. 지독하게 검게 그을리기는 했지만, 검정이라고는 할 수 없고, 빨강 인지, 파랑인지, 녹색인지도 판별할 수 없다. 천일까? 금속 같은 딱 딱한 소재의 물건일까? 판단이 안 된다.

나는 그것에게 다가갔다.

"…응응…."

그것이 목소리를 발했다. 목소리라고 생각한다. 신음 소리다.

"저."

나는 그것의 약 2미터 앞에서 발을 멈췄다. 너무 가까이 가는 것 은 위험한지도 몰라. 위험하면 또 어떻다는 건가? 이 와중에 경계 심이 작동하고 있다. 내가 비웃어야 할 건 언제나 나 자신이었다.

"괜찮… 아요?"

"…응응… 자네는…."

그것은 역시 엎어진 모양이었다. 몸을 회전시키려고 한다. 나는 그것의 머리를 덮고 있는 것이 머리카락이라는 사실을, 그제야 알 아차렸다. 그 머리카락은 실처럼 생긴 벌레를 연상시켰다. 엄청난 수의 실 모양 벌레가 머리에 기생한 것 같았다.

그것은 꽤 긴 시간을 들여, 간신히 몸을 뒤집었달까, 몸 한쪽을 약간 들어 올려, 비스듬히 누웠다. 그것이 얼굴을 들었다. 분명, 얼 굴, 이겠지. 실 모양 벌레 같은 털은, 그것의 얼굴에도 나 있었다. 눈으로 짐작되는 것은, 그저 뻥 뚫린 구멍이었다. 그 구멍 안쪽에 희미하게 빛나는 것이 있었다. 입은 균열이었다. 균열 주위는 금이가 있었다. 실 모양 벌레 같은 털 사이로 보이는 피부는 창백했다. 아니, 파랬다.

"자네는… 그렇군… 의용병… 오르타나의… 이름은… 하루히로 …."

"…나를—아는…?"

"알고말고…."

"당신은—."

나는 부서진 열리지 않는 탑을 올려다보았다. 그리고, 다시금 그 것을 내려다봤다. 그것은 상당히 다친 것 같았다. 온몸을 다쳤다. 출혈하는 기색은 없었다. 그 몸에는 피가 흐르지 않는 것 같다. 피 도 눈물도 없는 생물인 건가? 애초에 그것은 생물이기는 할까?

"열리지 않는 탑의… 주인인가."

"서 언체인(언체인 경)이라고… 오르타나 변경백은… 불렀다…."

"왜—."

"아인랜드 레슬리… 그것이… 내, 이름이다…."

나는 아인랜드 레슬리라 자처하는 그것의, 실 모양 벌레 같은 기 분 나쁜 머리카락으로 뒤덮인 머리를, 밟아 으깨버리는 편이 좋을 지도 모른다. 혹은, 지금 당장 달려서 어딘가 멀리 가버려야 할까? 이제 쓸데없는 일에 엮이고 싶지 않았다. 나 같은 자는, 어떤 일과 도 엮여서는 안 된다.

"시호루… 그 아이는… 상상을 초월한다…."

"…뭐?"

나는 무릎을 꿇었다.

"지금, 뭐라고 했어? 시호루…? 그렇게 말했어?"

"그렇다… 그것은… 마법을… 아무도 생각해내지 못한 방법으로… 완성시켰다… 어차피, 어떤 마법도… 고대의, 원형마법에는… 미치지 못해… 그것을, 그 아이는….."

"시호루… 시호루는… 무사한건가?"

"…육체의… 반을 잃어도, 더욱… 그 아이는… 마법으로…."

"날아갔다. 탑이, 부서져서."

"…파괴, 한 것이다… 모든 것을… 그 아이가… 그것은… 마녀다… 진짜….."

"살아 있어―시호루는… 역시….."

"자네에게… 부탁이 있다….."

"…뭐?"

"이리 가까이….."

"부탁―이라니… 허? 너―알고 있는 건가? 너지? 우리 기억을 빼앗고….."

"이제 시간이… 그리… 남지, 않았어… 나에게는….."

"알게 뭐야. 내가 알 바 아니야."

"…봐라….."

아인랜드 레슬리는 턱을 움직였다. 자기 몸을 보라고 말하고 싶은 모양이다. 나는 쳐다봤다. 거기는 푹 패여 있었다. 가슴부터 배에 걸쳐서, 크게 깎여나가, 원래는 뭔가 있었을 테지만, 그것들은 없어졌다. 텅 빈 안쪽에는, 진한 갈색의 점액 같은 것이 달라붙어 있었다. 아인랜드 레슬리가 기어 다닌 자국에는 그 점액이 말라붙어 있다. 아인랜드 레슬리는, 5미터 정도 아래에 있는 묘비 옆에서부터 여기까지 기어온 모양이었다.

나는 어느 틈엔가 아인랜드 레슬리에게 접근해 있었다. 지금은, 손만 뻗으면 아인랜드 레슬리에게 닿을 수 있었다.

내가 땅바닥에 무릎을 꿇은 채로 아인랜드 레슬리에게 다가간 건가? 아니면, 아인랜드 레슬리가 애벌레처럼 몸을 꿈틀거려, 조금씩 나에게 가까이 온 건가?

"나에게… 힘을, 빌려… 주길 바란다… 나에게는… 아직… 채 못한 일이… 자네에게도, 그것은… 불이익은, 되지 않아…."

"신용할 수 없는, 네… 너 같은 놈의, 말 같은 건…."

"필요, 없다…."

"뭐?"

"언젠가, 알게 된다…."

"무슨, 말을―."

나는 일어서려고 했다. 그때는 이미, 아인랜드 레슬리가 균열 같은 입을 벌리고, 그 안쪽에서 피투성이의 팔이 튀어나왔다. 피투성이라고는 해도, 그 피는 진한 갈색이었다. 오래되어 썩은 것 같아, 보기에도 불쾌했다. 팔이라고 해도, 상당히 가늘었고, 두께는 어린아이 팔 정도밖에 안 되고, 길이도 대충 그 정도였다. 끝에 손 같은 것이 붙어 있었으니까, 직감적으로 나는 팔이라고 간주한 것이다.

붙잡힌다, 라고 나는 생각했다. 그 팔은 나를 잡으려고 한다. 내 직감은 빗나갔다. 아인랜드 레슬리의 입에서 나온 팔은, 나를 붙잡는 게 아니라, 내 입안으로 파고들어 왔다.

"＿＿＿＿＿…!"

그것은 단숨에 식도를 지나 위까지 도달했다. 기도도 압박당해, 거의 막혀버려서, 나는 숨을 쉴 수 없었다. 두 손으로 아인랜드 레슬리의 팔을, 팔 같은 것을 잡고, 빼내려고 했으나, 오히려 점점 안쪽으로, 안쪽으로 들어갔다.

"나는 아직, 궤멸될 수는 없다."

아인랜드 레슬리의 목소리는, 내 안에서 울리고 있었다.

"방주의 수수께끼를, 나는 풀지 못했다."

"＿＿＿＿＿…! ＿＿＿＿＿＿＿＿…!"

"나를 신용할 필요 따위 없다. 힘을 빌리겠다, 하루히로."

"＿＿＿＿＿…! ＿＿＿＿＿＿＿…!"

"걱정하지 마. 자네를 소홀히 하지는 않겠다. 말했을 텐데. 자네에게 있어서도 불이익은 되지 않는다."

"＿＿＿＿＿…! ＿＿＿＿＿＿＿…!"

"자네는 계속 여행을 할 수 있다. 나와 함께. 분명, 그 마녀와도 만날 수 있겠지."

"＿＿＿＿＿＿＿＿＿＿＿＿＿＿＿＿＿＿＿＿

＿＿……."

"—어웨이크(눈을 뜨라)."

몇 번을 불렀을까? 어이, 일어나. 눈을 떠. 눈을 뜨라. 도대체 몇 종류의 방식으로 깨우기를 시도했는지.

이 방은 어둡다. 단, 캄캄한 것이 아니다.

딱딱하고 매끄러운 바닥은, 깎아낸 바위도 돌바닥도 아니다. 그렇다면 뭔가? 그렇게 묻는다면 대답하기 곤란하다. 아무튼, 그 바닥에 직선이나 곡선이 흐릿하게 빛나며 떠올라있다. 원이나 여러 개의 도형을 조합한 그것들이 구체적으로 무엇을 나타내는 건가? 이것도 대답하기 힘든 질문이다.

바닥에서 한 인간이 드러누워 있다. 머리가 길다. 체형을 보니 남성. 아직 젊은 것 같다. 20살 전후겠지. 분명, 일본인이다. 지금, 몸을 뒤척였다. 이제야 눈을 떴다.

"…어?"

"일어났나?"

말을 걸자, 일본인이 상체를 일으켰다.

"…누구—준츠아? 아무? 네이카? 아니야…?"

눈에 힘을 주고 방 안을 둘러보고 있다. 놀라움, 어리둥절하고, 당황하는 것 같다. 하긴 동요하지 않는 게 이상할 것이다.

"나는—유감이지만, 준츠아? 도… 아무도, 네이카도 아니다."

될 수 있는 대로 자극하지 않도록 천천히 말하자, 일본인은 한번 숨을 내쉬었다.

"…그렇겠지."

"친구인가?"

"뭐가?"

"준츠아. 아무. 네이카. 네 친구들인가?"

"친구랄까… 아니. 뭐더라? 동료?"

"그렇군."

"당신… 알아? 걔네가 어디에 있는지. 아마… 가까이에 있을 텐데."

"아니, 미안하지만, 나는 몰라."

"그렇구나."

일본인은 고개를 숙였다. 생각에 잠겨있다.

아무것도 기억나지 않는 건 아닌 것 같다. 자기 이름 정도밖에 생각나지 않는다거나, 다른 일은 잊어버렸다거나, 그런 상황에 빠질 만한 처치는 하지 않았다.

나와는 다르다.

옛날의 우리와는.

"일어설 수 있나?"

그렇게 묻자, 일본인은 얼굴을 들고, "…응" 이라고 고개를 끄덕여 보였다.

"아니. 잘 모르지만. 일어설 수 있을… 까나?"

"여기에 있어도 별거 없어. 나가자."

"나가? 괜찮은 거야?"

아무래도 일본인은 착각을 한 모양이다. 아마, 납치당했다거나, 그래서 여기로 운반되고, 갇혀 있는 거라거나, 그런 식으로 생각하는 거겠지. 착각해도 어쩔 수 없는 상황이기는 하다.

"여기에 있고 싶다면 상관없지만 말이야. 나는 슬슬 간다. 너는 어떻게 할래?"

"어떻게 하냐… 니—."

일본인은 일어섰다. 몸이 가벼운 모양이다. 젊다는 것뿐만이 아니다. 몸을 움직이는데 익숙한 자의 유연함이 느껴진다.

벽 쪽까지 걸어가서, 거기에서 일본인을 기다렸다. 일본인의 걸음걸이에는 특징이 있다. 전사보다도 사냥꾼이나 도적에 가깝다. 오히려, 야수와 비슷하다. 별로 일본인답지 않다.

"여기로 나갈 수 있다."

"…어떻게 된 일?"

"그저 밖으로 나가면 돼."

벽으로 들어가자, 반대편으로 나왔다. 그곳은 나선형 계단으로, 손잡이가 있다. 나온 곳에는 손잡이가 없었다. 조명기구 종류는 보이지 않는데도, 사물이 뚜렷하게 보인다.

어떤 시스템인지는 모르지만, 신기하다고는 느끼지 않았다. 궁금해하기 시작하면 끝이 없기 때문이다. 뭐가 어떻게 되어 있고, 왜 이런 건지. 아무리 조사해봐도 밝혀낼 수는 없고, 밝혀내긴 고사하고 대부분의 경우, 의문이 더욱 의문을 부른다.

계단을 몇 단 내려가자, 일본인이 나왔다.

"왔군. 내려가자."

"…아니, 저기—."

"뭐야?"

물어보고 나서, 일본인이 당황하는 이유를 짐작했다. 그런가. 이것 탓인가?

눈이 마주쳤다. 일본인은 내 얼굴을 보고 있다. 정확히는, 얼굴을 덮은 가면을. 탈. 가면. 어떻게 불러야 할까? 모르겠다. 보고 싶지는 않고, 보이고 싶지도 않은 내 얼굴을, 그저 가려주기만 하는 물건이 아니다. 그것뿐이었다면, 이렇게 항상 쓰고 다니지는 않는다. 이 가면은 렐릭이다. 여러 가지 기능이 있다. 편리하고, 익숙해지면 거추장스럽지도 않다. 이제 익숙해져 버렸다.

맨얼굴을 숨긴다. 정체불명의, 척 봐도 수상쩍은 인물이라고 일본인은 생각하고 있겠지.

"여기, 어디야?"

그러면서도, 무서워하는 것 같은 기색은 없다. 이 일본인은 유난히 배짱이 있다.

"옛날에는 '말뚝'이라고 불렸다고 한다."

"말뚝? 막대기 같은 것?"

"우리는, 방주 안에 있어."

"방주? 배…?"

"내려가자."

계단을 내려가기 시작하자, 일본인은 따라온다. 경쾌한 발걸음이다.

"저기, 잠깐."

"응."

"물어보기만 해서 미안하지만… 당신, 누구?"

"나 말인가?"

간단한 질문이라고, 그 순간에는 생각했다.

"그렇군…."

그런데 어째서인지, 대답이 나오지 않는다.

나는 누구인가? 어떤 자일까?

"마나토."

일본인이 말했다.

내 발이 멈췄다.

"…마나토?"

"응."

일본인은 틀림없이, 마나토, 라고 발음했다.

나는 돌아봤다.

"네 이름—인가? 마나토…?"

"그렇다니까. 동료들 사이에서는 맛토라거나 마나라고 불렸지만. 그래도, 이름은 마나토야. 아빠랑 엄마가 그렇게 불렀으니까."

"아빠… 네 부모님은?"

"죽었어. 한참 전에. 동료들도 모두 부모는 없었어."

"너는, 몇 살이지?"

"몇 살? 아, 나이? 그게… 음, 확실히는 모르지만, 12거나? 14였던가? 13인가?"

"젊군. 생각했던 것보다."

"대충 말한 거지만. 부모님이 죽고 나서… 3년? 4년? 정도인가? 그 정도는 지났다고 생각하는데. 그렇게까지 제대로 세어보지는 않아서."

"…마나토."

"응."

"내 지인 중에—."

마나토.

오랜만이다. 정말로? 오랜만인 건가? 혼잣말로 그 이름을 입에 올렸던 적은? 있을지도 모르지만, 최근에는 없었던 것 같다.

"…한참 전이지만, 우연히, 너랑 같은 이름의, 친구가… 동료가 있었어."

"흠. 그렇구나. 희한한 우연이네."

"기우(奇遇)라고 한다. 이런 건."

"기우?"

"생각지도 못했던, 기이한 인연으로 만난다는 뜻이다."

"기우라. 처음 들었어. 아. 그렇지. 당신은?"

"이름 말인가?"

나는 계단 손잡이를 잡았다. 왠지, 그렇게 하지 않으면 주저앉아 버릴 것 같았다.

이름. 내, 이름. 그런 것은 아무래도 좋았다. 내 이름을 부르는 자는 없기 때문이다. 그렇다고 해서, 잊어버린 것은 아니다. 과거를 잊어버리는 일은, 나에게는 불가능하다. 잊어버리기에는, 너무나도 무겁다.

"하루."

나는 손잡이를 놓았다.

"그렇게, 나를 부른 사람이 있었다."

"하루."

마나토는 중얼거리는 것처럼 그렇게 말했다.

닮은 걸까? 이 일본인은, 그 마나토와. 솔직히, 모르겠다. 나는 그의 모습을 떠올릴 수 있다. 하지만, 내 뇌리에 떠오른 얼굴은, 정말로 그일까? 만약 실물과 다르다고 해도, 확인할 수는 없다. 목소리도 그렇다.

그 마나토는 나를, 하루히로, 라고 불렀었다. 나는 무서웠는지도 모른다. 이 일본인에게, 만약, 하루히로, 라고 불린다면, 내 안의 그의 기억이—그의 인상이나 그의 목소리가, 망가지고 완전히 잃어버릴 것 같은 느낌이 들어서, 두려웠던 건지도 모른다.

"그럼, 그렇게 불러도 돼? 하루라고."

"상관없어."

이 젊은 일본인을 뭐라고 불러야 할까? 그 마나토라면, 그야 당연하잖아, 라고 웃었겠지. 그런 느낌이 든다. 그야, 그게 그의 이름인걸?

"나는 너를 마나토라고 부르겠다. 문제없나?"

"문제라니."

마나토는 웃었다. 그 마나토와는 다른, 좀 더 천진한 웃음이었다.

"없어. 문제 같은 건. 왜냐하면, 마나토니까."

"그런가. 내려가자, 마나토. 여기가 어디인지 알고 싶겠지."

나는 다시금 계단을 내려가기 시작했다. 뭔가 내 몸이 내 것이 아닌 것 같은 감각에 휩싸였다. 사실, 내 몸이 완전히 내 것이라는 보장 같은 건 없지만, 이것은 분명 그런 일이 아니다. 그렇다면, 어떤 일이라는 건가?

이윽고 나선계단을 다 내려가, 나는 그 건너편으로 들어갔다. 거기서부터 나갔다, 라고 말해야 할지도 모른다.

밖이다.

해가 저문 뒤인가? 아니면, 해가 뜨기 전일까? 한동안 방주 안에 있었으니까, 그런 것도 금방은 알 수 없었다. 동쪽 하늘이 살짝 밝다. 그렇다는 건, 이제 곧 해가 뜨겠지.

새벽이다.

나는 언덕 위에 서 있다.

나뿐만이 아니다.

마나토도 방주에서 나왔다.

그러고 보니, 과거 우리는 방주를 열리지 않는 탑이라고 불렀었다. 확실히, 밖에서 보면 방주는 탑이다. 최상부는 붕괴한 채로였고, 전체에 넝쿨이 빽빽하게 감겨 있다. 낡은 탑일 뿐이다.

"어….'

마나토는 두리번거렸다.

"어디야? 여기."

"네가 있던 곳과는, 다른 세계다."

나는 언덕의 경사면을 약간 내려가, 커다란 흰 돌 앞에 멈춰 섰다. 똑같이 생긴 묘비들이 이 언덕에는 잔뜩 있다.

"그림갈이라고 불린다."

"…다른, 세계. 그림, 갈….'

마나토는 눈을 크게 뜨고 고개를 갸웃거렸다.

"무슨… 어? 어떻게 해서… 이런 곳, 온 기억은 없는데. 다른 세계라니, 뭐? 세계… 일본이 아니라는 뜻?"

"일본은, 나라 이름이다. 나도 과거에 거기 있었다. 아무것도 기억나지 않지만. 일본 이야기는 들었으니까, 전혀 모르는 건 아니야."

"하루도… 일본 사람?"

"그런 모양이야. 일본에서 이 그림갈로 왔다."

"그러니까… 그거―어떻게 해서?"

"나도 몰라."

제대로 설명해줄 수 있다면 얼마나 좋을까. 나도 알고 싶었고, 찾으려고 했다. 잘 안 되었다.

"너와 마찬가지로 그림갈에 온 자들은, 아주 많지는 않지만, 꽤 있었다. 모두, 모른다고 했다. 오기 전 일은 기억에 있어도, 무슨 일이 일어난 것인지—무슨 일을 저질렀는지, 아무튼, 그때 일은, 아무도 기억하지 못해. 모두가 다."

"…잠깐만."

마나토는 쪼그리고 앉아 머리를 벅벅 쥐어뜯었다.

"그럼, 하루 말고도, 있는 거야? 나 같은… 일본 사람이?"

"있었다, 고 말해야 할지도 모르지."

"지금은… 없어?"

"오랜만이거든."

"뭐가? 오랜만이라니."

"일본에서 그림갈로 건너온 자는, 방주가 있는 방으로 전송된다. 그런 시스템이 방주에는 있어. 그런 장치가 있다고 말하는 편이 좋을까? 우리 때는, 몇 년 간격으로, 몇 명인가… 때로는 10명 이상이 한꺼번에 건너오는 일도 있었다. 하지만, 점점 빈도가 낮아지고, 인원수도 적어졌다."

"오랜만이라는 건… 한동안 건너오지 않았다는?"

"그래."

"얼마나?"

"40년 이상—."

입에 올려 말해보니, 새삼 경악할 수밖에 없었다. 일본에서 건너온 자들은, 아마 전원, 자신이 바라서 온 것이 아니다. 불행한 사고를 당한 것 같은 것이다. 그러니까 그들에게는 안됐지만, 나에게 있어서는, 어떤 의미에서는 동류였다.

기다렸다고는 하지 않겠다. 그런 말은 할 수 없다. 그래도, 일본인들의 출현은, 나에게 뭔가를 초래했다. 표현하는 것은 어렵지만, 사는 낙 같은 것을.

"마지막으로 건너오고 나서, 50년 가까이 지났나?"

"50년? 그건… 길잖아? 사람은 그렇게 오래 살지 않잖아. 아빠랑 엄마도, 죽을 때, 아마 대충이지만, 30 정도도 되지 않았어. 하루, 너무 오래 산 거 아니야…?"

"네 부모는 요절한 거라고 생각하지만, 나는… 그래, 네 말이 맞다, 마나토. 확실히, 나는 너무 오래 살아 있다."

"…50년. 그… 50년 전? 그림갈에 일본인이 건너왔을 때, 하루는 어린아이였어?"

"아니."

"그렇다면… 하루는 몇 년, 살아 있는 거야? 그야… 일본에서는 30년 살면 꽤 오래 산 편이거든? 어차피 다들 죽으니까, 몇 년인지, 몇 살인지, 꼼꼼하게 세어보지 않아."

"나도 제대로 세는 것을 그만뒀어, 마나토. 너희와는 사정이 다르겠지만. 사정이 많이 다른 것 같군…."

뭔가 이상하다. 뭔가? 분명히 이상하다. 사람이 30세 미만에 죽는다.

물론, 있을 수 없는 일은 아니다. 수명이 아니라면. 30년 살면 오래 산 거라는 것은, 어떻게 된 일일까?

애초에, 어째서 일본인은 그림갈로 건너오지 않게 되었는가? 나는 막연히 이런 식으로 생각했었다.

일본 어딘가에서 일상적이 아니라 예외적인, 사고나 천재지변이나, 아무튼 어떤 현상이 발생해서, 그 결과, 그림갈로 사람이 보내진다. 그것이 일어나지 않게 되었다. 예를 들면, 일본의 상황이 격변했다거나.

만약, 일본에 사는 사람들의 수명이 급격하게 줄었다면, 그것은 큰 변화다. 인간은 드워프족이나 엘프족만큼 오래 살지는 않지만, 70년이나 80년을 살 수 있다. 그랬을 것이다. 도대체 무슨 일이 일어나면, 수명이 그 절반 이하가 되어버리는 걸까? 나는 짐작도 할 수 없었다.

"고작해야 40 몇 년 사이에… 일본에서 무슨 일이 있었던 거지? 정말로, 40 몇 년밖에 지나지 않은 건가? 왠지, 좀 더…."

정신이 들어보니, 마나토가 일어서 있었다. 심호흡하기도 하고, 크게 기지개를 켜기도 하고, 몸을 좌우로 꺾기도 했다.

"…뭘 하는 거야?"

"뭐긴."

마나토는 다리를 벌리고 상체를 힘껏 뒤로 젖혔다가, 앞으로 굽혔다. 그것을 반복했다.

"몸을 움직이는 거야. 몸만 제대로 움직이면, 당장은 죽지 않으니까."

"…뭐—그런 건가."

"하루도, 오래 산 것치고는, 몸놀림이 가볍다고나 할까, 좋은 느낌이네. 그래서 오래 산 것 아닐까?"

"글쎄, 그건…."

"있잖아, 뭔가 먹을 수 있는 거 없어? 숲이 있네. 앗. 산이 있네. 높네!"

마나토가 남쪽에 솟아 있는 산들을 가리켰다.

"저건 천룡 산맥이다."

그런가. 분명히, 일본에는 저렇게까지 높은 산은 좀처럼 없다. 일본에서 온 누군가가 옛날에 그런 말을 했었다.

"용이 산다. 신을 섬기는 자들도 저 산에는 들어가지 않아."

"용이라니, 그게 뭔데? 짐승? 먹을 수 있어?"

"…용을 먹는 것은 힘들겠지. 반대로 잡아먹히는 꼴이 된다."

"흠. 그렇구나. 그래도, 숲에는 짐승이 있지?"

"응, 그야…."

"그렇게까지 위험한 놈이 아니라면, 잡아서 죽이면, 삶거나 굽거나 해서 먹을 수 있겠지. 그리고, 버섯이나, 나물이나, 나무 열매나. 숲은 숲이고 산은 산이라는 느낌인데, 일본과는 여러 가지로 다른가?"

"배가 고프다면, 당장 먹을 것 정도는 내가 준비할 수 있다."

"진짜? 잘됐다. 그럼, 어떻게든 되겠지?"

"…너는, 낙담하지는 않은 건가?"

"낙담해? 왜? 살아 있는데?"

마나토는 웃었다. 허세를 부리는 건가? 그렇게는 보이지 않는다. 마나토는 무릎을 구부렸다 폈다 하며 목을 돌렸다. 가볍게 점프했다. 그다음 도약은 꽤 높았다.

"동료들은 궁금하지만, 살아 있을 테고. 살아 있으면 또 만날 수 있을지도. 만날 수 없을지도 모르지만. 꼭 만나고 싶으면, 만나러 가면 되고. 갈 수 없을까? 무리라거나?"

나는 고개를 가로젓는 수밖에 없었다.

"…미안하지만, 모른다. 단, 내가 아는 한에서는, 일본으로 돌아간 자는 한 명도 없었을 거다."

"그렇구나."

마나토는 힘차게 공기를 빨아들이고, 뱉어냈다. 개운한 얼굴을 하고 있다.

13세 정도라고 말했다. 아직 어린이다. 하지만, 몸 선을 보면 그렇게는 보이지 않는다.

날씬한 몸이지만, 말랐다기보다는 극한까지 다듬은 몸이다. 키는 나보다는 크겠지. 뭔가 뒤죽박죽이다. 몸은 완성되었는데, 얼굴이나 표정이 묘하게 앳되다.

"하긴, 의외로, 그림갈…이라고 했나? 여기가 더 지내기 편하다거나 할지도 모르고. 동료도 함께였다면 더 좋았겠지만. 왜 여기에 있는 건지도 모르니까, 할 수 없지."

"…포지티브하네."

나도 모르게 나는, 아주 조금이지만, 웃어버렸다.

"한 가지 물어봐도 될까? 마나토."

"응."

"일본은, 서기 몇 년이었지? 만약, 질문의 의미를 모른다면, 별로 대답하지 않아도 돼."

"서기…."

마나토는 관자놀이에 손가락을 댔다.

"서기… 2100년? 이천 백… 애매하지만, 엄마가 그런 말을 했었던가… 신문에 적혀 있었던가. 그래도 한참 전이야."

"이천 백…."

나는 손으로 입을 가렸다. 내 얼굴은 렐릭 가면으로 덮여 있다. 그런데도, 때때로 나도 모르게 그런 동작을 해버린다.

"그런가. 분명, 그림갈에서도 일본에서도, 시간은 같이 흐른다. 요 사십 몇 년 동안 일본은 꽤 많이 변해버린 모양이군—."

이날을 줄곧 기다리고 있었다.

요리는 증조할머니를 아주 좋아했다. 진심으로 사랑했다. 사랑하고 또 사랑하는 증조할머니, 사실 증조할머니를 사랑하고 존경했던 것은 요리뿐만이 아니다.

증조할머니는 일족의 살아 있는 사전이었다. 대할머님, 태모님, 그레이트 마더, 갓맘 등 사람마다 여러 가지 호칭으로 불렀지만, 증조할머니를 증조할머니—라고 부를 수 있는 것은, 요리가 그녀의 핏줄을 이어받았기 때문이다.

나는, 그 증조할머니의 증손주다.

그렇게 생각하는 것만으로도 힘이 솟아난다. 나는 무적이라고 믿을 수 있다. 요리가 못 할 일은 없다. 마음만 먹으면 뭐든지 할 수 있다. 못 할 리가 없다.

일족에 아이가 태어나면, 항상 증조할머니가 이름을 지어줬다. 물론, 요리에게 요리라는 이름을 지어준 것도 증조할머니다.

요리는 일족 중에서 두 번째의 요리였다.

첫 번째 요리를, 요리는 직접은 알지 못한다. 증조할머니에게는 아들이 딱 한 명 있었고, 그의 첫 번째 딸이 요리라는 이름이었다. 즉, 첫 번째 요리는 증조할머니의 첫 손녀였다. 그러나, 첫 번째 요리는 어릴 때 죽어버렸다고 한다.

원래, 증조할머니의 외아들이 만약 여자아이였다면, 요리가 되었을 것이라고 한다. 증조할머니는 요리라는 이름에 애착이 있었다. 요리는 그 이름을 증조할머니에게서 받았다. 그래서, 요리는 특별한 것이다.

사랑해 마지않는 증조할머니는, 요리가 이야기를 해달라고 조르면, 좋아, 라며 웃고, 이리 온, 하고 손짓을 하고, 무릎에 앉혔다. 주위 사람들이, 대할머님도 이제는 연세가 드셨으니—라거나, 건강에 지장을 주면 큰일이니까—라는 등 쓸데없는 말을 꺼내도, 증조할머니는 전혀 신경 쓰지 않았다. 증조할머니가 해주는 이야기는 하나같이 엄청나게 재미있었다. 어떤 이야기도 아주 좋아했고, 똑똑히, 분명하게 기억한다. 그중에서도 특히 요리의 마음에 들었던 것은, 그림갈에서의 모험담이다.

옛날 옛적, 증조할머니는 천룡 산맥 북쪽에 있었다. 증조할머니는 혼자가 아니었다. 동료가 있었다. 증조할머니는 동료들과 함께, 믿을 수 없는 대모험을 펼쳤던 것이다.

요리는 증조할머니의 독특한 말투를 완벽하게 재현할 수 있다. 그림갈에서는 몇 번의 만남이 있었고, 수많은 피 튀기는 싸움이 있었다. 그리고, 힘겨운 이별도 있었다. 요리의 증조할아버지에 해당하는 사람은, 증조할머니와 모험을 함께 했던 동료 중 한 명이었던 것이다.

증조할머니는 그 후, 큰 재앙에 휩쓸린 그림갈에서 탈출하여 붉은 대륙으로 건너갔다. 어린 외아들을 지키고 키우면서 도피한 일에 관해서는 별로 알려주지 않았다. 천하의 증조할머니도, 그건 너무나 힘들어서 제대로 기억나지 않는다고 말했다.

그렇기는 해도, 붉은 대륙에 도착하고 나서도 증조할머니는 마음 편할 틈이 없었던 것이 틀림없다. 그렇긴 혀도 말이야—라며 증조할머니는 웃었다. 즐거웠어, 여러 가지 일이 있었고, 라며.

여러 가지 일, 이라고 하면, 증조할머니는 가는 곳곳마다 엄청나게 인기가 좋았던 모양이다. 이것은 일족 사이에서 이야깃거리가 된 건데, 증조할머니에게 들이댄 남녀는 수천, 수만 명에 달한다고 한다. 그래도 증조할머니는 누구와도 특별한 관계를 맺지 않았다. 증조할아버지가 얼마나 멋지고 근사한 사람이었는지, 요리도 많이 들었다. 증조할아버지를 한참 칭찬한 뒤에, 증조할머니는 반드시 이렇게 말하는 것이다. 그 사람이 있어 주었기 때문에 다들 있는 거니까, 라고.

증조할머니는 정말로 일편단심인 사람으로, 그 점도 멋지다고 요리는 생각한다. 동경한다. 요리도 그렇게 되고 싶다. 라고나 할까, 그렇게 되겠다. 언젠가 사랑하는 사람이 생기면, 요리는 절대 배신하지 않을 것이다. 배신하게 하지 않는다. 요리는 평생 그 사람밖에 사랑하지 않을 거고, 그 사람은 요리만 사랑하게 한다.

증조할머니는 관대한 사람이기도 했다. 끝없는 바다보다도 그릇이 컸다. 어제의 적은 오늘의 친구, 라는 말을 증조할머니는 곧잘 입에 올렸다. 적대하는 자와 악수해야 할 때는, 상대에게 손을 내밀라고는 하지 않고, 자기 쪽에서 먼저 손을 내밀었다. 유연했지만, 무척 의지가 강했다. 슬픈 이야기를 할 때도 미소짓고 있었다. 화나면 일족 전체가 벌벌 떨 정도로 무서웠지만, 금방 다시 웃어주었다.

—그림갈에는 말이야, 잊고 두고 온 것이 있걸랑. 그것을 있지, 가지러 가야 한단다. 증조할머니 대신에 요리가 그걸 갖다 주겠니?

증조할머니가 요리에게 그런 말을 한 것은 딱 한 번뿐이었다. 단 한 번뿐. 그때는 증조할머니와 요리 둘뿐이었고, 주위에 아무도 없었다.

물론 요리는, 갈게, 라고 대답했다. 약속해, 라고 말했더니, 증조할머니는 고개를 가로저었다. 약속은 하지 않아도 된다고.

—요리는, 요리가 하고 싶은 일을 하면 돼. 증조할머니도 그렇게 살아왔으니까. 요리도 요리만의 인생을 살아가거라. 약속할 수 있겠니?

당연히 요리는 증조할머니와 약속했다. 굳이 증조할머니에게는 말하지 않았다. 증조할머니가 깜빡하고 두고 온 물건을 가지러 갈 거야. 그것도 또한 요리가 하고 싶은 일이다. 증조할머니가 좋아서, 너무 좋아서 못 견딜 정도고, 증조할머니가 요리의 자랑이고, 증조할머니가 스스로는 이제 이룰 수 없는 바람이니까, 요리가 대신에 이루어준다. 이것은 요리 본인의 바람인 것이다.

"카란비트…!"

요리가 용의 레어 입구에서 부르자, 안쪽에서, 삐이이이이, 하고 대답하는 소리가 울렸다. 레어는 직경 4미터 정도로, 깊이는 20미터 이상 된다. 천룡 산맥 남면에 위치하는 계단식의 산 중턱에는 여덟 개의 레어가 있고, 익룡이 각각 한 마리씩 사육되고 있다.

"우샤스카…!"

옆의 레어에서도 익룡을 부르는 소리가 났다. 요리가 그쪽을 보니, 리요도 이쪽으로 눈길을 향했다. 요리는 피를 나눈 이 여동생을 별로 좋아하지 않는다. 어릴 때는 너무 귀여웠고, 지금도 아주 싫어하는 건 아니지만, 몇 살이 되어도 졸졸 따라다니기 때문에 슬슬 짜증이 났다. 무엇보다, 한 살 반 터울에, 그토록 작았었는데, 키가 쑥쑥 자라서 이제 요리보다도 머리 하나 정도로 크다. 자기보다 훨씬 큰 여동생이 껌딱지처럼 붙어 다닌다는 입장이 되어보길 바란다.

성가시고, 짜증나고, 징그럽다.

요리는 레어로 시선을 되돌렸다. 그 직전에 리요가, 앗… 이라는 느낌으로 살짝 입을 벌렸다. 다른 이도 아닌 리요니까, 그리고 나서 어깨를 축 늘어뜨리겠지. 그런 것도 하지 말았으면 한다. 마치 요리가 뭔가 심한 짓을 하는 것 같다. 짜증 나는 동생한테 좀 냉정하게 대하는 것뿐인데도. 이제 그만 언니한테서 졸업하라고, 태도로 보였다. 직접 말한 적도 있다. 몇 번이나 있었다. 그래도 리요는 듣지 않으니까 문제다. 요리의 동생은 잇타레퐁퐁인 것이다. 참고로, 잇타레퐁퐁은, 증조할머니가 가끔씩 쓰던 말이다. 도를 넘게 거시기한 사람을 평할 때, 참말로 잇타레퐁퐁이라니까―라는 식으로. 지금 와서는 이 말을 쓰는 사람은 요리밖에 없는지도 모른다. 그런 증조할머니 언어가 몇 개인가 있다. 비교적, 꽤 있다. 아무튼, 리요는 잇타레퐁퐁이다.

레어 안쪽에서 카란비트가 기어 나왔다. 단층 산에서 사육되는 익룡은, 천룡 산맥에 사는 용 중에서는 소형에서 중형, 말하자면, 작은 중형 정도의 체격이다. 앞다리에 날개막이 있어 비행할 수 있다. 목이 다소 길고, 혀를 잘 쓴다. 뒷다리는 늘씬해 보이지만, 상당한 힘이 있다.

카란비트는 레어에서 얼굴을 내밀자마자 붉은 보라색 혀로 요리를 마구 핥았다.

"우오, 카란비트, 아핫, 잠깐, 야, 후훗…."

요리는 카란비트의 턱을 손으로 밀었으나, 핥는 것을 멈추려고는 하지 않는다. 익룡의 체표면은 비늘과 깃털의 중간 같은 것으로 덮여 있어, 부드럽지도 딱딱하지도 않다. 뭐라 말할 수 없는 그 감촉이 최고로 기분 좋다. 타액은 미끈거리지 않고, 의외로 부드러운 맛이 난다. 식사 직후만 아니면, 익룡의 입 냄새는 심하지 않다. 이를 닦지 않는 인간이 훨씬 더 냄새가 날 것이다. 요리는 익숙하니까 그렇게 생각하는 건지도 모르지만.

처음 만났을 때, 카란비트는 알이었다. 요리는 부화하기 전부터 이 익룡을 알고 있었다. 용치기에게 직접 전수를 받으며 5년 걸려서 여기까지 키운 것이다.

"옳―지, 옳지, 옳지, 착하다, 카란비트. 요리는 네가 너무 좋아. 증조할머니 다음으로 좋아. 하핫. 그러지 마. 화내지 마. 어쩔 수 없잖아. 증조할머니는 증조할머니니까. 그래도, 카란비트는 특별해. 이제부터 카란비트는 요리를 태우고 천룡 산맥을 넘어갈 거야. 리요도 쫓아오겠지만. 잇타레퐁퐁인 리요 녀석. 귀찮아죽겠네. 하지만, 카란비트, 너도 아는 것처럼, 우샤스카는 착한 아이야. 리요는 둘째치고, 우샤스카가 함께라는 건 나쁘지 않을지도. 너도 그렇게 생각하지? 옳지, 옳지―."

전부 이날을 위해서였다.

용 사육은 매우 위험하다. 용치기 견습생은 다섯 명 중 한 명은 새끼 용에게 죽임당하고, 두 명은 어린이 용에게 죽임당한다. 남은 두 사람밖에 용치기가 될 수 없다. 한 사람 몫을 하게 되고 난 후에도 목숨을 잃는 용치기는 적지 않았다. 용을 길들이려는 시도는 어차피 무모한 것 아닐까? 아직도 그런 의견이 강하게 뿌리내린 상태다. 그래도, 정성껏 돌보며 키우면, 일부의 용은 이렇게 인간을 따른다. 항상 하나부터 열까지 다 들어주는 것은 아니어도, 키워준 사람의 말만은 잘 들어준다. 그래서, 용을 타고 싶으면 용치기가 되는 수밖에 없는 것이다.

걸어서 천룡 산맥을 넘을 수는 없다. 아주 높은 산들이 끝없이 이어져 있고, 키우는 건 도저히 불가능한 대형 용이나, 사납기 짝이 없는 용, 아용종, 용조차 잡아먹는 얼룩 곰, 회색 표범 등, 무시무시한 야수들의 거성인 것이다. 과거에는 길고 큰 터널인 지룡대동맥도 있었지만, 아라바키아 왕국이 붕괴시켜 불통이 되었다. 환상의 종족인 놈의 손이라도 빌리지 않는 한, 다시 개통할 수는 없을 것이다.

바닷길은 현실적이긴 하지만, 붉은 대륙에서 산호 제도, 에메랄드 제도를 경유하는 탐사, 개척사업은 양쪽 다 실패로 끝난 역사가 있다.

증조할머니가 그림갈 회귀를 간절히 바랐던 것은, 일족 사람이라면 누구나 알고 있다. 게다가, 그림갈에 특별한 애착을 갖고 있는 것은, 반드시 일족뿐만이 아니었다.

일족이 컴퍼니와 공동으로 천룡 산맥 남쪽으로 진출한 것은 40년도 더 전의 일이다. 천룡 산맥 북쪽은 그림갈이지만, 그 남쪽은 그림갈이면서 그림갈이 아니다. 남쪽에는 사자신왕 부두가 지배하는 17의 수신족(獸神族)이 뿌리내렸고, 사분오열한 아라바키아 왕국의 잔당이 도망가서 살고 있었다.

그리고, 일족과 컴퍼니가 왕국의 잔당을 흡수하여 사자신왕을 타도하고, 13의 수신족과 화평을 이루어 연합왕국을 성립한 지 20년 남짓.

요리는 카란비트의 목을 꼭 껴안고, 이 사랑스러운 익룡을 레어에서 끌어냈다. 물론, 카란비트가 저항하면, 요리가 힘을 다해 끌어당겨도 좀처럼 움직이기 힘들다. 도저히 싫다면, 카란비트는 요리의 머리를 덥석 물었을 것이다. 그것을 두려워하여 몸을 굳히면, 용은 민감하게 알아차린다. 용에게는 애정이라는 것이 있지만, 자기를 무서워하는 자를 사랑하는 일은 결코 없다. 용치기는 용을 두려워해서는 안 되며, 얕봐서도 안 된다. 위압하면 저항당할 것을 각오해야 하고, 사랑해도 사랑받는 것을 기대해서는 안 된다. 설령 잡아먹히더라도, 그 용을 계속 사랑해야 한다. 용에게 몸도 마음도 바치는 용치기만이 용에게 사랑받는다.

옆의 레어 앞에서는 리요가 벌써부터 우샤스카의 등에 올라타 있었다. 동생이 우샤스카의 알을 품고 데우기 시작했을 때, 언니보다도 훨씬 작았고, 사실은 야무지지 못해서, 하나부터 열까지 다 위태로웠다. 솔직히, 익룡을 키우는 건 동생한테는 무리가 아닐까? 하고 요리는 위험하게 여겼고, 몇 번이나 그만두게 하려고도 했다. 하지만, 쫓아오지 말라는 명령 말고는 대개 뭐든지 언니 말을 듣는 동생이 고집스럽게 물러서지 않았다.

요리는 카란비트에게 머리를 내리게 하고, 몸을 앞으로 굽히게 하여, 갖고 온 안장을 그 등에 장착했다. 안장에 걸터앉아, 그러고 보니 그때부터다—라고 요리는 생각했다. 용을 키우기 시작함과 동시에 동생은 몸을 단련하기 시작했다. 신원도 확실치 않은 남자에게 가르침을 받아 이상한 무술을 배우기도 하고, 책을 굉장히 많이 읽기도 하고. 그리고, 많이 먹게 되었다. 정신을 차리고 보니, 동생의 키는 언니를 따라잡았다. 금방 제쳤다. 좋은 점도 있었다. 언니를 쫓아다니는 시간이 명백하게 줄었다. 그런데, 계속 없네—싶으면, 갑자기 나타나기도 하고, 요리가 자기 혼자 쓰는 방에서 자다가

깨보면, 쓸데없이 큰 몸을 웅크리고 비좁게 옆에서 자고 있다거나 했다.

"카란비트."

요리는 앞으로 몸을 굽혀 익룡의 목을 살며시 끌어안고 그 귓가에서 속삭였다.

"네가 있어 주면, 요리는 그것만으로도 좋아. 이러니저러니 해도, 아무도 진심으로 천룡 산맥을 넘을 생각은 없는 것 같고, 요리랑 너랑 둘이서만 갈 생각이었지만. 요리는 정말로 그걸로 좋았어."

카란비트가 꾸이이—하고 어리광부리는 목소리로 울었다. 주황색과 녹색이 섞인 것 같은, 복잡한 색조의 눈동자가 요리를 응시한다. 요리는 웃어주고 몸을 일으켰다.

"요리! 먼저 갈게!"

동생이 그렇게 말하더니, 우샤스카의 앞다리의 날개를 펼치게 하면서 경사면을 뛰어 내려가기 시작했다. 비행 용 중에는 수직으로 이륙할 수 있는 것도 있지만, 익룡이 날려면 도움닫기가 필요하다.

우샤스카가 날아올랐다.

요리는 카란비트의 목을 가볍게 두드리고, 휙, 하고 짧게 휘파람을 불었다. 카란비트가 달리기 시작했다. 드래곤 라이더는, 그저 떨어지지 않도록 올라타 있기만 해서는 안 된다. 등자에 발을 걸고, 허리를 띄운다. 용의 움직임에 맞춰, 기세를 절대 죽이지 않도록 몸을 부드럽게 쓴다. 그러면서도, 불안정해지지 않도록 축을 흔들지 않는다. 주룡, 둔룡, 익룡 등 용의 종류에 따른 차이만 있는 것이 아니다. 똑같은 종류라도, 제각각의 개성이 있다. 용을 라이더에 맞추려고 하면 잘 안 된다. 어디까지나 라이더가 용에게 맞추는 것이다.

그렇게 해야 비로소 용 쪽에서도 라이더에게 맞춰준다. 중요한 것은 고동과 호흡이다. 용의 고동과 숨결을 분명히 느낄 수 있다면, 자연히 움직임이 맞는다.

익룡이 한층 강하게 지면을 박차고 비상하기 시작할 때의 감각이, 요리는 좋았다.

그 순간, 카란비트는 온몸의 세포가 일제히 끓어오르는 듯한 쾌감을 느낀다.

몇 번이나 함께 나는 동안에 요리도 그것을 느끼게 되었다.

"옳지, 카란비트, 성이야. 알지? 일단, 성에 간다. 그러니까, 그렇게 높이 날지 않아도 돼. 그래. 역시, 카란비트야."

요리가 말과 손짓으로 지시하기만 해도 카란비트는 진로를 남으로 잡았다. 고도는 300미터 정도. 앞에 리요를 태운 우샤스카가 있다. 카란비트는 우샤스카를 따라잡고 싶은 모양이다.

"뭐, 괜찮을까. 좋아, 카란비트. 추월해버려."

요리가 말하자, 카란비트의 날갯짓이 빨라졌다. 한번 퍼덕일 때마다 가속하여, 우샤스카와의 거리가 좁혀진다.

요리와 카란비트, 리요와 우샤스카는, 이제부터 성에 들러서 식전에 참석해야 한다. 사실 그런 것은 필요 없지만, 어쨌든 요리와 리요는 그 증조할머니의 직계 자손이다. 연합왕국에서는 왕족의 일원으로 되어 있다. 아니, 실은, 당당한 왕족이며, 왕녀나 공주로 불릴 만한 신분이었다. 이번에 두 명의 왕녀인지 공주인지가 익룡을 타고 천룡 산맥을 넘어가는 여행을 떠난다고 해서, 실은 약간 소동이 일어났던 것이다. 과연 잠자코 갈 수도 없게 되어, 연합왕국의 유력인사들에게 인사 정도는 해야 한다. 입장상, 그저, 다녀오겠습니다—하고 끝낼 수도 없어서, 식전 같은 것을 개최하게 되었다. 라고나 할까, 제법 대규모 식전이 열릴 모양이다.

"귀찮지만, 이게 마지막이라고 생각하고 참아주자. 어때? 카란비트."

카란비트가 꺄아아—울었다.

요리는 웃었다.

이제 곧 카란비트는 우샤스카를 따라잡을 것 같다.

리요가 힐끔 돌아본다. 단 한순간의 눈길이라도, 요리에게 단단히 달라붙는다. 천룡 산맥을 넘어 그림갈로 가면, 그제야 벗어날 수 있을 거라고 생각했는데.

카란비트가 우샤스카를 제쳤다.

동생은 두고 가고 싶었다.

요리는 증조할머니가 두고 온 것을 가지러 간다. 증조할머니의 비원을 이뤄준다. 그것은 절대적이다. 요리가 반드시 해낸다. 그럴 생각이지만, 살아서 돌아올 수 있다는 보장은 없다. 왜냐하면, 그 그림갈에 가는 것이다. 데리고 가고 싶지는 않았다. 따라오면 곤란하니까, 밀쳐내려고 했었는데. 동생은 마치 언니의 속셈을 간파한 것처럼, 용을 키우고, 쑥쑥 커지고, 강해졌다.

"벽창호 녀석. 바보라니까. 정말, 어쩔 수 없지만…!"

돌아보지 않아도 요리는 알고 있었다. 우샤스카는 카란비트 뒤에 딱 달라붙어 따라오고 있다. 리요는 요리의 뒷모습을 바라보고 있겠지. 동생은 무슨 일이 있어도 언니를 지키려고 한다. 그 작던 리요와는 다르다. 언니가 등을 맡길 수 있을 정도로는, 지금 동생은 듬직하다.

두 사람과 두 마리가 천룡 산맥을 넘어 그림갈로 간다.

거기에서 무엇이 기다리고 있을지는, 요리는 생각하지 않았다. 기다리고 있던 것은 요리 쪽이다. 줄곧 그림갈을 꿈꿔왔다. 두 사람과 두 마리가, 꿈을, 바람을, 이루는 것이다.

신장 개막

『재와 환상의 그림갈』

Grimgar of Fantasy and Ash

New Chapter Opening

작가 후기

꽤 시간이 흘렀습니다. 그동안에 여러 가지 일이 있었습니다. 이 소설에 관해서 말씀드리자면, 담당 편집자가 바뀌었습니다. 그리고, 실은 금방 끝낼 생각이었습니다만, 생각하는 바가 있어서, 하루히로가 좀 더 힘을 내줘야 하게 되었습니다.

제가 쓰는 소설의 주인공은 대개 험한 꼴을 당합니다만, 하루히로는 그중에서도 상당히 힘든 인생을 보내게 되었습니다. 무릎을 꿇어도, 땅바닥을 기어도, 완전히 움직이지 못하게 되어버려도, 그는 또 걸어나갑니다. 소설만 쓰면서 그럭저럭 즐겁게 적당히 살아가는 제 입장에서 보면, 존경스럽습니다.

이야기가 또 크게 물결치기 시작했고, 다음 권은 그리 간격을 많이 두지 않고 보내드리고 싶다고 바라면서, 담당 편집자이신 카와구치 씨와 시라이 에이리 씨, KOMEWORKS의 디자이너님, 그 외 이 작품의 제작과 판매에 관여하신 분들, 그리고 지금 종이책이든 전자서적이든, 이 작품을 읽어주시는 여러분께 진심 어린 감사와 가슴 가득한 사랑을 담아, 오늘은 이만 펜을 놓겠습니다. 또 만나뵐 수 있다면 기쁘겠습니다.

주몬지 아오

재와 환상의 그림갈 level. 20
이리하여 별은 떨어지고 시간이 흘렀다

2025년 8월 15일 초판 인쇄
2025년 8월 30일 초판 발행

저자 · AO JYUMONJI
일러스트 · EIRI SHIRAI
역자 · 이형진
발행인 · 황민호
전략콘텐츠사업본부장 · 박정훈
책임편집 · 김선림
편집기획 · 신주식 최경민 윤혜림
마케팅 · 이승아
국제업무 · 이주은 조지연
제작 · 최택순 성시원
한국판 디자인 · 디자인 우리
발행처 · 대원씨아이(주)

서울 특별시 용산구 한강로3가 40-456
편집부 : 02-2071-2104 FAX : 02-794-2105
영업부 : 02-2071-2061 FAX : 02-794-7771
1992년 5월 11일 등록 3-563호.

http://www.dwci.co.kr/

灰と幻想のグリムガル 20
© 2024 by AO JYUMONJI
First published in Japan in 2024 by OVERLAP, Inc.
Korean translation rights reserved by DAEWON C. I. INC.
Under the license from OVERLAP, Inc., Tokyo JAPAN

ISBN 979-11-423-1654-8 04830
ISBN 979-11-5625-426-3 (세트)